町内相撲の横綱は体育館の中で，引退した大富豪は書斎の中で，やくざの組長は核シェルターの中で，一本柳家の新郎は離れの中で，女性デザイナーはカプセルリフトの中で，それぞれ殺されていた。しかも現場は，どれもこれも密室状態!?続発する不可能犯罪に挑むのは，関東平野の一隅にある町の警察署に勤務する黒星光，三十八歳，独身。密室の魅力に取り憑かれ，人生を踏み外しかけている迷警部は，いかに難事件，怪事件を解決するのか……？　奇才折原一の出発点となった記念すべき第一作品集の改訂増補版。

七つの棺

密室殺人が多すぎる

折原一

創元推理文庫

THE SEVEN COFFINS

Too Many Locked Room Murders

by

Ichi Orihara

1988, 89, 90, 92

目　次

七つの棺

密室殺人が多すぎる

密室の王者

No Smoking in the Locked Room

1

「ひがしー、時任山、ときとうやま」

「にーしー、鶴乃海、つるのうみ」

呼び出しの声に、東西から白いまわしをつけた二人の大型力士がゆっくり腰を上げ、即席の土俵に上った。会場中にどよめきがおこり、拍手が割れんばかりに鳴り響いた。

東は白岡東口商店会の若草団子店の若主人、時任健一《ときとうけんいち》こと時任山、三十四歳。〝団子屋のケンちゃん〟の愛称で親しまれている。身長百七十五センチ、体重百キロ。丸顔でスポーツ刈り、どちらかというとアンコ型の力士である。

一方の西方、鶴乃海。名前は佐藤博《さとうひろし》というが、三十五歳という年齢にもかかわらず、頭がツルツルに禿《は》げ上がっているので、単純明快に鶴乃海の四股名《しこな》をつけている。佐藤クリーニング店の主人で、白岡西口商店会の青年会長。時任山とは対照的に、ボディビルで鍛えたような筋肉質の体で、よく引き締まっている。身長百八十センチ、体重九十キロ。

時任山を大乃国タイプとするなら、鶴乃海は千代の富士タイプだろう。

白岡では、十年来、東西の商店会共催の「町民相撲大会」を開いているが、ここ数年はいつも最後にこの二人が勝ち残り、対決するのであった。他の選手は全く勝負にならなかった。これまでの戦績は、鶴乃海の四勝一敗で、圧倒的に鶴乃海に分がある。

体力にものをいわせての突っ張り専門の時任山に、腕力と技巧の鶴乃海。短期勝負だったら前者だが、接近戦、長期勝負となると後者が力を発揮するのである。

「よ、ケンちゃん、頑張れよ」

東口商店街の連中の声援を受けて、時任山は顔に一瞬、不敵な笑みを浮かべたが、両手で思いきり頬《ほお》を叩き、顔を引き締めた。腕をぐるぐるまわし、首を右に左に曲げる。

「鶴ちゃん、空気デブに負けるなよ」

西口商店街の連中も負けてはいない。鶴乃海は緊張の中にも激しい闘志をみなぎらせて、相手をジッとにらんだ。

「ハゲ、引っこめ」

「ばかやろう、のろまの百貫デブ」

ヤジが場内に飛びかう。拍手と怒号がないまぜになって、会場の熱気が息苦しいほど盛り上がった。ここは白岡町民体育館である。

白岡町は東京からJRで一時間、関東平野のド真中にある田舎町である。今でこそ、都会から流入するサラリーマンで人口が増えているが、本質的には田舎町であることに変わりはない。

その白岡町民の年一回のお楽しみといえば、五月五日のこどもの日に行われる町民相撲大会なのだ。町内各地区から力自慢の男たちが集まり、力と技の優劣を競う。そもそもは町民同士の親睦を深めるためのものだったが、最近は様変わりしていた。というのは、ずば抜けて強いのが、今これから対戦する二人で、東西の商店会の代表の対決ということから、商店会同士の一騎討ちの構図ができあがってしまったのである。

もともと、東北線の線路を挟んで、何事においても張り合っている商店会同士だったから、たとえ相撲の試合でも、応援合戦にも熱がこもる。互いの中傷、誹謗《ひぼう》が大会が近づくにつれ、エスカレートし、決勝戦でピークを迎えるのだった。

今も皆、酒をたっぷり飲んでいるから、気が大きくなっていて、中には酔ったあげく、つかみあいの喧嘩をしている連中もいた。空の一升瓶があたりに散乱している。

体育館は縦百メートル、横五十メートルほどの大きさで、高さは七、八メートルはあるだろう。ふだんはママさんバレーの練習などに使われているが、今日は、中央に特設の土俵が置かれ、それを囲んで、二百人ほどの観衆がむしろの上で観戦していた。行司は白岡北高校の体育教師で、紺のジャージー姿がいかにも田舎っぽく、間が抜けている。

制限時間いっぱいになり、拍手と声援が、体育館全体に割れんばかりに反響した。

「待ったなし」

行司が言い、両者が土俵中央の白線に手をつき、にらみ合った。この日のために筋力トレーニングに励んだ時任山、脂肪太りの肌がブルルと震える。一方の鶴乃海は腰にぐいと力を入れ、スリムな褐色の尻を高く突き上げた。二人の肌には早くも汗が浮かんでいる。

行司の手が上げられ、両者同時に立った。時任山はウォーと雄叫びを上げると、激しく突っ張り、鶴乃海の頬を思いきりパチンと張った。この素早い先制攻撃で、鶴乃海の体が、立ちぐらみのためか、ぐらりと揺れ、前に落ちそうになった。

「汚ねえぞ、デブ。ボクシングやってんじゃねえんだ」

ノッポの鶴乃海は、時任山の勢いにそのまま一気に押されたが、時任山のまわしに手を引っかけ、かろうじて土俵際に踏みとどまった。

会場中にどよめきがおこる。すべての者が熱戦を固唾《かたず》をのんで見守っていた。

「よし、行け、鶴ちゃん」

鶴乃海に声がかかる。戦いの場は土俵の中央に移り、両者ガップリと四つになった。こうなると、鶴乃海に分がいい。彼の得意技は右上手投げだ。腕力と握力の強さで、重い時任山の体をゆさぶる。しかし、時任山もよく耐えた。

いい勝負だった。野太い声と黄色い声がまじり合って、場内は異様な興奮に包まれていた。形勢はやがて鶴乃海に傾いてきた。時間が長引けば、アンコ型のほうが不利だ。体力を消耗した時任山は息をあえがせ、苦しそうな顔つきになってきた。

「ケンちゃん、顎《あご》を引け」

ところが、敗色濃厚の時任山の足が俵にかかった瞬間、どうしたことか、有利に見えた鶴乃海の様子がにわかにおかしくなってきた。脂汗が額に浮き出し、腰のためが弱くなったのだ。禿げた頭が照明にギラギラと光っている。

形勢が変わったとみるや、時任山が今度は間髪を入れず、まわしを切り、大きな右手を鶴乃海の右頬に炸裂《さくれつ》させた。

すると、どうだろう。鶴乃海が腰からグラッと崩れ、土俵の中央に呆気《あっけ》なく仰向けに倒れたのである。見ていて、異様な崩れ方だった。体に突然の変調を来たし、それが腰の崩れにつながったという印象だった。

鶴乃海はぴくりとも動かなくなった。西口商店会の若い者が何人か慌てて土俵に上がり、助けおこすが、鶴乃海の目はうつろで、土俵下に運ばれて、うちわであおいでも、身じろぎもせず、横たわっているだけだった。

時任山が勝ち名乗りを受けると、東口商店会の連中の間から、一斉に万歳がおこった。時任山は得意そうに満面笑みを浮かべ、右手でガッツポーズを作った。

2

午後五時、黒星《くろほし》警部は白岡署の捜査一係にいたが、竹内正浩《たけうちまさひろ》刑事が一大事ですと言って駆けつけてくると、デスクの書類から目を上げた。

「相撲大会で、何か問題があったのか」

「それが大ありですよ」

竹内は色白の頬を紅潮させて言った。竹内は入署三年目、二十五歳の若い刑事である。身長も百七十センチあるし、顔立ちも悪くない。童顔で母性本能をくすぐるタイプなのだが、それでいて女にもてたという話を聞かないのは、落ち着きがないせいだろう。

「負けた鶴乃海が薬を盛られたという話です」

「死んだのか？」

「いえ、すぐ息を吹き返しましたけど、問題なのは、鶴乃海が試合の前に何かを飲まされたと言ってるんですよ。試合中に急に腹が痛み出して、力が出なくて負けたんだって」

「悪いもの食って、あたったんじゃないの。入院したのか？」

「いいえ、トイレで出すものを出したら、すぐ治ってしまったようです」

「じゃあ、別に、問題ないじゃないか」

「いや、その後が問題でして……」

「ほっとけ、ほっとけ、どうせ商店会同士の喧嘩だろう。相撲大会くらいでもめるなんて、大人げない奴らだ」

黒星警部は田舎者同士のいざこざには無関心である。こんな田舎にいると、めったに事件にめぐり合わない。

「ああ、どうして俺はいつまでもこんなところに……」

黒星警部は一応は一流大学出で、エリート・コースに乗るはずだったが、熱烈な推理小説好きが災いして、失敗を重ねてきた。例えば、簡単至極な事件なのに意外な人物を犯人と指摘したり、何の変哲もない部屋を密室に仕立てたりして、過去数々の簡単な事件を闇に葬ってきたのである。そのため、「迷宮警部」と陰口を叩かれ、白岡という片田舎の小さな警察署で、いつまでもうだつの上がらぬまま、警部職に甘んじているのだった。

白岡署の管内では、事件といえば、交通事故がいいところ、窃盗事件にしても、年に数回ある程度だった。客観的に見れば、警部のため、いや住民のためには、むしろそのほうがよかったのだが、彼自身としては実力の発揮できる場がないと、日々悶々と過ごしていた。

本名、黒星光《ひかる》。三十八歳。身長百八十センチに近い大男で、鬼瓦のようなごつい顔をしている。当然、女にもてるわけがなく、未だに独身である。

「それでですね」

竹内が言った。「西口の連中が、東口に殴りこみをかけると息まいているんです。一騒動ありそうな気配ですよ」

「ほう、それは大変だ」

黒星は不可能犯罪以外は興味がなかったが、上司としての責任感から、

「じゃ、おまえ、行って、見張ってろ」

とだけ言っておいた。

「つまらない事件だと、いつもこれなんですからね。いいですよ、もう頼みません」

竹内はプッと頬をふくらませて、部屋を出ていった。

3

暗闇の中で電話が鳴っている。黒星は眠い目をこすりながら、枕許のスタンドに手を伸ばした。夜中の一時少し前だ。くそったれ、こんな夜遅く。

「あ、もしもし」

黒星は精一杯、不機嫌な声を出した。

「警部、たいへんです」

受話器からいきなり竹内の声が聞こえた。やっぱり竹内だったか。あいつときたら、いつもこれだ。どうせ、つまらない交通事故かなんかだろう。

「ばかもの、何がたいへんだ」

「殴りこみがありました」

「な、殴りこみだと?」

「体育館の中で横綱がやっつけられたみたいです」

「横綱?」

「相撲大会の優勝者ですよ。ほら、時任山というアンコ型の力士が……」

なんだ、くだらない、と黒星は思った。ろくでもない相撲大会のことか。

「横綱といえば、一番強いはずじゃないか。そんな奴がどうしてやられるんだ?」

「ほんと、そうですね」

「ばか、感心する奴があるか」

「現場は内側から鍵が掛かっていて、入れないんです。それで警部のご判断を仰ごうと……」

「内側から鍵? それじゃ、まるで密室じゃないか」

言ってからハッとした。黒星はガバッと布団をはね上げ、受話器を持ちなおした。鍵の掛かった部屋の中で、人が死んでいたら、立派な密室事件である。

「急いでください。待ってますから」

密室という言葉の響きに、黒星の眠気が完全に吹き飛んだ。

白岡町民体育館は、白岡駅の東側、町役場にほど近い。彼の住む借家からは、自転車で五分くらいかかった。

闇の中に黒々とした大きな建物の影があった。入口にだけ常夜灯がついていて、そこに二人の男が立っていた。

「警部、こちらです」

竹内の声だ。その隣に、ジーンズにTシャツの若い男が寒そうにしている。五月とはいえ、この時間帯は肌寒い。

「こちらは東口商店会の伊東一郎《いとういちろう》さんです。伊東さんから通報がありまして……」

伊東と紹介された男は、不安そうな表情で話し出した。

「声をかけても、時任さんたちの返事がないんです。それで、体育館の中を懐中電灯で照らしてみたら、みんなが中で倒れているんです」

「時任がか？」

「たぶん、鶴乃海たちにやられたんじゃないかと、私、心配になって」

「酔いつぶれてるだけじゃないの。もし違ってたら」

黒星は大声でがなりたてた。これで、何でもなかったら、この伊東という男、ただじゃすまさんぞと思った。黒星の権幕に、伊東は亀のように首をちぢこませた。

「鶴乃海たちがバットを持って体育館に押しかけるのを、私は見てるんです。ひょっとしたらと思って」

伊東は今にも泣き出さんばかりである。彼の話によれば、昨夜は時任健一が相撲大会で優勝したことで、東口商店会主催で祝勝パーティーを開いたのだそうだ。町内の飲み屋を何軒もハシゴした後、飲み足りない連中が五人、時任を引き連れて、体育館にやってきた。体育館は昨日一日だけ借りる契約だったが、大会の幹事である町内会の会長が鍵をまだ返却していなかったので、無理やり頼みこんで、鍵を借りてきたのだという。

「時任たちが体育館に入ったのは、何時頃だね？」

「十一時半くらいです」

「それで、ここで飲みなおしたんだね？」

「はい、酒を持ちこんで、最後だから派手にと思いましてね」

伊東が言った。「私は明日の仕入れがあるんで、十二時で引き上げたんですけど、家に帰る途中で、鶴乃海たちが体育館に向かうのを見かけたんです。やばいと思って、体育館に引き返したんですけど、間に合わなくて」

伊東が物陰に隠れて見ていると、鶴乃海と屈強な若者三人が体育館の入口の前で、中にいる連中とののしり合っていて、「中に入れろ」「帰れ」といった押し問答をしていたという。

「鶴乃海は中に入れてもらったのか？」

「いいえ、時任さんたちは鍵を閉めて、鶴乃海たちが入れないようにしていました。この窓を通して話をしていたんです」

体育館の入口は両開き式のドアになっていて、両方のドアのちょうど人の目の高さほどに、約二十センチ四方のガラス窓がついている。右手の窓は中に紙が貼られているが、左手のほうは何も貼られていないので、そこから中がのぞけるようになっている。今、体育館の中は真暗で何も見えなかった。

「その時は、中は明るかったんだな？」

「はい。やばいことになりそうだったんで、私が警察に通報したら、こちらの刑事さんが来てくれました」

黒星が竹内を見ると、竹内はうなずいた。

「僕が来た時は、鶴乃海たちはいませんでした。入口の鍵が掛かっていたので、懐中電灯で中を照らしたら、中に人が倒れていたんですよ」

「そうか、俺に見せてみろ」

黒星が懐中電灯の光を入れてみると、確かに体育館の中央で五人くらいの男が折り重なるようにして倒れている。酔っているのか、伸びているのか、ここからでは判然としない。しかし、どこかおかしいところがある。永年、警察で仕事をしている者の勘だった。

「竹内君、入口はここだけか？」

「ここの反対側に非常口がありますけど、そちらも鍵が掛かっていて入れません」

「ここの鍵は？」

「たぶん、管理人がスペアキーを持ってると思います」

「わかった。すぐに鍵をもらってくるんだ」


五分後にやってきた初老の管理人は、寝こみを襲われて、すこぶる機嫌が悪かった。

「無断で体育館の中に入りこむなんて、けしからん。町内会長さんを信頼して鍵をわたしておいたのに。え、中で酒を飲んでいるんだと。まったく、何を考えているんだ」

管理人はカンカンである。

「まあまあ、人の生き死にの問題ですから」

黒星は愛想笑いを浮かべてなだめる。管理人は鍵の束の中から、一つを選び出すと、鍵穴に差しこんだ。

「鍵はいくつあるんですか？」

「二つだけだよ。これと、もう一つは会長さんにわたしておいたんだ」

「他には？」

「ないよ。会長さんがスペアを作ったというなら、話は別だが」

そう言っているうちに、錠が解けた。「ありゃ、変だぞ」

管理人が素頓狂《すっとんきょう》な声を上げた。彼がドアを押そうとしたが、開かなかったのだ。

「中に何か引っ掛かってるぞ」

「どれどれ」

黒星も押してみたが、やんわりとした抵抗を受けた。「どうなってるんだ」

黒星が少し強めに押してみると、メリメリという音とともにドアが開いた。

「あ、ガムテープが内側に貼ってある」

竹内が叫んだ。なるほど、ガムテープがドアの内側の隙間に目張りしてあったのだ。そして、一方の窓には厚手の紙がガムテープで貼りつけられ、彼らがさっきのぞいたもう一方の窓の下には、ガムテープの貼られた厚紙がはがれて落ちていた。

「中で騒いでるのが、外に見えないように貼っておいたんだよ」

と管理人が舌打ちをする。

だが、内側から目張りしてあるがために、この体育館は完全な密室状態になっているのだった。

「それより、早く電気をつけるんだ」

管理人がドアのそばのスイッチをつけると、館内がパッと明るくなった。

「おおっ」

その場の異様な光景に、黒星は息を呑んだ。

体育館のほぼ中央に、五人の男が寄り添うようにして倒れていたのだ。真中に相撲のまわしをつけただけの、裸の太った男が仰向けに倒れていて、その周りにトレーナー姿の若い男たちが四人、うつ伏せに倒れている。

そして、中身が空っぽの一升瓶の酒が三本、転がっている。相撲のチャンピオンがつけるマント、酒を入れていた湯呑み茶碗が人数分、ピーナッツやスルメのつまみ類があたりに散乱していた。

体育館には、他に何もない。時任に殴りこみをかけてきたはずの鶴乃海たちの姿もなかった。だだっ広い空間には、隠れるところなど、どこにもないのである。

非常口にも、やはりガムテープが内側から貼られていた。

「あ、生きてるぞ」

竹内が言った。黒星が一人の若者に手を触れると、ぐったりしてはいたが、しっかりと呼吸していた。

「警部、こっちも生きてます」

四人の若者は確かに生きており、体をゆすって、上半身を起こすと、口から酒臭い息を吐き出した。

なんだ、あほらしい。単に酔っぱらいが飲みすぎてダウンしただけのことではないか。

ところが……。

「と、時任さんが……」

伊東が突然叫んだ。「死んでます」

「何だと！」

四人の男たちをどかして、黒星が時任健一の体に触れると、確かに死んでいたのである。体にぬくもりはあるが、冷たくなりかけていた。時任は上半身裸で、下には白いまわしをつけて、今の今まで相撲をとっていたように見えた。だが、その姿はここでは場違いで滑稽に思えた。

相撲の王者が、裸で密室の中で死んでいる。

見たところ、外傷はない。ということは、よほど強い奴にやっつけられ、頭の打ちどころが悪くて昇天してしまったのか。でも、何か変だ。

4

「後頭部を思いっきり叩きつけられているな」

死体発見から三十分後の午前一時半。監察医の倉沢《くらさわ》が黒縁眼鏡の奥から、黒星の顔を見た。

「全身に相当な衝撃を受けているよ。ほとんど即死だろう。死後一時間てとこかな」

ということは、時任は十二時半くらいに死んだことになる。泥酔した四人の男たちは、一枚の運動マットの上に横たえられている。まるで冷凍マグロみたいである。

通報者の伊東によれば、四人は被害者の時任健一と同じ東口商店会の若手メンバーで、薬局の沢井富士夫《さわいふじお》、スーパーの店長北野明《きたのあきら》、洋服屋の轟一郎《とどろきいちろう》、花屋の村木進《むらきすすむ》だという。いずれも二十代半ばで、時任の子分みたいなものだった。時任とは、いわば気心の知れた間柄である。

「時任さんを殺したのは、鶴乃海にちがいありません」

伊東が強い調子で言った。「仕返ししたんですよ、きっと」

「しかしねえ、あなた」

黒星は体育館の中を改めて見まわす。「ここは密室だったんだよ。鶴乃海たちが時任を殺したとして、彼らはどうやってここから脱出したんだね。あいつたち、外からガムテープを中に貼りつけたのかい?」

「でも、時任さんに体力的にかなうのは、この町には鶴乃海しかいないんです。時任さんは酔ってたから、簡単にやられちゃったんですよ」

伊東は泣きそうな顔をして、すぐにも鶴乃海を逮捕してくれるよう訴えた。

「それとも、あの四人がやっつけたとも考えられるぞ」

黒星がマットに酔いつぶれている連中を指すと、伊東が慌てて首をふった。

「とんでもないです。時任さんの力はずば抜けていますから、あの四人が束になってかかっても、かないませんよ」

なるほど、百キロの巨体の男と、見たところ五、六十キロ程度のやわな男たちでは力の差が歴然としている。

「それに、どうして、あの四人が時任さんを殺さなくてはならないんですか。いつも仲がいいのに」

伊東の言うことにも一理あった。横綱の時任健一と、相撲をやってかなう者は鶴乃海しか考えられない。それに、時任がまわしだけの裸になっていたということは、誰かと相撲をやって負けたともとれるのだ。

「伊東さん、客観的に見て、時任山と鶴乃海じゃ、どっちが強いのかな」

伊東は少し首を傾げた。

「まあ、互角でしょうね。体型も違うし、相撲のタイプも違うから、比較はむずかしいんですけどね」

あまり歯切れはよくない。これまでの五回の対戦では、最初に時任山が勝っただけで、後は鶴乃海が四連勝しているらしい。特に去年は鶴乃海の強引とも言える右からの投げに、時任山は横転し、頭を打ちつけるという負けを喫している。その時は屈辱的な負け方だった、と伊東はしぶしぶ認めた。

「なるほどね。だから、時任をああやって投げ殺したのは、鶴乃海以外にいないと君は言いたいんだね？」

「そうです。だから、早く鶴乃海をつかまえてください」

本当に時任は投げ殺されたのか。この密室状態の体育館で？　もし、鶴乃海が時任を殺したとして、鶴乃海はどうやって体育館を脱出したのか。体育館に鍵を掛け、内側からガムテープを貼りつけておくことは、鶴乃海にはできない。

だが、こうしていても、事態の進展がないので、鶴乃海をつかまえて話を聞くことにした。

その時、体育館の前に救急車が入ってきた。急性アルコール中毒の疑いがある四人の男を病院に運ぶためだった。

5

「俺はやってないですよ」

現場の写真が撮られ、時任健一の死体が運び出された直後、鶴乃海こと佐藤博が、竹内刑事に連れられて体育館に入ってきた。すでに午前二時をすぎている。

「何のまねですか、一体?」

禿げた頭の地肌が真赤なのは、酒と怒りの両方のせいだろう。顔といわず、首筋から手まで赤く染まっていた。おまけに真赤なトレーナーを上下身につけているので、全身ゆでダコのように真赤なのだった。

体をよく鍛えているらしく、肩と腕の筋肉が盛り上がっている。逆三角形の顔、太い眉に鋭い目つき、とても客商売に向いた顔とは思えない。まるで、禿げ上がった千代の富士である。

黒星は折りたたみ椅子を持ち出してきて、そこに鶴乃海を座らせ、自分は立って尋問を開始した。

「あなたは時任ともめていたそうだね？　仕返しするとか、おだやかじゃないですな」

「時任の奴、汚い手を使ったんですよ」

鶴乃海は体育館の中央部、チョークで死体をかたどったあたりを憎々しげに見た。

「事情を聞かせてもらいますかな」

「昨日の相撲大会で、俺は下剤を飲まされたんですよ」

彼の話はこうだ。

昨日の大会では、鶴乃海はこれまでになく絶好調だった。この分だったら、決勝までは楽勝だし、おそらく今年も時任山と決勝で雌雄《しゆう》を決することになるだろうと思った。予想通り、決勝までの六試合は相手が弱すぎて、勝負にならなかった。それで、決勝の前、体育館の特設の控室で休んでいた時、缶コーヒーを飲んだのだそうだ。

「それに薬が入れられたのかね？」

「間違いないですね。準決勝の前に一口だけ飲んでいたから、フタは開いていたんだ。だから、準決勝の間に入れられたんだと俺はにらんでる。ちょっと苦いかなって気がしたんだ」

「控室には誰でも入れるのか？」

「選手全員の休憩室みたいなもんだから、大勢が出たり入ったりしてましたよ」

「ほう」

「で、俺は決勝の前にコーヒーの残りを一気に飲んだ。試合の最初のうちは、別に問題はなかったんだけど、試合が長引いて、腰に力を入れた途端、腹が急に痛み出してね。力を入れたら、中身が出そうなんだ。ああ、出る出るって感じで、とても力なんか出なかったんだ」

「そこを、時任山にやられた」

「その通り。汚ねえと思いませんか、警部さん」

おまえの話のほうがよっぽど汚い、と黒星は思ったが、口には出さなかった。

「俺はトイレで用をすましたら、元気になったんで、時任に再試合を申し入れたんだ。ただ、それだけのことですよ」

「悪いもの、食ったんじゃないのか」

「いいや、昨日は餅《もち》しか食ってない。あたりようがないんだ。絶対、時任たちに薬を盛られたに決まっている。再試合は当然の権利でしょうが」

「うむ」

「それで、俺たちは、時任たちが体育館で祝勝パーティーを開いてると聞いたから、決着をつけようと押しかけていったんだ」

鶴乃海は憤懣《ふんまん》やるかたないといった表情だった。

「おまえたち、酒を飲んでいたんだな？」

「ああ、やけ酒を飲んでいたんだ。それでも気が収まらなかったからね」

「体育館に行って、どうした？」

「体育館は真暗だったね。誰もいるとは思えないんだけど、俺は入口のドアをドンドンと叩いた。そしたら、窓が明るくなってね。あいつら、窓に紙をかぶせて、中に誰もいないように見せていたんだ。俺が中をのぞいたら、薬屋の奴が窓のそばに立っていた。時任たちは体育館の真中で酒盛りしているんだよな。それ見て、頭きたよ」

鶴乃海が「入れろ」と言ったら、優勝マントをまとった時任が窓のそばに来て、「負け犬、帰れ」と言い返したのだそうだ。鍵が掛かっているから、中に入ることもできず、結局、鶴乃海たちはあきらめて引き返したという。

「あいつら、また、中にもどって、酒を飲んでたんだ。一升瓶には、たっぷり酒があったからな。そんでね、『万歳!』って叫んでるのが聞こえてね。くそ、思い出しても、腹が立つぜ。あの野郎、死んで、いい気味だ」

「君はほんとに時任を殺さなかったのか?」

「あたりまえじゃないすか」

「体育館に行ったのは、何時くらいのことだ?」

「十二時少しすぎかな。俺の仲間が知ってるよ」

「十二時半に、君はどこにいたのかね?」

十二時半は時任健一の死んだ時刻である。

「夜道を歩いていたな」

「ほう、それを証明できる人はいないかな」

「一人で歩いていたからな。十二時に体育館の前で、俺たち六人いたんだけど、みんなそこでバラバラになっちゃったよ。俺は腹の虫が収まらねえから、夜風に吹かれて気を鎮めようとしてたんだ。家でカアちゃんにあたりたくねえもんな」

「じゃ、アリバイはないな」

「そんなもん、あるかよ」

「よし、わかった。話は署で聞こう」

「冗談じゃないよ。殺してもいないのに、何で警察に行かなくちゃいけないんだ」

黒星が鶴乃海の腕をつかんで、立ち上がらせようとした。すると、鶴乃海は黒星の手を乱暴にふりはらった。

「やめろよ」

彼は逃げようとしたが、酒が大分入っているせいで足がふらついていた。

「こら、待て」

黒星が鶴乃海の肩をつかまえると、鶴乃海はくるりとふり返って、黒星にむしゃぶりついてきた。

「こいつ、警察の人間に歯向かう気か」

「うるせいやい、つかまえられるなら、つかまえてみやがれ」

鶴乃海が黒星の腰のベルトをつかんで、得意の右で投げを打ってきた。ものすごい力に、黒星はよろめくが、かろうじて踏んばった。素面《しらふ》の鶴乃海だったら、とうていかなわないのだろうが、酒を飲んでいないぶん、黒星が有利だった。相手が左から攻めてきたのを、黒星が右で軽くひねると、見事に技が決まり、鶴乃海がもんどりうった。

鶴乃海の頭が床にぶつかり、彼はそのまま意識を失った。

6

「警部、その力だったら、横綱になれますよ」

鑑識班と体育館内を調べていた竹内が、助太刀にかけつけたが、勝負が意外にあっさりついてしまったため、黒星をほめちぎった。調子のいいのが取柄の竹内である。

「うるせえ。こんな田舎町で横綱になっても、ちっとも嬉しくないわい」

上りつめるところが違う。この黒星様は警察の出世街道を上らなくてはならないのだ。

「実力では、時任山以上の鶴乃海を破ったとあっちゃ、大したものですよ」

「ふん」

とは言ったものの、これだけほめちぎられると、悪い気はしない。

鶴乃海は二、三分後に意識を回復し、黒星を尊敬のこもった目付きで見るようになった。

「ですけど、警部さん」

と言葉遣いまで変わっている。「俺はほんとにやっちゃいないんです」

「ま、詳しいことは署で聞こうじゃないか」

「それはないですよ。カアちゃんに何て言われるか」

体に似合わず恐妻家らしい。というより、家で抑えられている鬱憤《うっぷん》が、相撲の強さに出ているのかもしれなかった。

「俺、養子なんですよ。追い出されたら、路頭に迷ってしまうんだから」

土下座をしている鶴乃海が、二人の警官によって引っ張り出されていった。

「あいつ、犯人じゃないと思うんですけどね」

竹内が言った。「僕の直感ですけどね」

「ふん、おまえの勘なんて、あてになるものか。何かトリックがあると、俺はにらんでいるんだ」

鶴乃海は十二時半に一人で体育館にもどってきて、中の連中が酔いつぶれているのをいいことに、時任と勝負して、投げ殺した。あたりまえすぎて、面白くも何ともないが、どうせそんなことだろう。だが、内側にガムテープが貼ってあった事実が、障壁となって立ちふさがっている。何とか、これを崩さないと……。

黒星は改めて体育館の中を見まわした。

「正面の入口と非常口の他に出口はなかったか？」

「なかったですね」

「抜け穴は？」

「まったくありません。管理人にも聞きましたけど、床にも天井にも、仕掛けはありません。明るくなったら、もう一度徹底的に調べてみますが」

「ああ、そうしてくれ」

しかし、仕掛けがあるとは思えなかった。黒星は正面の入口と非常口を交互に眺めた。ドアにも不審なところはない。

ただ単に、鍵が閉まっているだけなら、鍵を使って出入りできるのだが、この場合はドアの内側にガムテープでしっかり目張りがしてあったのだ。たぶん、中の明かりが外に漏れないようにするためのものだったのだろう。だが、そのために、体育館が巨大な密室と化してしまったのだ。

それとも……。時任のそばに倒れていた四人の男たち。あいつらの中に、誰か鶴乃海一派の内通者がいて、鶴乃海を中に入れて、時任と戦わせたとしたらどうだろう。鶴乃海が時任を殺した後、その内通者が鶴乃海を外に脱出させてから、内側からガムテープを貼りつけておく。

「おい、竹内、あの四人はどうなった？」

「病院で点滴を打たせています」

「そうか」

黒星は腕組みをして、今彼が考えた可能性を竹内に話した。

「まず、それはないでしょうね。あの四人と時任の仲はよくて、いつも一緒に飲んだり、旅行していたそうですよ」

「仲間割れしたとか……」

「どうですかね。あのうちの一人が内通者だとしたら、他の三人に気づかれないはずがないでしょう」

「うむ、それもそうだ」

「いずれにしろ、僕は鶴乃海犯人説はとりませんね」

竹内はいやに自信満々だった。一見、頼りないが、たまに鋭いところを突くことがあるので、油断はできない。

これは手柄を立てるまたとないチャンスだった。竹内ごとき若造に手柄を横取りされてはたまらないのである。

「どうして、鶴乃海は犯人じゃないんだね？」

「だって、さっき警部が鶴乃海を投げ飛ばしたのを見ても、それはわかるじゃないですか。鶴乃海は頭を打ったけど、すぐに意識を回復しました。相撲で投げつけられた程度の衝撃だったら、軽い脳震盪《のうしんとう》ですむはずですよ。時任の死因は、相撲の勝負で負けたからでなくて、もっとてつもなく大きな力で打ちつけられたためです。例えば、どこかから落ちたとか……」

黒星と竹内は、同時に天井を見上げた。

「ふふん、ばかな」

黒星は鼻で笑った。「どこから、落ちたというんだ、え？　落ちるところなんかどこにもないじゃないか」

体育館は高さ七、八メートルはあるだろう。ドーム型の天井には、どこにもぶら下がれるとっかかりはないし、天井と床の間にはだだっ広い空間があるだけである。四周はとっかかりのない垂直の壁で、それが天井までつづいていた。

飛び下りようにも、高いところに上ること自体、不可能なのだ。

「そうですねえ」

竹内も首をひねった。「時任は少なくとも二メートル以上の高さから落ちたと、監察医は言ってましたけど」

「おい、クレーンで体育館を吊り上げて、叩き落としただなんて言いっこなしだよ」

黒星はある有名な密室トリックを思い出して、竹内に釘を刺しておいた。「この体育館はちゃちなバラック小屋じゃないんだからな」

「わかってます」

「それに、屋根を持ち上げて、そこから犯人が入っただなんて、なしだよ」

「わかってますって」

「それに、どうして時任が高いところに上ろうとするのだ。自殺でもするためか。ふん、ばかばかしい」

「どうしたんでしょうね」

「上から落ちたのでなければ、やはり相撲に負けたのか。鶴乃海以外に……」

黒星も首をひねる。「そんな力の持ち主といったら……」

「一人だけいます。横綱より強い人が」

竹内が急に顔を輝かせた。何かくだらぬことを思いついたにちがいない。

「ほう、誰だ？」

「さっき鶴乃海を投げ飛ばした……」

「俺？」

「大あたり」

黒星の足が、ズルッとすべった。

「ばかもの！」

7

「よし、それじゃ、最初から事件を整理してみるか」

黒星が言った。午前四時、事件はまだ五里霧中で、いっこうに解決の兆しを見せない。眠くて、頭の働きは大分鈍くなっている。もともと冴《さ》えないのだから、どうしようもなかった。

黒星は胸ポケットから煙草を取り出して、一本口にくわえた。これで、少しは頭がはっきりするだろう。

「警部、ここは禁煙です。ノースモーキング。ほら」

竹内は非常口の上についた「NO　SMOKING」の緑の照明を指差した。

「ちぇ、くそったれ」

黒星は煙草をしぶしぶポケットにしまった。眠くてたまらなかった。

「禁煙の体育館で、横綱が死んでいただなんて、シャレにもなりませんね」

竹内が面白いことを考えついたらしく、クックッと笑った。

「どういうことだ？」

「ノースモーキングの部屋に、相撲《スモー》キングはいらない、だなんてね」

「そんなくだらないこと、考える余裕があったら、少しは事件のことでも考えろ」

「さっきから、考えてますよ」

「ふん、まったく……」

最近の若い奴は何を考えているのか。黒星は舌打ちをしながら、事件をふり返ってみた。

被害者の時任健一と五人の取り巻き連中が、この体育館に入ったのが午後十一時半だった。

十二時にそのうちの一人、伊東が帰ったが、途中で体育館に向かう鶴乃海一派の姿を目撃して、慌てて引き返す。しかし、すでに体育館の入口のドアを挟んで、両者が激しい言い争いをしていた。

十二時二十分くらいに、鶴乃海たちはあきらめて帰ろうとしたところ、中から「万歳！」の声が上がる。その時、一升瓶の中に酒はたっぷり入っていたというから、たぶん一気飲みでもしたと思われる（発見時の午前一時すぎにはすでに瓶は空っぽだったのがその証拠だ）。それを聞いた鶴乃海の怒りのボルテージがさらに上がり、彼は取り巻き連中と別れてから、単独行動をとる。

時任健一の死亡時刻は、午前零時半。その頃、鶴乃海は一人で町を散歩していた（と本人は語っている)。

そして、午前一時すぎ、黒星たちが内側から目張りした体育館を破った時、その巨大な密室の中には、まわしをつけた全身打撲の横綱と、四人の酔っぱらいがいたのだ。

やっぱり、鶴乃海が犯人なのか。だが、どんなトリックを使ったのだろう。

推理は、堂々めぐりを繰り返す。

「なるほど」

竹内が言った。「そうして、時間を追ってみると、よくわかりますね。これは意外と簡単な事件かもしれませんよ」

「おまえ、もうわかったのか」

黒星は急に不安になった。

「フフフ、警部」

「何だ、気持悪いな」

「僕、ちょっと調べものしてきます」

竹内はそう言って、体育館から騒々しく駆け出していった。竹内は何か思いついた時はいつも秘密行動をとる。白岡署でなかったら、あんな奴、とっくにくびになっていることだろう」

開きっぱなしの入口から、ほこりっぽい風が黒星の頬に吹きつけてきた。

8

「どうして、俺は頭が固いのだろう。竹内ごときばかにわかって、この黒星様にわからないなんて、絶対おかしい」

白岡署にもどって、思いきり煙草を吸ったのはいいが、いっこうに頭の回転はなめらかにならず、事件の核心には靄《もや》がかかっていて、何も見えない。

「きっと、俺は疲れているのだろう。少し眠っておこう」

だが、椅子でうたた寝している間も、ろくな夢を見なかった。

白岡署に転勤が決まった時、前の勤務先の同僚が駅のホームで万歳をして送ってくれた夢だった。みじめな思い出が甦《よみがえ》る。明らかに左遷とわかっているのに、空々しい祝辞をもらって、黒星も礼を述べたのだが、気分が恐ろしく滅入《めい》った。そのホームには、たまたま新婚旅行に向かう美男美女のカップルがいて、親戚や友人に心から祝福されていた。その晴れやかな光景を横目で見て、俺は生まれてこなければよかったなどと考えたものだ。

「万歳、万歳!」

同僚たちの歓呼の声が耳にこだまする。

ガバッと目がさめた。額が汗でびっしょりだった。これ以上ない最悪の悪夢である。

午前六時、外は白々と明けそめており、鳥のさえずりが聞こえた。

「くそ、夢の中くらい、いい思いをさせてくれてもいいのに」

難事件を解決して、埼玉県警に栄転する夢を一度でいいから見てみたい。

「万歳！」

夢の余韻《よいん》が頭にしつこくこびりついている。

「ケッ、何が万歳だ」
バ、バンザイ！
その時、頭の中に引っ掛かるものがあった。

バンザイ！

そして、次の瞬間、雷鳴に打たれたように、黒星の背筋がシャキッと伸びた。密室の謎が、小気味のいい音を立てて解けたのである。

どうして、こんなに簡単なことがわからなかったのだろう。

黒星が立ち上がった時だった。通路をバタバタと駆ける足音が署の建物に響いた。竹内がもどってきたのだ。

「た、たいへんです」

「お、ちょうどよかった。竹内君、病院に行こうか」

黒星はにこやかな笑みで竹内を迎えた。

「あれ、僕も今まで病院に行ってきたんですけど」

なぜか自信に満ちあふれた黒星を、竹内は怪訝《けげん》な面持ちで見た。

「話は車の中で聞こうじゃないか」

「ど、どうしたんですか」

「ついに俺の出番が来たのさ」

二人はパトカーに乗って、白岡東病院に向かった。

「それで、あの四人の身柄は拘束したんだろうな」

黒星が聞いた。

「拘束って、何のことですか？」

竹内はキョトンとしている。

「一体、おまえ、何しに病院に行ってたんだ」

黒星の口調がにわかにきつくなった。「当然、犯人の身柄を拘束したんだろうな？」

「え、犯人ですか」

「ばか、あの四人が犯人なんだよ。おまえ、そんなこともわからないのか。病院で何を調べていたんだ？」

「だって、時任健一の解剖の結果を調べに」

「ばかもの！　こんな朝早くに結果が出るかよ」

黒星の雷が落ちた。

そうこうしているうちに、パトカーは病院に着いた。入口付近が騒然としている。警官が二人、おろおろとしていたが、黒星の姿に目を止めると、慌ててやってきた。

「たいへんです。四人が病院から脱走しました」

「何だと、早くつかまえるんだ」

黒星の顔が真赤になった。「くそ、遅かったか」

「じゃ、僕の推理は違っていたのか」

「ばか、おまえも早く探しにいくんだ」

四人が脱走したのは、十五分前だという。車はないので、遠くに逃げられるはずはなかった。駅や道路には非常線を張ってあるので、町の外には出られない。すぐに見つかるだろうとのことだった。

9

「まあ、そんなに気を落とすな」

黒星は自分の推理が的中して、これ以上なくいい気分だった。白岡署で悄然としている竹内の肩に手をあて、なぐさめる余裕があった。いい上司とは俺のようなのをいうのだろうと得意満面である。

「誰だって、間違うことはあるさ」

黒星自身の昔の失敗は棚に上げている。

黒星は竹内を椅子に掛けさせると、自分の推理を早速開陳《かいちん》した。

「まずあの四人が怪しいと思ったのはだな、正面入口と非常口以外、どこにも抜け道がなかったからだ。外部から体育館の中が見えないよう、あるいは内部の明かりが見えないように、ドアの隙間をガムテープでふさいだことが、結果的に彼らを〝密室〟の中に閉じこめることになったのだ。ドアには、どこにも細工の余地はなかった」

「でも、あの四人は被害者に恨みを持っていませんよ。それは、僕がちゃんと調べています」

竹内は不満そうに鼻を鳴らした。「だいいち、動機がないし、そんな解決、つまんない」

「君の言うことはよくわかる。俺もそれはよく承知しているが、あいつら以外に犯人はありえない。わかりきったことじゃないか。時任健一は天井から落下した衝撃で死んだとも思ったが、天井にはどこにもぶら下がれるものはないし、壁は垂直でとっかかりがないから、天井に上ることは不可能だ。となると、どういう方法があるか。鶴乃海と相撲をとったんじゃないぞ」

「鶴乃海を中に入れて、四人で加勢した？」

「違うな。あの四人は時任の子分であって、鶴乃海の子分ではない。そんなことをするはずがない」

「動機がない彼らが、どうして時任を殺したんですか？」

「おこるべくして、おこったのだ」

「僕には、よくわかりませんが」

竹内は肩をすくめる。

「時任とあの四人は優勝の祝賀会をやっていたのだ。『万歳！』という叫びを、鶴乃海たちは体育館から引き上げる時に聞いている。つまり、時任たちは勝利の喜びに浸っていたんだ。わかるな？」

「はあ」

「俺は白岡署に赴任する時のことを思い出して、パッと謎が解けたんだ。めでたい時に必ずやるもの」

「何ですか？」

「それは胴上げなのだ」

「胴上げ？」

竹内は目を丸くして、黒星の顔を見た。そして、すぐに黒星の言わんとすることに気づいた。

「ま、まさか……。じゃ、激突死というのは……」

「そうだ。あの四人は時任の体を『万歳！』と言って胴上げしたのだ。胴上げしたまではよかったが、受け止めるのに失敗した。みんな、かなり酔っていたからな。二メートルほどの高さに飛んだ時任の体は、そのまま仰向けのまま固い床に激突した。時任は四人を信頼しているから、全くの無防備だった」

黒星は紫烟《しえん》を思いきり吐き出し、自分の推理に酔いしれた。

「例えば、時任が鶴乃海と一対一で勝負していたら、こんな形の激突はしないだろう。少なくとも防御の姿勢はとるから、被害は軽くてすむはずだ。あんなに見事に床にぶちあたったのは、味方の四人が相手だったからなのだ」

「あの四人は、どうして急性アル中になるほど飲んだのですか？」

「お、いい質問だ」

黒星はにやりと笑った。「鶴乃海たちが引き上げた時は、まだ一升瓶の中には、たくさん酒が入っていたとわかっている。それが我々が発見した午前一時には、すっかり空になっていた。わずか三、四十分の短時間に飲みほしているのだ。これはつまり……」

「つまり？」

「四人は誤って時任を殺してしまったことで、気が動転してしまった。どうしようかと考えて浮かんだ案は、時任の体から優勝マントをはずして、まわしだけの裸にすることだった。こうしておくと、時任が誰かと相撲をとっていたように見える。都合がいいことに、ちょうど鶴乃海が相撲の再試合を申し込むために、体育館にやって来た。これは誰もが承知しているし、時任と対抗できる、いやそれ以上の力を持っているのは鶴乃海しかいない。つまり、時任の相撲相手は鶴乃海であって、時任は鶴乃海に負けて頭を打って死んでしまった。そんな形に見えるだろう？」

「なるほど。そのように偽装してから、四人は酒を浴びるように飲んだというわけですね」

「その通り。酔いつぶれてしまえば、警察の目をあざむくことができると思ったのだろう。だが、白岡署には黒星という警部がいることを知らなかったのが、奴らの不運だ」

黒星は得意の絶頂にいた。竹内はそれを感心したように見ていた。

「しかしだ、竹内君、彼らは致命的な失敗を犯したのだ」

「ガムテープをドアに貼りつけたままにしておいたことですか？」

「そうだ。最初は、明かりが外に漏れないようにするため貼ったのだが、それをはがしておくことを忘れてしまったのだ。このことで、体育館の外にいる鶴乃海が〝密室〟の中に入ることが不可能になってしまって、犯人ではありえなくなってしまった。ガムテープがなければ、鍵で中に入れるし、容疑者の対象がもっと広がるから、我々も調べにくくなっただろうにな」

「おみそれしました」

竹内自身、黒星が謎を解いたという記憶がなかっただけに、心底、驚いたのである。

「いや、それほどでもない。不必要な密室とでもいうのかな。必然性がない密室だから、かえってすぐにトリックがわかってしまった。密室の裏切りだ」

「密室の裏切りですか。いい言葉ですね」

たとえ、それが竹内のよいしょでも、黒星は嬉しかった。自分のかつての苦い体験、つまり左遷の見送りの場面のイメージが、事件の解明につながったのである。これが嬉しくないはずはなかろう。みじめな経験も時にはこやしになる。それが、今回黒星が得た教訓だった。

それから、黒星はふと思いついて、

「竹内君、君が病院で調べていたことは何だったんだね？」

「いえ、それはもうすんだことですから」

竹内は恥ずかしそうに言った。

「いいから、言ってみなさい」

「はあ」

竹内はもじもじと落ち着かない。「実は、時任健一の死因を調べていたんですが……」

「脳挫傷だろう？」

「そうです。それはそうなんですが、一つ興味ある事実がわかったんです。時任は肺ガンでして、あと半年の命でした。たまたま、あの病院に通院していたそうでして……」

竹内は頭をかいた。「でも、もう関係ないですね」

10

「どうしよう、やっぱり自首しようか」

久伊豆《ひさいず》神社の境内で、四人の男が額を寄せて、ひそひそと話し合っていた。病院を抜け出してきたのは、脱走するためではなく、今後のことを相談するためだった。

「本当のことをしゃべったほうがいいんじゃないかな」

リーダー格の、薬局の若主人沢井富士夫は、他の三人の顔色を窺った。決勝戦の前に、鶴乃海のコーヒー缶に下剤を盛ったのは沢井だった。

四人は時任健一がガンで余命があといくばくもないことを知っていた。時任本人が彼らにそのことを告げていたからだ。今は痛み止めの注射で耐えることができるが、早く死にたいといつも漏らしていた。

沢井たち四人は、おそらく最後の出場となる町民相撲大会で、時任に優勝をプレゼントしようと考えた。しかし、最近は鶴乃海のほうが圧倒的に優勢で、特に時任の今の病状では準決勝までは何とかしのげるとしても、決勝で勝てる可能性は万に一つもなかった。だが、何とか時任に優勝させたかった。

そこで、沢井は薬に詳しいことから、鶴乃海に薬を飲ませて体調を悪くさせ、勝利をもらおうという計画を考え出したのだった。幸い選手の控室は人でごった返していて、薬を盛るのは簡単で、ことはうまく進んだのである。だが、鶴乃海には勘づかれてしまった。

彼らはすべての経緯を時任に話して、どうしようか相談することにした。時任自身、そんな卑怯《ひきよう》なことで勝ったとは知らなかったから、最初は腹を立てたが、四人の気持を知るにおよんで、涙を流して喜んだ。

そして、驚いたことに、逆に四人が驚くことを申し出たのである。

「断ります、そんなことできませんよ」

四人は断固として拒んだ。

「頼む。最後の願いだ。痛みがもう薬では抑えられないんだ。苦しんで死ぬより、俺は最後は楽しく死にたい」

四人は結局、泣く泣く時任の提案を受け入れることにした。

場所はどこでもよかった。体育館にしたのは、たまたま鍵が手に入ったからにすぎない。午後十一時半、時任と彼らは体育館に入った。彼らの他に、何も知らない伊東がいたが、都合のいいことに途中で帰った。

伊東が出た後、外に知られるとまずいので、窓とドアの隙間は紙とテープでふさいだ。十二時頃に、鶴乃海が殴りこみをかけてきたのには驚いたが、これも何とか追い返すことができた。

時任健一の最後の希望——。

「私は相撲チャンピオンとして、最後は祝福されて死にたい」

最後の酒をくみかわし、万歳をやって天国に送ってもらう。まわしだけの裸になったのは、闘魂を意味する。胴上げの後、そのまま床に落下して自殺する。ガンに屈するのはごめんだった。その前に、自分のほうから命を断ってやる。沢井たちは、その介添え人、手助けの人間なのだ。

しかし、ことが成就してみると、四人は悲しみに耐えられなかった。悲しみから逃れるために、残りの酒を飲みほして、すべてを忘れてしまおうとしたのだった。

結果的に体育館が密室になってしまったこと、疑いが一時的に鶴乃海にかかったことなど、彼らの知る由もなかった。

「やっぱり、警察で洗いざらいしゃべってしまおうか」

沢井が言うと、三人が同時にうなずいた。

ちょうどその時、パトカーの警報音が聞こえてきた。パトカーが神社の鳥居の手前で停車し、中から体の大きな男と体の細い若い男が下りて、参道を歩いてきた。

「よし、ちょうどよかった。あの人たちに真相を話してしまおう」

それが、黒星警部の面目を失わせるとは知らないで……。

（問題小説　一九八九年六月号）

ディクスン・カーを読んだ男たち

The Locked Room without Keyholes

〔起〕ジョン・ディクスン・カーのある部屋

世にも不可思議な密室事件——が起こった日。いや、発見された日と言いかえたほうがいいかもしれない。

その日はとにかく、うだるような暑さだった。前日の熱帯夜で気温が下がらなかったのに加え、朝から太陽が容赦なく照りつけたので、水銀柱はウナギ登り、午前九時にはすでに三十度を突破していた。さらに、悪いことは重なるもので、白岡署の捜査一係の部屋は空調設備が故障していたものだから、冷房が全く効いていなかったのである。

二階の東側を占めるその部屋は、窓が大きく開け放たれていたが、外気が全然入ってこない。むしろ、太陽の光線が差しこんできて、かえって気温を高めているといってよかった。

黒星警部はワイシャツのボタンをはずし、ネクタイをだらしなくゆるめて、肩で大きく息をしていた。暑い。ものを考えるのも面倒臭い。彼は陽炎《かげろう》にゆらめく白岡の町並みをぼんやり眺めた。白く光線を反射する民家の屋根瓦越しに水田が広がっているが、みずみずしい緑のかわりに、出かかった稲穂が白茶けて重そうに首を垂れているのが見え、よけいに暑さを感じさせた。

冷房が直るのは、お昼頃だという。それまでは、この暑い部屋から脱出して、涼しい喫茶店でアイスコーヒーでも飲んでいたいところだが、駅前ならともかく、町はずれの署の周りにそんなものがあろうはずがない。仮にあったとしても、職務上抜け出せるものでもなかった。

警部は、首から垂らしたタオルで額にあふれ出た玉のような汗を拭い、あきらめきった表情で書類の片づけをしていた。

事件の第一報があったのは、そんな酷暑地獄の真只中のことである。

問題の電話のベルが鳴った時、黒星警部は億劫《おっくう》そうに受話器に手を伸ばした。しかし、通話口から伝わってきた若い女の悲鳴のような叫びを耳にすると、暑さもどこかへ吹き飛んだ。

「伯父の様子がおかしいんです」

声から察するに、女は二十代だろう。通話口から女のうろたえぶりが伝わってきた。

「おかしいといいますと?」

「返事をしてくれないんです。ひょっとすると、伯父は殺されたのかもしれません」

女がとんでもないことを言ったので、警部の目は完全に覚めた。

「殺された?　もっと詳しく話してください」

だが、女の声は興奮のためか甲高くて、内容がよく聞き取れない。

「とにかく来てください。お願いします。住所は岡泉《おかいずみ》の一九五×番、風見《かざみ》です」

そこまでで電話は突然、一方的にガチャンと切れた。

「もしもし、もしもし」

フックを何度も叩いたが、通話口からはやがてツーンという音が聞こえてきた。

切迫した声の調子からしても、事態のただならぬことがわかる。警部の勘は、これが単なるいたずら電話でないことを告げていた。

「とにかく行ってみよう。いたずらであっても、少なくとも、こんな暑いところにいるよりはましだ」

彼は右手で汗を拭うと、びっしょり濡れた掌を思いきり振った。汗の飛沫がコンクリートの床ににじんだ。


冷房のほどよく効いたパトカーの後部座席に気持よさそうに身を委ねながら、黒星警部はさっきの電話に思いをめぐらせていた。

女の言った住所は白岡のはずれ、春日部《かすかべ》市と境を接する辺りにある。そこには、確かに風見明《あきら》という富豪の屋敷と広大な土地があった。風見は、もともと白岡で生糸の工場を営んでいたが、戦後間もなく東京に進出し、総合衣料メーカーとして成功して財を築いた立志伝中の人物である。しかし、十年ほど前、七十歳になったのを機に後進に道を譲り、白岡の土地に退いて、一人の孫と一緒に悠々自適の生活を送っていると聞いている。風見老人の隠退は当時、けっこう話題になったのだが、彼が人嫌いで近くの人間と没交渉であったため、いつしか人の口の端に上ることもなくなり、今では、彼が生きているのかどうかも、警部は知らなかった。

パトカーは春日部に通じる道路を左にはずれ、簡易舗装のしてある農道に入った。途中、農作業に向かうトラクター数台とすれ違ったが、運転する農夫は、めったに見ることもないパトカーに対して好奇心を隠そうともしなかった。

やがて、車が赤松の林に入ると、前方に赤い煉瓦建の堂々たる洋風建築が姿を現した。タイヤが砂利を噛《か》み、ブレーキを軋《きし》ませて停まると、黒星警部はさっそうと車を飛び降りた。途端に熱気が体全体を押し包み、汗がドッと吹き出してくる。

「ひえー、暑い」

なんで、俺はこんなことを……、と愚痴ろうとした時、警部は慌てて言葉を呑みこんだ。鉄格子の門から五十メートルほどの屋敷の玄関前で、白いパラソルを持った美しい婦人が彼に会釈をしたからである。

当然、警部も会釈を返した。いつの間にか、暑さが気にならなくなっていた。彼は二人の部下を連れて、威風堂々と（本人はそのつもりで）、玄関に向かった。

庭は荒れ放題だった。茅《かや》やヤブカラシなどの雑草が我がもの顔に勢力を広げ、踏み石のある玄関に至る道筋だけが、人一人歩いていけるほど開いているにすぎない。赤煉瓦の洋館は二階建だが、ツタが壁面にビッシリからみついている。ここ数年、手入れが施されていないらしく、建物の荒廃を強く印象づけた。一目見て、この家にはしばらく人が住んでいないことがわかった。

女はパラソルを閉じて、ハンカチで目尻の辺りの汗を拭いていた。二十代後半といったところの、色白の肉感的な美人だった。体にピッチリの白いワンピースが腰の線を浮き立たせており、その色気に警部は思わず生唾を呑みこんだ。

「電話をされたのは、あなたですか?」

「はい、私です。先ほどは取り乱してしまって申し訳ございませんでした」

女は今では落ち着きを取り戻していると見え、警部に非礼をわびた。彼女はこの屋敷の主人の姪、風見友子《ともこ》と名乗った。

「伯父さんが、どうかされたと言われましたな?」

「さっきは不安になってしまったものですから……。でも、私の考えすぎかもしれません」

「詳しく話していただけませんか」

「ええ、私、四年ぶりにこの家を訪ねたのですけど、誰もいないようなんです。応接間、寝室、みなのぞいてみたのですが、人の気配がありません。ただ……」

「ただ?」

「はい、書斎だけに鍵が掛かっていて、入れないのです」

「それがおかしいと?」

「どうも、伯父は今、あの書斎の中にいるらしいのです。伯父の身に間違いがあったらどうしようと思ったら、急に慌てちゃって、前後の見境もなく警察に電話してしまったんです」

彼女は取り乱した自分の行為を恥じたのか、顔を赤らめた。

「わかりました。一応、書斎を見せていただきましょうか。何もなければ、それに越したことはない」

警部はそう言って、玄関のドアを開けた。

ロビーは外とはうって変わって、ひんやりと涼しかったが、かび臭い匂いが鼻をついた。吹き抜けになった二階まで、埃が外の光線を受けて無数に舞っているのが見える。

ロビーに面して、左右に二つずつ扉が向き合う形でついており、いずれも内側に開け放たれている。警部はぐるっと見回すと、友子に訊ねた。

「書斎はどこですか？」

「二階です」

友子は突き当たりの階段を指で示した。階段の中央には色褪《あ》せた赤のカーペットが敷きのべられ、それが踊り場を経て、二階へとつづいていた。

「こちらです」

彼女の案内で、三人の男は階段を上っていった。黒光りのする木の手すりは、さすがに富豪の屋敷にふさわしい。警部が手を触れると、指先に白く埃が付着した。

書斎は二階の東側、右手翼の突き当たりにあった。ドアのノブには、「在室」というプレートが掛けられており、警部がそれを裏返しにしてみると、「不在」という文字があった。要するに、ホテルの「Please Don't Disturb」（起こさないでください）の札のようなものなのだ。

今、プレートが「在室」になっているということは……。

警部はその部屋のドアのノブを回してみたが、動かなかった。

「鍵が掛かっているな」

よく見ると、ドアには鍵穴が付いていなかった。

「妙だな。どうして、ここには鍵穴が付いていないんですか？」

警部は素朴な疑問をぶつけた。

「鍵は部屋の内側だけに付いているんです」

「ほう、それは変わっていますね」

いや、変わりすぎている。推理小説でなければ、まずありえない設定だ。

「伯父は書斎にいる時は、誰にも邪魔されたくなかったから、特別にそういう仕掛けにしてもらったのです。そのかわり、伯父の不在の時は鍵が掛かっていないので、誰でも自由に部屋の中に入れるわけです」

「中に電話はありませんか？」

「ありません」

「ほう、そうなると、連絡の手段がないわけだ」

警部はドアをドンドンと叩いてみたが、書斎の中からは何の反応もなく、沈黙が返ってくるばかりだった。

「私の申したことが、おわかりいただけたでしょうか？」

「ええ、まあ……」

「このドアが開かないのは、内側から鍵が掛かっているからなんです」

「つまり、あなたは伯父さんが今、この中にいるとおっしゃりたいのですな？」

「そうとしか思えません。プレートも『在室』になっていますし……」

「伯父さんの身によくないことが起こったと？」

「私の考えすぎでしょうか？」

「いや、そこまでは申しませんがね」

警部は顎に手をあてて、書斎のドアを見た。「それで、あなたは私たちにこのドアを開けてほしいと思っておられるわけだ」

「ええ、ぜひ」

そうは言われたものの、鍵穴のないドアをどのように開けたらいいのだろう。警部は途方に暮れた。

「お願いします」

友子は悲痛な声で言い、すがりつくような目で警部の顔を見つめた。男というものは、美人に頼られて悪い気はしない。

「わ、わかりました。何とかしましょう。おい、おまえたち……」

警部は二人の部下に一緒にドアを破るように命じた。

ところが、三人の猛者《もさ》が同時にぶつかったものの、ドアはビクともしなかった。数回試してみたが、結果は同じだった。警部は天を仰いで、友子に処置なしとでもいうように肩をすくめてみせた。

「この他に出入口はないのですか？」

「書斎ですので、窓はありません。光が入ると、本が焼けるでしょ。伯父みたいな愛書家はそれを嫌うらしいんです」

「なるほど」

「天井に小さな明かり採りがあることはありますが、人が入れるほどの隙間はありませんし……」

「それじゃ、まるで密室じゃないですか。この中で人が殺されていたら、まさしく、み、密室……」

密室大好きの警部は喜びかけたが、友子の悲しそうな顔を見て、慌てて言葉を呑みこんだ。

「すると、斧か何かでこのドアを破るしか方法はありませんな」

警部は冷静を装って言った。

「ええ、ぜひお願いします」

「いいのですか、あなたの一存で？」

「かまいません、伯父の身内は私しかおりませんから」

「わかりました。この家に斧がありますか？」

「裏の物置きに、たぶんあると思います」

警部はうなずくと、部下の一人に斧を取りにいかせた。そして、斧が手に入ると、自らがドアに強い一撃を加えた。ドアは最初、頑強に抵抗していたが、十度目くらいに、ついにバリバリと裂けて、書斎の内側にどうと倒れた。

「おおっ」

濛々《もうもう》たる埃の中で、書斎は半世紀前の白黒映画のように単調な色合いで浮かんでいた。天井からのわずかな光が、映写機のライトのように部屋の中央をポッカリと照らし出している。

警部の目は部屋の中に釘づけになった。彼がこれまで目にしてきた数々の密室事件に比しても、その光景は異様さにおいて抜きん出ていた。

部屋の入口は今、彼が打ち破ったドアだけである。三メートルもの高さがある四方の壁面には書棚が据え付けられ、びっしりと本が詰まっていた。

そして、部屋の中央に明かり採りから差しこむ〝スポットライト〟を浴びて、二つの死体が折り重なるようにして倒れていた。

「おおっ」

警部は今一度、驚きの声を上げた。

風見の死体があると思われた部屋に、もう一つの見知らぬ死体。

それだけでも充分センセーショナルなのだが、彼らが書斎の入口に呆然と立ち尽くしていたのは、別の理由からだった。

それは、死体が二つとも白骨だったからである。未だかつて、どこにこのような異常な密室があっただろうか。

空前絶後の不可思議な密室だ。

突然、背後でバタッという音がした。ふり返ると、友子が気を失って倒れていた。

ようやく我に返った警部は、彼女の介抱を部下の一人に任せ、もう一人に署への連絡を頼むと、自分一人だけで書斎の中に入った。

ここ数年、誰も立ち入ることがなかったらしく、書斎の床には埃がうずたかく積もっている。倒れたドアをまたいで、部屋の中央に行き、白骨死体を検分した。死体はいずれもうつぶせになっている。上に乗っている白骨は、見たところ一メートル七十くらいの普通の体格、下のは骨格が太く、一メートル八十くらいの大柄のものだった。

白骨は虫喰いでボロボロになった服をまとっているが、服の様子から男だということがわかる。白骨死体が服を着ていることに、警部はなぜか滑稽さを感じた。

その部屋の異常さを物語るもう一つの要素は、ドアを入った突き当たり正面の机の上に、雑然と置かれた数十冊の本だった。そのすべてが、密室殺人の巨匠ジョン・ディクスン・カーの翻訳本だったのである。そういえば、書斎の書棚に収まっている本は全部推理小説のようだった。ミステリに詳しい黒星警部のことだから、涎の出るような稀《き》覯《こう》本がたくさんあるのを瞬時に見てとっていた。

ディクスン・カーの未訳本『Panic in Box C』とか『The House at Satan's Elbow』など

と印刷されたハードカバーの背表紙も多く目につく。

机の下に妙なものがあることに気がついた。埃を被っているが、一つは白い粉末の入った瓶、さらにペーパーナイフと折れたバット、そして、何よりも不思議なのは猟銃が横に転がっていたことである。

このような物騒なものがなぜ——。

警部は再び二つの死体を見た。この二人が殺されたのだとすれば、このうちのいずれかが凶器になるのか。

彼は白い手袋をはめた手で〝死体〟を軽く持ち上げてみた。服には血のような染みはついていないし、銃創や刺創で裂けた様子もない。また、頭蓋骨にも殴られてできた陥没も見られなかった。

「おや」

下の死体のそばに光る物体が目についた。

鍵だった。彼はハンカチに包んで持ち上げてみた。書斎の鍵のように見えるが、何だろう。鍵をドアの残骸にあった鍵穴に合わせてみると、カチャッという金属音を立てて、錠が解けた。

「ふむ」

ジョン・ディクスン・カーの著作が完全に揃った部屋に、二つの白骨死体と〝凶器〟の群、さらには書斎のドアを開く鍵——。

警部は首を傾げた。これらのものは一体何を物語るのか。

凶器があるのに外傷がない。鍵があるのに密室から脱出していない。

「こんな奇妙な密室、見たことないぞ」

彼は喜びのあまり「ウヒョッ」と叫びかけたが、埃を気管の中に勢いよく吸いこんでしまい、激しく咳こんでしまった。発作が収まる頃、ようやく県警の応援部隊が駆けつけてきたのであった。

*

死体の身元――風見明（服装、骨格、歯並び等から判明）
世田《せた》猛《たけし》（風見の孫。ポケットの中の手帳、服装、骨格等から判明）
死亡時期――確定はできないが、約四年前（プラスマイナス一年の誤差）
死因――風見に致命傷となる外傷はなし。世田は尾骨に軽い損傷が認められるが死因にまで至らず。今のところ、二人の死因は不明。引きつづき調査中
遺留品――青酸系毒物（茶色の瓶に残留）、真中から折れた木製バット、ペーパーナイフ、猟銃、書斎のドアの鍵、ジョン・ディクスン・カーの著作等
その他――壁面、書棚に秘密の通路、あるいは抜け穴は発見されず。天井の明かり採り（タテヨコ二十センチ）は取りはずし不可能

〔承〕ジョン・ディクスン・カーを読んだ男

世田猛は十二歳の時、近所の図書館に行って、ジョン・ディクスン・カーの『帽子収集狂事件』を何気なく取り上げた。実はその時、それとは気づかなかったが、初めて彼の生涯が意味を持ち始め、将来の方向が決定づけられたのだ。

夜、夕食がすむと、彼はその本を持って座りこみ、読んでいるうちに床につく時刻になった。そこで、母親の目を盗んで本をこっそりベッドに持ちこみ、懐中電灯の明かりで読み終えたのだった。こんな面白い小説があるなんて、信じられなかった。

翌日、彼は再び図書館に行って、『貴婦人として死す』を借りた。この本にはカーター・ディクスン作と書いてあったが、裏表紙の著者紹介を見て、この人物がディクスン・カーと同一人物であることに気づいた。これもとても面白かった。

こうして、彼は次々とカーの作品を読みあさっていったが、それに反比例して学業のほうがおろそかになったため、成績が下がり、母親にこっぴどく叱られた。

しかし、彼は満足していた。不可解な謎がギディオン・フェル博士やヘンリ・メリヴェール卿の手で快刀乱麻《かいとうらんま》を断つが如く解かれるのに、魔術を見るような心のときめきを感じていたからだ。そして、彼自身が『テニスコートの謎』において、フェル博士より先にトリックを見破った時などは、有頂天のあまり、夜も眠れなくなってしまったくらいだ。

そして、いつかは自分もディクスン・カーの作品の探偵たちのように、世の難解な事件を解いてみせて、世のため人のために役立とうと決意したのだった。

母親はそんな彼を不満に思っているようだった。「この子は、いつも絵空事にばかり夢中になって」と、愚痴ばかりこぼしていた。母親は猛の将来に過度の期待を寄せており、大学に進めるつもりでいたのである。

しかし、猛はディクスン・カーのトリックが決して絵空事ではないことを知っていた。ある日、近所のいじめっ子に日頃の恨みを晴らそうと、『五つの箱の死』のトリックを使ったら、見事に成功して、その子供に一週間ベッドで七転八倒の苦しみを味わわせた経験があったからだ。だれもが猛を疑わしく思ったが、猛にはアリバイがあったし、犯人と断定するだけの証拠もなかった。

この実験に味をしめた彼の心の中に、次第に悪魔が巣食い始めてきた。彼が将来、祖父を殺そうと考えるまでには、それほどの時間を必要としなかった。

世田猛の祖父——風見明は、その当時、事業に成功して巨億の富を築いていた。しかし、猛と母親はその恩恵にあずかれなかった。猛の母親は風見の実の娘だったが、二十五の時、男と駆け落ちしてしまった。風見は一人娘の彼女を目の中に入れても痛くないほど可愛がっていたから、この仕打ちが手ひどい裏切りに思えたらしい。可愛さあまって憎さ百倍とでもいうのか、彼女が結局は男に捨てられ、猛という赤ん坊を連れて戻ってきた時には、「この売女《ばいた》め、二度とうちの敷居をまたぐな」と怒鳴りつけ、冷たく追い返した経緯があった。

猛の母親は、その後、パートや内職で糊口をしのぎ、女一人の手で猛を育てた。そして、猛には常に祖父のむごい仕打ちを語り聞かせた。猛の心には、ディクスン・カーへの傾倒に伴って祖父の風見明への憎悪が育ち、いかにして祖父を殺すか、頭の中でさかんに考えるようになった。ただ、この時点では、猛には祖父を殺す機会はありそうにも思えなかった。血のつながった孫とはいえ、猛が風見家の中に入りこむ口実はありそうにもなかったからである。机上の空論、あくまでも頭の中における殺意だった。

ところが、猛の人生に大きな転機が訪れた。彼が中学を卒業した直後、母親が過労のために倒れ、肺病を併発して、そのまま帰らぬ人となったのである。悲しかった。猛は最愛の人をなくして生きる希望を失った。悲嘆のあまり、死のうかとさえ思った。

そんなある日、意外なことに、あれほど冷淡だった祖父の風見が猛の家を訪れ、彼を引き取ると言ってきたのだった。祖父は、「成人するまでは面倒を見てやる。それ以後はわしの会社で働け」と言った。これまで貧苦にあえいできた猛にとっては、渡りに舟だった。表面上は感謝するふりをして、いつか母親の復讐を果たそうと考えるのも当然のなりゆきだったろう。

十六歳の時、猛は白岡の風見明の家に移った。

白岡に来て間もないある日、彼は祖父の書斎を見て驚嘆した。なんと、自分が図書館で読みふけったカーの著作が全部揃っているではないか。彼の読んだのは四十あまりの作品だったが、ここには彼の見たことのない作品もたくさんあった。『毒のたわむれ』『蠟人形館の殺人』『四つの兇器』『剣の八』といったものの他、クレイトン・ロースンの『首のない女』『棺のない死体』まであったのである。

当時、祖父は事業から身を退き、白岡に隠棲したばかりだったから、よく東京へ出かけた。普段は入ることを禁じられている書斎へ、猛はそんな時によく入りこんでカーの諸作をむさぼり読んだ。そして、書斎にあるミステリをすべて読み終えた時、彼は二十の誕生日を一ヵ月後に控えていた。

猛はいよいよ祖父に対して復讐を果たす時がやってきたと思った。祖父は十年前に妻（つまり猛の祖母）をなくし、一人娘も死んでいたから、猛が最近親者にあたる。したがって、祖父が死ねば、莫大な遺産が彼の懐にガッポリ入るはずだった。

猛が二十になって数週間がたった頃、彼は祖父に書斎に来るよう言われた。

「何ですか、おじいさん」

猛はドアの外から書斎を覗きこむようにした。

「まあ、入れ」

祖父はとうに七十をすぎていたが、まだ矍鑠《かくしゃく》としていた。一メートル八十センチの巨軀《きょく》は猛に威圧感を与える。禿げ上がった額は今もぬめぬめと気味悪く光っていた。

「おまえが成人になったので、わしから話したいことがあってな」

血はつながっていたが、愛情のかけらも感じられず、冷たい響きがあった。

「わしはこの先、いつまで生きられるかわからない」

祖父の言葉に、猛は内心その通りだと思ったが、

「おじいさん、そんな弱気になっちゃいけませんよ」

と、口先だけは殊勝なことを言った。

「おまえはもう一本立ちしたのだから、わしの祖父としての責任はとりあえず果たしたことになる」

「これまでのご恩、感謝しています」

「それでだ、おまえにこの家を出ていってほしいんだ」

「え？」

祖父の意外な話に、猛は一瞬言葉を失った。「それ、どういう意味ですか？」

「わしは、もうおまえを養うべき義務は果たしたってことだ」

「そ、そんな。急に言われたって……」

「すぐに出ていけとは言わん。あと一週間の猶予を与えるから、その間に出ていく準備をするんだ」

「おじいさん、それは……」

「わしの財産をあてにしているんだったら、無駄だぞ。近々、慈善団体に寄付する手続きをとるつもりだ。わしはこれまでの人生で随分悪どいことをして稼いできたが、これがせめてもの世の中に対する贖罪《しょくざい》のつもりだ」

「誰がおじいさんの世話をするんですか？」

「わしのことなら心配するな。残りの人生は自分一人だけで生きていくつもりだ」

それが最後通牒だった。祖父はぴしゃりと言い放つと、猛に背を向け、机の中の整理を始めた。

「く、くそ」

猛は拳を強く握りしめた。手の甲の静脈が青く浮き上がった。

あと一週間か。二階から下りながら、猛は不敵な笑みを浮かべた。そっちがそう出るなら、仕事がやりやすい。

彼は死刑執行の日を三日後に定めた。なぜなら、二月二十七日はディクスン・カーの命日にあたるからである。決行日をうまく按配してくれた天に、彼は感謝した。

自分の考えに考えた末の〝究極のトリック〟を使うつもりだ。これなら、カーも草葉の陰で喜んでくれるだろう。


二月二十七日、決行の日。

午前十一時に猛は物置にあった祖父の古い猟銃を手に取った。数年前、偶然見つけたもので、今でも使えそうだった。しかし、彼はこの銃を凶器にするつもりはない。あくまでも祖父を驚かす効果を狙ってのことだった。

油を含んだ布で銃を磨くとピカピカになり、新品同様に見えるようになった。

猛は猟銃を持って、足音を立てずに、二階へ上がっていった。

書斎の前に立つと、さすがに緊張したのか、掌に汗がにじんできた。彼は猟銃を左手に持ちかえると、右手の汗をズボンにこすりつけた。

書斎のドアはわずかに開いていた。これは好都合だ。深呼吸して、ドアを叩くと、祖父の苛立ったような声が聞こえた。

「猛か、何の用だ？」

祖父は猛が来ることを予期していたようで、ふり向こうともせずに言った。鍵はわざとはずしておいたのかもしれないので、油断はできなかった。猛は黙って書斎の中に入った。引金に指をかけた時、カシャという音がした。

祖父の肩がピクッと動いた。祖父は顔をこわばらせたまま、椅子をめぐらせると、自分に向かって突きつけられた黒い小さな穴を驚いたように見つめた。それが物置の猟銃とは考えつかないらしい。

「猛、おまえ、まさか……」

「ふん、そのまさかだよ」

「早まるんじゃない。話せばわかることだ」

「もう手遅れだよ。おまえみたいな蛆虫《うじむし》は死ぬんだ」

「猛！」

「苦しまないで死ねるだけありがたいと思え」

猛は一歩、祖父に近づいた。

「爺い、部屋の鍵をよこせ」

祖父が胸ポケットから鍵を取り出すと、それを猛がひったくるようにして取った。

「フフフ、これで万事休したな」

「何をするつもりだ？」

猛はそれには答えず、鍵をドアに突っこんで回した。カチャッという小気味のいい音を立てて、錠が下り、書斎は完全に外界と遮断されたのである。

ところが、猛が鍵を回したわずかな隙を祖父は見逃さなかった。猛がその気配に驚いてふり向くのと、祖父が襲いかかってくるのがほぼ同時だった。

祖父が手刀を猛の右手にピシッと決めると、猛の手から猟銃が吹っ飛んだ。

「畜生、爺い」

「やめるんだ、猛！」

取っ組み合いになった。年齢の上では五十以上も離れているが、勝負はほぼ互角だった。互いの手を握り合ったまま、膠着《こうちゃく》状態がつづいたが、時間の経過とともに、祖父の体力が弱まってきた。いくら昔、体を鍛えていたとはいえ、若い力にかなうはずがない。祖父の力が尽きたところを、猛が押さえつけ、組み敷く形になった。

「ばかやろう、無駄な抵抗しやがって」

「猛、愚かな真似はやめるんだ。そんなことしたって、いいことはないぞ。今なら、なかったことにしておいてやる」

祖父は苦しそうに胸を上下させながら言った。

「うるさい、おまえに指図をする権利はないんだ。ふん、今、おまえをやっつければ、財産は俺のものだ。これから、とびきりの方法で殺してやる」

「わしを殺したら、遺産は手にはいらないぞ。警察につかまるのがおちだ」

「さあ、それは、どうかな」

猛は再び猟銃を手にすると、祖父に床に座るように命じた。今度は油断なく、祖父に目を向けたまま、猛はディクスン・カーのある本棚の前に立つと、一冊の古びた洋書を抜き出した。

『Till Death Do Us Part』――「死が二人を別つまで」。

この本は『毒殺魔』というタイトルで翻訳されている、カー中期の作品だった。

「何をするつもりだ？」

「わかるか？」

猛は祖父の反応を窺った。祖父の先ほどまでの威厳はどこに失せたのか、そこには、ただ哀れっぽい目をした一人の老人が彼を見上げているだけだった。権力を取り上げれば、ただのつまらぬ爺いだぜ、と猛は思った。

「教えてやろう。この本でおまえの頭をぶん殴る」

「…………」

「どうだ、嬉しくって声も出ないだろう。ディクスン・カーもまさか自分の本が凶器として使われるなんて、夢にも思わなかっただろうな。カーの命日に、最も意外な凶器としてカーの本を使う。不可能犯罪の巨匠に対する最高のはなむけだとは思わないか。うまく段取りをつければ、傍目には本の落下による事故死と映るわけさ。まさしく完全犯罪だ」

猛は一気にまくしたてると、息をついだ。

「『The Murder of My Grandfather』か。訳せば、『祖父殺人事件』だ。カーがこれをネタに小説を書いていたら、さぞ傑作が生まれたことだろうよ」

猛は勝利の快感に酔っていた。

ところが、この時、猛は祖父の様子がおかしいのに気づいた。祖父は急にうずくまって、肩を痙攣《けいれん》させ始めたのである。

「おい、何がおかしいんだ。俺をばかにすると、承知しないぞ」

だが、祖父は笑っているのではなかった。苦しがっていたのだ。やがて祖父は顔を歪め、首に手をあてて、もがき出した。

「どうしたんだよ?」

猛の顔が不安で蒼ざめた。彼は祖父のそばに駆け寄ると、白髪を乱暴につかみ、顔を上げてみた。祖父は白目を剝《む》いており、手を猛の前で力なく動かすと、やがて頭を垂れ、そのまま動かなくなってしまった。

「おい、くそ爺い。まだ死ぬのは早いぞ」

猛は必死になって、祖父の体をゆり動かしたが、無駄だった。風見明はこの時、七十四年の生涯を閉じたのであった。

「く、くそ」

猛は死体をうつぶせにすると、そのそばに腑抜けのようにペタリと座りこんでしまった。ちょっとあっけなかったが、やむをえないか。少なくとも恐怖心だけは充分味わわせてやった。母親の恨みだけは晴らしたといっていいだろう。いずれにしろ、これで財産が俺の手に入ることは確実なのだ。

祖父はたぶん心臓マヒで死んだのだ。自然死だから、警察の疑惑を招くことはない。思ってもみないことになったが、かえって好結果につながった。

彼は大きく溜息をついて、立ち上がると、書斎から出ようと考えた。いつまでもくそ爺いと一緒にいても、胸糞悪いだけのことだ。

「鍵は、ええと、どこへしまったかな」

ところが、ポケットの中を探ったが、鍵は見つからなかった。さっきポケットに入れたはずだが、祖父との取っ組み合いの最中にどこかへ落としたらしい。彼は床、書棚、祖父の体など、考えられるあらゆるところを探したが、鍵は見あたらなかった。

「おかしいぞ」

この部屋は鍵がないと出られない。このままでは彼は密室の中に閉じこめられて、飢えて死を待つしかないのだ。

冗談ではない。俺のような天才に、そのようなみっともない死はふさわしくない。

その時、彼は祖父の机の下にバットが転がっているのを見つけた。

「フフフ、天は我を見放さなかった。爺いも気がきいているじゃないか」

彼はバットを拾い上げ、まっすぐドアに向かうと、バットを大きくふりかぶり、錠めがけて思いきり叩きつけた。

バキッ。

鈍い音がして、バットが真中から裂けた。しかし、ドアはビクともしなかった。

「くそ、ばかにしやがって」

彼は折れたバットを祖父に投げつけた。狙いがはずれ、二つの木片が机の下まで転がっていった。

そうだ、猟銃がある。古い銃なので、弾《たま》が入っているのかどうかわからないが、試してみる価値はある。彼は猟銃を鍵穴に狙いを定め、引金に手をかけた。

ズドン。

弾丸がいきなり飛び出して、鍵穴にあたり、はね返った。もし、銃を撃った時の反動がなければ、彼は間違いなく命を落としていただろう。のけぞった目の前を弾丸が空気を裂いて走った。

背後でプスッという音がした。

ふり返ると、弾丸が書棚の上のほうの本の背表紙に突っこんでいるのがわかった。古い洋書だった。タイトルはカーター・ディクスンの『The Plague Court Murders』。弾丸は Court の〝o〟の真中にめりこんでいた。

危ないところだった。

ドアがだめだとすると、どこから抜け出すか。彼は部屋の中を隈なく見回した。

天井の明かり採りが目に入った。よし、あれしかない。

彼は今度は書棚を伝って、そこから天窓に飛びつこうとした。ところが、明かり採りはあまりにも高いので、手が届かなかった。手はむなしく空をつかみ、腰から床に落下した。

「いてて……」

腰に激痛が走る。

ああ、俺はこのまま、くそ爺いと一緒に死んでしまうのか。彼は絶望感に打ちひしがれた。

だが、彼はすぐに自信を取り戻した。これまで自分はたくさんのカーの作品を読んできたではないか。どれか一つに密室から脱出する方法を示唆するものがあるはずだ。彼は痛む腰をさすりながら、書棚からカーの全作品を抜き出し、机の上に積み上げた。

まずは、『三つの棺』の中の有名な「密室講義」から読み始めよう。

しかし、仔細にチェックしたが、脱出のトリックはつかめなかった。彼は次第に焦りの色を濃くして、今度は一つ一つの作品を読みにかかった。

処女作の『夜歩く』から始めて遺作の『血に飢えた悪鬼』まで読み終えるのに、一週間が経過していた。江戸川乱歩の『続幻影城』の「類別トリック集成」も読んだ。

それでもわからなかった。

猛の頬はげっそりとこけ、目の周りには真黒な隈ができた。腹がすきすぎて、今は飢えも感じない。ただ、水だけが猛烈に飲みたかった。

こんなことになってしまって、フェル博士やヘンリ・メリヴェール卿は自分のことをどう思うだろう。ディクスン・カー自身はどう思うだろう。

いや、わざわざ完全犯罪をやったつもりの犯人が、ドアの鍵をなくしてしまったなんていう間の抜けた話を聞いたら、誰でも一体どう思うだろう。

〔転〕ジョン・ディクスン・カーも読んだ男

一人娘が死んだという知らせをうけて、風見明は大きな衝撃を受けた。わがままに生きて、自分に反抗した娘だったが、彼女を愛する気持は変わらなかったからだ。

娘は二十五歳の時、妻子持ちの男にだまされて駆け落ちした。当然、風見は烈火の如く怒り、娘を勘当した。それから三年は何の音沙汰もなかったが、ある日、髪をふり乱した子連れの女が風見家を訪れた。よく見れば、それは誰あろう、変わりはてた娘だった。

風見はそのまま娘を抱きしめて、すべてを許すと言いたかったが、彼自身にも意地があった。あれだけ風見を悪《あ》しざまに罵っておいて、男に捨てられたから許しを乞うてきたでは、あまりにも身勝手すぎる。彼は娘に暖かい笑顔を見せるかわりに、冷たく「二度とうちの敷居をまたぐな」と言い放った。

それから十数年、貧窮の中の生活は酷だったのか、娘は風邪をこじらせて、あっけなく逝《い》ってしまった。風見に後ろめたさがなかったといえば、嘘になる。その証拠に彼は娘の借家に赴くと、忘れ形見の猛を引き取ることを決意した。少なくとも、成人するまでは、面倒を見るのが祖父としての義務だと思ったからである。

猛は暗い目をした愛想のない子供だった。何を考えているのか、わからない。風見が目を向けると、いつも視線をはずし、そのくせ風見の様子をいつも窺っているふうだった。風見は猛の顔に、娘をだました男の面影を見た。

薄気味悪く思ったのは、それだけではなかった。風見が外出している間に、猛は書斎に入りびたって、ミステリを読んでいるのだった。用を済まして戻ってみると、必ず書棚の本の位置がずれていたし、時には一冊分の隙間ができていることもあった。どうやら猛は自分の部屋に本を持ち帰って、こっそり読んでいるらしいのである。よく観察していると、ディクスン・カーの作品が多かった。

実を言えば、風見自身も熱烈な推理小説のファンだった。守備範囲は本格推理物が中心で、特にP・D・ジェイムズやコリン・デクスターなどの英国作家が好きだった。カーに関して言うなら、『ビロードの悪魔』が面白いと思う程度で、好きでも嫌いでもない。あくまでも、たくさんの推理作家のうちの一人にすぎなかった。だから、猛がカーの作品を盗み読むことは黙認することにした。

白岡に移ってからの猛は、近くにある白岡高校に三年間通い、まあまあの成績を収めていたが、卒業後は進学もせず職にもつかず、ぶらぶらと毎日を送っていた。かと言って、家を飛び出して独立する気があるでもない。風見としては、当初は自分の築いた会社で働かせるつもりだったが、これまでの猛の態度を見て、適性がないと判断していた。

風見が七十三歳になった年の夏、彼は体に変調をきたしているのを感じた。子供の時から、体力に自信があり、医者にかかったことのないのを自慢にしていたが、今度のはいつもと少し様子が異なっていた。体も心持ちだるいようである。

風見は姪の友子を呼んで、病院に付き添ってくれるよう頼んだ。

友子は彼の死んだ弟の一人娘で、孫の猛を除けば最も近い親族だった。風見がただ一人の娘を失い、猛に愛情を注げないとあっては、気立てのいい友子だけが彼の心のよりどころだったのである。

友子は優秀な成績で大学を卒業して、この九月からアメリカの大学に留学することになっていた。当然、その費用は風見が全額負担するつもりで、四年分の費用はすでにアメリカの銀行の口座に振りこんであった。

近くの癌《がん》センターで検査した結果はシロだった。少なくとも医師は神経性の胃炎だから、心配ないと保証してくれたが、風見にはどこか引っかかるところがあった。友子の様子もどことなくおかしい。

「友子、どうしたんだ?」

病院を出てからうつむき加減に歩いている友子に、風見は思いきって訊ねてみた。

「わたし、アメリカに留学するの、やめようかと思って……」

「突然、何を言い出すんだ」

「ただ、そんな気になっただけ」

風見は友子のふさぎこんでいるのが、自分の病気に原因があるのではないかと思いあたり、そこで、厳しく問いただすと、彼女は渋々と口を開いた。

「伯父さま、何を言っても驚かないわね」

「いいから、早く言いなさい」

「わかったわ」

友子は目を伏せていたが、やがて思いきったように話し出した。

「伯父さま、癌なんですって」

「が、癌……」

風見の動きが一瞬、停止した。「そうか、癌だったのか。道理で……」

何となく身に覚えがあった。最近の体のだるさといったら……。

友子がうつむいて激しくすすり上げた。彼女は風見の胸に飛びこんで、涙をいっぱいためた目で彼を見上げた。

「伯父さま」

「癌とはな、フフ、癌だったとはな」

風見は笑った。

「伯父さま、だから私、アメリカに行くことはあきらめます」

「心配するな。癌ごときにへこたれるわしじゃない。これまでだって、数々の修羅場を乗り越えてきたんだ。だから、おまえは安心して、アメリカで勉強することだけ考えればいい」

友子にはそう言ったものの、落胆したのも事実だった。

あと一年の命――。


それから半年後、猛が二十の誕生日を迎えた。

風見は徐々に死期が近づいてくるのを感じ、最後の大仕事を早急にする必要に迫られた。今のところは体調もすこぶる好調で、とても癌患者とは思えないほどだ。この時機を逃しては、仕事をやる機会を逸してしまう。

最後の大仕事、それは財産の整理だった。

過去の自分の強引な商法は多くの敵を作ったし、また反感も買った。死期を目前に控えた今が、これまでの恩返しをする絶好の時ではないだろうか。そう思った彼は、あり余る財産のほとんどを社会のために寄付することに決めたのである。

猛の奴には扶養する義務は充分すぎるほど果たした。少しはみどころがあれば、財産分与も考えないでもなかったが、あの調子なら、金をやるだけで身を持ち崩すだろう。一方、現在アメリカに留学している友子に対しては、一割程度は残そうと思う。それだけでも、一生食っていくには困らないだけのものはある。

ある日、風見は猛を呼んで、その旨を伝えることにした。

「わしはこの先、いつまで生きられるかわからない」

猛はポケットに手を突っこみ、口許にうすら笑いを浮かべていたが、

「おじいさん、そんな弱気になっちゃいけませんよ」

と、口先だけは殊勝なことを言った。

ところが、風見が猛に家を出ていくように言うと、途端に猛の顔から血の気が引いた。

「そ、そんな。急に言われたって……」

「すぐに出ていけとは言わん。あと一週間の猶予を与えるから、その間に出ていく準備をするんだ」

猛の唇はわなわなと震えた。それを見ていて、風見は快感を覚えた。

「わしのことなら心配するな。残りの人生は自分一人だけで生きていくつもりだ」

猛には有無を言わさなかった。風見は猛に背を向けると、机の中の片づけを始めたが、背後から「く、くそ」と言う猛の押し殺した声が聞こえてきた。

風見は自分の考えが寸分も違っていなかったことを知った。猛の性根は腐っている。祖父の自分に対して愛情のかけらさえ抱いていないのが、これで証明されたと思った。同時に、風見は猛の殺意を敏感に察知していた。奴は何かを仕掛けてくるだろう。そうなったら、返り討ちにしてやろうではないか。

それでも彼は一抹の不安を感じて、アメリカにいる友子に国際電話をかけ、助言を仰いだ。

そして、彼は護身用として、刃先の鋭いペーパーナイフ、木製のバット、それから彼の会社の工場に保管してあるメッキ用の青酸化合物の入った瓶を身近に置いて、万一の場合に備えた。

二月二十七日、運命の日。

風見の身辺整理は、ほぼ九割方終わっていた。明日はいよいよ白岡の福祉センターに出向いて、寄付に関する細目を書いた目録を提出することにしていた。これで、いつでも後顧の憂いなく、あの世に旅立てる。楽しいことばかりとは言えなかった人生との訣別は、妙にサバサバしたものだった。

午前十一時、大きく伸びをした時、ドアにノックの音がした。おそらく猛だろう。ドアの鍵ははずしてある。注意してかからねばなるまい。

「猛か、何の用だ?」

風見はふり向きもせず、ぶっきらぼうに言った。ドアが開く音がして、しばらく沈黙がつづいた後、カシャという音が聞こえた。風見の肩がピクッと動いた。

まさか、あいつがそんなことを……。あれは物置に捨てておいたはずだ。

風見が椅子をめぐらせると、自分に狙いをつけた猟銃の黒い銃口が見えた。これは、予想外の猛の反撃だった。

「猛、おまえ、まさか……」

「ふん、そのまさかだよ」

猛はせせら笑っていた。風見の脅えた表情を見て、嬉しそうだった。猛は銃を風見の鼻先に近づけて、書斎の鍵を渡せと命令した。

「フフフ、これで万事休したな」

「何をするつもりだ？」

猛はそれには答えず、鍵をドアに突っこんで回した。

カチャッ。

その一瞬の間隙を風見は逃さなかった。若い頃、柔道で鍛えた体には自信がある。七十五歳としては軽快な身のこなしで、猛に先制攻撃をかけた。

しかし、最初こそ互角に渡り合っていたが、時間の経過とともに力が尽き、結局は若い猛に組み伏せられてしまった。

猛は有利な状態を取り戻すと、風見に銃口を向けたまま、書棚の前に歩いていって、一冊の古びた本を取り出した。

『Till Death Do Us Part』——「死が二人を別つまで」。カー中期の作品だった。

猛は、この本で風見を殴って殺すと言い、息もたえだえの彼をあざ笑った。

「カーの命日に、最も意外な凶器としてカーの本を使う。不可能犯罪の巨匠に対する最高のはなむけだとは思わないか。うまく段取りをつければ、傍目には本の落下による事故死と映るわけさ。まさしく完全犯罪だ」

風見は狂気の宿った猛の顔を見ると、あきらめきって肩を落とした。どうせ先の見えた人生だが、猛に殺されるのだけは悔しかった。

「『The Murder of My Grandfather』か。訳せば、『祖父殺人事件』だ。カーがこれをネタに小説を書いていたら、さぞ傑作が生まれたことだろうよ」

猛は得意の絶頂にあり、自分の勝利に酔いしれていたが、この時、風見は自分の膝の下に何か光る物があるのに気づいた。

書斎の鍵だった。風見は勝利の女神が再び自分に微笑みかけていることを感じた。素早く鍵を拾うと、咳こむふりをして、口に含んだ。これぞ最高の隠し場所だ。

これがカーに対する最高のはなむけだろう。風見はカーの大ファンというわけではなかったが、猛のやり方でカーの著作を凶器に使ったら、それこそカーに対する最大の侮辱になると思う。

彼はニヤリと笑うと、ゆっくり鍵を嚥下《えんか》した。大きな鍵なので、喉に引っかかるかもしれないが、それならそれでいい。少なくとも、猛に殴られて死ぬよりは、ずっと気がきいているではないか。

鍵がないと、猛は書斎から脱出することはできない。猛は鍵を見つけられなくて、きっと途方に暮れるだろう。そして、なすすべもなく、いたずらに餓死するしかないのだ。

猛は今、『The Murder of My Grandfather』を『祖父殺人事件』などと抜かしおったが、冗談じゃない。『The Murder of My Grandfather』の〝of〟は所有格にも使えると思うが、どうだろう。つまり、『祖父の手による殺人』という意味にも取れるのだ。死者が生者を殺す、とても面白い発想ではないか。

ディクスン・カーがこれを聞いたら、どう思うだろう。きっとほめてくれるにちがいない。

予想通り、鍵が喉につっかえて、苦しくなってきた。慌てた猛が風見の体を乱暴にゆり動かしているのがわかったが、やがて苦痛は感じなくなっていった。

死とは、こんなに安らかなものなのか。次第に薄れる意識の中で、風見はそんなことを考えていた。

最後は限りなく幸福だった。

〔結〕ジョン・ディクスン・カーを読んだ女

風見友子が、両親を失ったのは高校三年の時である。

大学受験を間際に控えている時だけあって、ショックは大きかったが、父の兄にあたる風見明が救いの手を差しのべてくれた。幸い、志望の大学には入学することができ、四年間は東京で下宿生活をした。授業料や生活費はすべて伯父の風見明が仕送りしてくれた。

彼女は夏休みになると、必ず白岡の家に帰り、伯父の書斎で推理小説を読むのを最大の楽しみにしていた。伯父は彼女をとても可愛がってくれ、自由に読むのを許可してくれた。最初はアガサ・クリスティを面白く思ったが、五十冊も読むと刺激を感じなくなった。つづいてエラリー・クイーンを読み始めたが、これも最高傑作とされる『Yの悲劇』の犯人を簡単に見破ってしまったことから興味を失い、もっと面白い作家を探し始めたのである。

そんな時、ふと手に触れたのが、ディクスン・カーの『火よ燃えろ』だった。これは十九世紀のロンドンを舞台にした歴史ミステリで、絢爛《けんらん》たるストーリーに魅力的な謎が盛りこまれ、とても印象に残った。これを契機に、カーの作品を憑かれたように読んでいき、彼女はいっぱしの密室マニアになっていったのである。カーの他にも、密室をテーマとする作品は徹底的に読みあさった。

友子が大学三年の時、世田猛という少年が風見家に住むようになった。伯父に娘がいて子供を一人もうけていることは知っていたが、勘当されているとかで、その母子には一度も会ったことがなかった。だから、この少年の登場は、彼女に少なからぬ衝撃を与えた。彼女としては、伯父のただ一人の相続人だと思っていたし、もし直系の孫が出てくるなら、当然、彼女の遺産の取り分はなくなるからだ。

それにしても、猛は何を考えているのかわからない、得体の知れぬ子供だった。高校一年だというのに、勉強するでもなく、外に遊びに出るでもなく、ただ伯父の書斎に入りびたり、本を読んでばかりいた。時々、彼女が白岡に戻った時、猛と書斎で鉢合わせをすることがあり、そういう時には猛は悪いところを見られたと言わんばかりに、顔を伏せて、こそこそと逃げ出すのだった。

猛もカーを読んでいるようだった。この頃、友子はすでにカーの作品はほとんど読んでしまったし、猛と顔を合わせるのも嫌だったので、次第に白岡の家に帰ることは少なくなっていった。

友子が優秀な成績で大学を卒業後、数年して、アメリカの大学に留学したいと申し出た時、伯父は喜んで賛成してくれた。しかし、会話の合間に、ふと暗い表情を見せた。

「どうしたの、伯父さま？」

「いや、大したことじゃない。ちょっと考えごとをしていただけだ」

「何かしら。それ、悪いこと？」

「わしも先が永くないから、死ぬまでに片づけておきたいことがあってな」

伯父は莫大な財産を社会のために寄付するという計画を彼女に漏らした。

「あら、じゃ、私、留学はあきらめたほうがいいのね」

「いや、それは心配しなくていい。おまえの学費だけはちゃんと確保してあるから、アメリカではしっかり勉強しなさい」

伯父は、さらに友子の今後の生活に困らない分は残しておくと言った。

「じゃ、猛君はどうなるの？」

「あいつには金を残すつもりはない。この家を出ていってもらう」

「それは可哀相だわ」

「あいつの面倒はずいぶん見てやったつもりだ。もう二十になるのだから、一人でもやっていけるだろう」

伯父の言い方には、言葉を差しはさむ余地はなかった。

「それに、わしの体もいよいよだめらしいのだ」

「だめって？」

「このところ、胃の辺りがしくしく痛むし、体もだるい」

「きっと疲れているのよ」

「そうだろうか」

「そうよ」

「おまえ、わしと一緒に病院に行ってもらえないだろうか。一人だと何かと心細いんだ」

そんなわけで、友子は伯父に付き添って、近くの癌センターへ行った。

だが、検査の結果はシロだった。伯父の病気は単なる神経性胃炎で、全く心配する必要はなかったのだ。医者はあと五年は大丈夫だと太鼓判を押した。

友子の胸にある計略が生まれたのは、この時だった。

友子は予定通り、アメリカへ旅立った。そして、四年間、日本に戻ることはなかった。当然〝凶行〟が行われている時も……。

*

四年ぶりに成田に降り立つと、友子はその足で白岡へ直行した。

煉瓦建の洋館は、真夏の強い陽射しを受けて、けだるそうに眠っていた。草の生い茂る庭、ツタが壁面を縦横に走る館に、彼女は荒廃を感じ、かすかに死臭を嗅いだように思った。

玄関のドアは不用心にも鍵が掛かっていない状態にあった。ロビーに一歩足を踏み入れたが、侵入を受けた形跡はなく、カーペットには埃がうずたかく積もっているばかりである。これだけの長期間放っておかれたにもかかわらず、浮浪者さえ寄りつかなかったのは、この館が交通不便なところにあるというばかりでなく、その外観が人を寄せつけぬ一種の超自然的なものを感じさせるからかもしれない。

問題の書斎は、四年前の姿のままだった。ノブを回してみたが、開かなかった。密室は明らかに外部の人間を拒絶し、また内部の人間を外に出さないようにしていた。

彼女は計画がほぼ成功したと確信した。〝史上最高の密室〟を打ち破って、その成果を自分の目で確かめたかったが、それには男の手を借りなければならなかった。そこで彼女は警察を呼ぶことにした。

果たして、白岡署の黒星警部の一行は力ずくで〝堅固な密室〟を破ったが、〝堅固な謎〟を破ることはできなかった。

二つの死体に、たくさんの凶器。そして鍵——。

凶器があるのに、死体には外傷がなく、鍵があるのに密室から脱出していない。このとびきりの密室の謎は複雑すぎて、田舎警部の頭では到底解決もおぼつかなかったのだろう。発見されてしばらくは、事件は町の話題に上ったが、いつしか忘れ去られ、ついには迷宮入りになってしまった。

友子の殺人計画の動機とは——。

当然、金がからんでいる。せっかく一人で伯父の財産を手に入れられると思っていたところに、世田猛という伯父の孫が出現した。さらに悪いことに、伯父は全財産の九割を施設に寄付すると言い出した。これでは、彼女が当初描いていたバラ色の人生設計は崩れ去ってしまう。

そこで、彼女は二人を闇に葬って、遺産を一人占めする計画を立てたのである。

伯父の癌というのも嘘だ。神経性胃炎をうまいこと偽って、伯父には癌だと信じこませることに成功し、〝死期〟の迫った半年後に、あらかじめアメリカにいる彼女に連絡を取ってから、財産整理にあたるよう伯父を説得した。

〝凶行〟の数日前、友子は伯父から国際電話をもらった。猛に財産の寄付の件を話して家を出るよう命令したところ、猛の殺意を感じるので、それを防ぐ何かうまい手だてはないかという相談だった。

彼女は伯父に、護身用にいくつかの凶器を身近に置くように忠告した。ペーパーナイフやバットを防御のため、青酸化合物は癌の苦痛をやわらげ、速やかに死ぬためである。さらに、最悪の場合を考えて、猛を道連れにする方法も伝授した。

その方法というのは、書斎の鍵を飲みこんでしまうことだった。そうすれば、鍵は見つからなくなり、猛は書斎から脱出できない。あとは餓死を待つだけである。

実を言えば、伯父はミステリ好きであったが、それほどカーを読んでいたわけではなく、カーも読んでいたという程度である。トリックに関しては、友子のほうが格段に詳しかったから、伯父も彼女の意見を受け入れてくれたのだった。

友子としては、万一ことがうまく運ばなくても、すべてが猛にマイナスに働くことを知っていた。猛は自分の母親の死んだのは風見のせいだと思っていたし、受け継ぐべき遺産がもらえないと知れば、風見が寄付の手続きをする前に、何らかの実力行使に及ぶことは必至だった。たとえ、猛が完全犯罪に成功したとしても、動機が一番あるのだから、警察も疑ってかかるだろう。

運が大きく作用するプロバビリティー犯罪の計画だったが、ことは彼女の思惑通りに進んでいったのである。

伯父は鍵を飲みこんで喉をつまらせて死んだ。

猛は密室を脱出するための鍵が見つからなくて餓え死んだ。

四年後、二人の死体は白骨化し、伯父の喉につまったはずの鍵は、死体の白骨化に伴い、伯父の骨の隙間から床にこぼれ落ちた。

つまり、密室の中には鍵があるのに、密室から脱出していないという奇妙な状況が、発見者の黒星警部の目の前に現出したのだ。外傷がないかぎり、白骨の死因はわからない。遊びのつもりで入れた〝凶器〟の群も、警部の頭を攪乱《かくらん》させる役目を大いに果たした。この辺も、実に周到に計画が練られていたのである。

今、友子は都心のマンションで優雅な独身生活を謳歌している。アメリカから取り寄せたハーバート・レズニコウの新作を読みながら、自分の創案した密室トリックの素晴らしさに改めて喝采を送った。そして、読みかけの本をベッドのわきに置くと、伯父から引き継いだ膨大な量の蔵書を満足げに眺めた。

犯人が〝凶行〟のあった時間にアメリカにいたということを知ったら、ディクスン・カーは一体どう思うだろう。

あのような奇想天外な密室がこの世に存在したことを知ったら、あの世のカーは果たして悔しがるだろうか。

彼女はその点だけが強く知りたかった。

（『五つの棺』「永すぎる密室」改題）

やくざな密室

The Locked Room Is Dead

1

その屋敷の周りは緊張感がピーンと張りつめていた。防護服に身を固めた十数人の機動隊員が入口を塞ぐようにして立ちはだかり、それにパンチパーマをかけた、一見してヤクザとわかる風貌の五、六人の男が向かい合って、入れろ入れないの押し問答を繰り返していた。

そこへ、黒塗りの外車が横づけされて、中から幹部風の体格のいい男が降りてきた。

「おい、今日のところは引き上げるぞ」

男が一喝すると、ヤクザの隊列が崩れた。

「これで済んだと思ったら、大間違いだぞ。必ずオトシマエはつけさせてもらうからな」

男は凄《すご》みをきかせて、塀の内側にいる男たちにも聞こえるように捨て台詞《ぜりふ》を吐くと、今降りたばかりの車の中に身を乗り入れた。車が闇の中に消えると、下っ端のヤクザたちも、機動隊を威嚇《いかく》するように、一人一人の顔をにらみながら、車の後を追った。

「くそ、緊張したなあ。俺としたことが……」

機動隊員の背後から顔を出した白岡署の黒星警部は、車のテールランプが角を曲がって消え、当面の危機が去った今でも、固い表情を少しも崩さなかった。視線は相変わらず油断なく闇の中にさまよわせていたが、思わず、そう本音を漏らした。

警部の傍らには、入署三年目の若い竹内正浩刑事が立っている。竹内は紅顔の頰をさらに紅潮させて、警部に訊《たず》ねた。

「あの男は何者ですか？」

「山田組の若頭《わかがしら》、立花英男《たちばなひでお》だ。よく覚えておくといい」

「ほんとに、針でプッンとやったら、パチンとはじけるような緊張感でしたね」

竹内はそう言うと、警部の腕をプッンと指で刺すまねをした。剽軽者《ひょうきんもの》の竹内には、すぐ悪乗りする癖があった。

パチン。

いきなり警部の手が竹内の頰を打った。

「痛い、何をするんですか」

竹内は頰を手で押さえ、恨めしそうに警部を見た。

「どうだ、はじけるって、こんな感じか」

「ひどいなあ、警部は。いきなりパチンはないでしょうが」

「ばか、警察官ていうのはだな、いつ何が来ても驚かねえように、常に身がまえていなくちゃだめなんだ。どうだ、勉強になったか」

警部は豪快に笑うと、相撲の四股《しこ》を踏むように、体を前に乗り出した。ところが、これがいけなかった。足が何かを踏みつけたようだった。言葉の最後の余韻が消えないうちに、その九十キロの体が空中を泳ぎ、ドスンと後ろ向きに倒れた。

「あ、そこに丸石があったのに……」

「何で、それを早く言わないんだ。このばか」

警部はあまりの痛さに顔をしかめ、恨めしそうに竹内を見た。

「おお、いてえ。畜生！」

「警察官ってえのは、いつ何が来ても驚かねえように、常に身がまえていなくちゃだめだ、と言ったのは警部じゃないですか」

「ううう……」

最初は重厚に、そして最後は不様《ぶざま》にまとめるのが、黒星警部の常だった。

黒星光、三十八歳、独身。

＊

関東平野のド真中にある、白岡という平和な田舎町が今、危機にさらされている。この町に根を張る山田組と三和会という二つの暴力団が、一方の組長襲撃を発端に、未だかつてないほどの抗争を繰り広げていたのである。

もともと二つの組は同じ山田組だったのだが、山田組三代目の組長の死後、その跡目《あとめ》相続問題から内紛を起こし、組長代理の三和《さんわ》蔵之助《くらのすけ》が山田組と袂《たもと》を分かち、新たに三和会を興《おこ》したのだった。

三和は前組長（三代目）に可愛がられ、資金調達の一切を任されていたが、一方の山田吉三《きちぞう》は前組長の娘婿で、姐《あね》さん（前組長の妻）のお気に入りだった。お互い、次は自分が組を背負って立つという自負心があったから、事あるごとに対立していた。それでも前組長が生きている間は何とかまとまっていたが、その死後は対立が表面化し、姐さんがそれに口出しするものだから、ますます紛糾の度合を深めていったのである。

分裂して数年は均衡状態がつづいていた。直接の火種となったのは土地問題である。白岡の宅地化が進み、もう一つの駅が新設されると決まるに及び、様々な土地ブローカーが暗躍し、それに二つの組の利権がからんできたから、話は厄介になった。

三和会は県の経済界との間に太いパイプがあるのに対し、山田組は昔からの地縁がある。双方とも、ここで降りたら、組の命脈は断たれるも同然といっていいわけで、それこそ組の存亡を賭けての一歩も後に退けぬ闘いだった。

十一月十六日、駅前のバーで飲んでいた山田吉三（山田組四代目組長）が、後ろの席に掛けていた三人の三和会組員に、いきなり銃を乱射され、山田と一緒に飲んでいた組員一人が死亡、山田自身も全治三ヵ月の重傷を負うという事件が起こった。

この仕打ちに対して山田組は、ダンプカーを三和会会長宅に突っ込ませ、火を放って建物の一部を焼いた。抗争は止まるところを知らず、次第にエスカレートし、ついには県警が乗り出してくるという事態にまで発展した。これまでのところ、双方の被害者は合わせて、死者二人、負傷者九人に上っている。

警部自身は、殺人など凶悪犯担当で暴力団抗争は職掌外だったが、非常措置として署長から特にこの事件にあたるよう命じられており、こうして毎日部下の竹内刑事を引き連れて、二つの組の見回りにあたっていたのである。

2

「フーッ」

黒星警部は自分のデスクに足を乗せると、大きく溜息をついた。

「何ということだ。毎日こんなヤクザの事件に振り回されるなんて」

彼は我が身の不幸を嘆いた。こんなはずではなかった。推理小説好きの彼が警察に入ったのは、あのフェル博士やヘンリ・メリヴェール卿、奇術師マーリニが解いたように、密室殺人事件や不可能犯罪を快刀乱麻を断つが如く切ってみせて、世間をアッと言わせたかったからではないか。しかし、現実にはそんな事件など起こらない。おまけに、こんな田舎警察署にいるかぎり、そういう事件に出会うなんて絶対無理というものだ。

ヤクザの親分が生きようが死のうが、自分には何の興味もない。彼は毎晩の見回りに腐っていた。こんな寒い時、あいつら、何をすき好んで喧嘩をやらなくちゃならないのだ。

窓の外を見ると、小雪がちらつき始めていた。道理で今日は冷えるはずだ。彼は先日痛めた腰をさすり、顔をしかめた。

竹内の奴は悩みがなくていいよ。今頃あのバカ、どこをピョンピョン飛び回っているのだろう。職務に忠実なのはいいことだが、最近の若い者は一体何を考えているのか。

彼の空想を断ち切るように、廊下をドタドタと駆ける足音がしたかと思うと、ドアが勢いよく開いた。

噂をすれば影、ほうらおいでなすった。

「た、た、大変です、警部」

「おい、入ってくる時はドアくらいノックするのが礼儀だぞ」

「すみません、慌てていたものですから。それより一大事、大事件です」

「何だ、一体?」

「ロケット砲です」

「ロケット砲?」

「ええ、山田組がロケット砲を入手したという情報をつかみました」

「それは大変だ。で、どこで?」

「ハワイ」

「ほう、ハワイとは白岡も国際的になったものだな。一和会と山口組なみじゃないか」

警部は犯罪のスケールが大きくなったことに満足の笑みを浮かべた。ところが、竹内がそれをぶち壊すようなことを言った。

「植物園のジャングルの中で取引をしているのを、客が目撃しています」

「植物園？　客？」

「ええ、そうなんです。白岡山のハワイアン・センターの植物園で」

その時、ロケット砲もかくやと思われるほどの大音響がした。

ずっこけて、椅子ごと後ろに倒れた警部が呪いの声をあげて、竹内に助けを求めていた。

「白岡なんて、これだから嫌いなんだ。話が田舎臭いんだよ、まったく」


「ほんとに大丈夫なんだろうな」

「間違いありません。狙ったところに必ずあてるという誘導式の最新の武器です。値は少々張りましたが」

病院の一室では、入院中の四代目山田組長が、若頭の立花英男と密談をしていた。組長の容態はかなり悪いようだ。頰は憔悴《しょうすい》し、五十五という年齢よりは確実に十は老《ふ》けて見える。しゃべるのもかなり難儀のようだった。

「気づかれずに、三和会には近づけるか？」

「警備が厳しいですが、百メートルくらい近寄れば、何とか撃ちこめるはずです」

「そうか、わしはもう先が長くないかもしれないが、死ぬ前に三和を殺《や》らないと、死んだ三代目に申し訳が立たない」

「親分、弱気になっちゃいけませんぜ。医者も大丈夫だと太鼓判を押していたじゃないですか」

「おまえが組を見てくれれば、心配はない。後をよろしく頼むぞ」

「だめですよ、親分。そんな気の弱いこと言われたら、あっしも姐さんに対して何と言ったらいいか」

「姐さん……」

二人の会話が途切れ、組長の視線が宙をさまよった。

ややあって、組長が呻《うめ》きながら言った。

「姐さんは、どうだ、元気にしてるか？」

「はい、最近は藁《わら》人形に凝っているようです」

「藁人形？」

「女の一念ですね、先代のためにも、三和を呪い殺してやろうとしているんです」

「先代を思う女の執念か」

そこまで言うと、山田組長は力尽きたかのように、痰《たん》でからんだ喉をゴボゴボといわせて仰向けにベッドに倒れこんだ。

「いやに冷えるな」

「ほんとだよな。いつまでお守《も》りをさせる気だろうな」

午後九時、八幡神社の境内は闇に包まれている。月の出ない夜で、しかも鬱蒼《うっそう》とした杉の巨木が群をなし、空を覆っているものだから、よけいに暗さが強調される。漆黒の闇というのは、このようなものをいうのだろう。

ライターの火がポッと灯り、話の主である二人の男の顔が、一瞬、闇の中に浮かび上がった。人相は揃ってよくない。

「姐さんは、最近おかしくなったと思わないかい？」

「ああ、確かにな。あれじゃ気が狂ったとしかいいようがないよな」

「知らない人が見たら、何と思うかな」

「気違い婆あか」

「しっ、聞こえるぞ」

二人の背筋を、その時、戦慄が走った。白装束《しょうぞく》の、髪をふり乱した七十歳くらいの老婆が、彼らの方を見たように感じたからだ。

蠟燭《ろうそく》の光が、不気味な笑みを浮かべ、千枚通しを持ち上げる老婆を映しだした。

二人から二十メートルほど離れた場所にある杉の巨木のほうから悲鳴が聞こえたような気がした。

キュッ。

聞き間違いか、いや確かに泣いた。

老婆は、杉に掛けられた藁人形の心臓のあたりに、今、千枚通しを打ちつけ、それを木槌でコツコツと叩いていた。

老婆の目に狂気の光が宿った。

やがて、彼女は何事かを呟くと、千枚通しを抜き、藁人形を懐にしまうと、蠟燭の火で参道を照らしながら、二人の方へ戻ってきた。そして、二人の男に目をやると、

「おい、おまえたち、帰るよ」

と、低いドスのきいた声で言い放った。さすがに元組長の女房だ。蠟燭の光にゆらめく鬼気迫る顔に接し、居ずまいを正した男たちは、

「は、はい」

と言って顔を見合わせると、慌てて老婆の後を追った。

「わたしゃ、決めたよ」

老婆が後ろをふり返らずに言った。

「何でしょうか」

「決めたんだよ、三和を闇に葬る日をな。今日から二週間後の十二月二十四日、夜の九時、わたしが藁人形の心臓に千枚通しを刺し貫いた時、三和の心臓は動きを停める。呪い殺してやるのだ」

「そ、そんなこと……」

「いいかい、三和会に伝えるんだよ。十二月二十四日、夜の九時ちょうどってね」

老婆はそう言うと、喉の奥から鳥がたてるようにクックッと笑い声を漏らした。

3

「すごい展開になりましたね。ロケット砲と殺人予告ですか」

「そうだ。山田組では、姐さんの殺人予告で三和会を精神的に動揺させておいて、ロケット砲で追いうちをかけると俺はにらんでいる。だから、二十四日の警備は相当厳重にやらなければならないぞ」

黒星警部と竹内刑事は、三和会会長宅に近い小高い丘の上に立ち、眼前に広がる白岡の町を見下ろしていた。

白岡は、つい数年前までは農業が中心の緑の町だった。しかし、都市化の波が次第に北へ押し寄せ、東京から電車で一時間ほどのこの町も、ご多分に漏れず通勤圏内に入り、新興住宅地になった。

三和会会長宅は町の西はずれ、駅からは二キロのところにあるが、それでも周辺にはポツンポツンと家が建ち始めている。新道ができて、バスが通うようになったことにも原因があるにちがいない。

一方の山田組は東のはずれ、白岡山の近くにある。こちらはまだ純農村地帯で、田圃の中に農家が散在しているといった状態だ。二つの組の間は距離にして四キロくらい、その中間に位置する白岡警察署は常にパトカーを巡回させ、両者に間断なく目を光らせていた。

丘からは、三和会会長宅が手に取るように見えた。二百メートルほどの距離だろうか。土地の豪農の屋敷をそのまま買い取ったものなので、造りは昔風だが、茅葺《かやぶ》きだった屋根は瓦に葺き替えてある。煙出しも今は装飾としての役割を果たすだけだ。

「凶器準備集合罪の疑いで山田組の手入れをした時、ロケット砲はどこにも見つからなかった。奴らは買ったことはないとシラをきっているが、どこかに隠しているのは間違いない」

「ここから撃ちこめば、三和会は一発でやられますね」

「そうだ。まあ、いずれにしても、ここを押さえてしまえば、山田組にも手が出せないと思う。その後、三和会に目立った動きはないか？」

「そう言えば、二、三日前から屋敷の周りにネットを張っているみたいですよ。ほら、あれです」

竹内の指差す方向を見ると、塀の周辺にずっと矢倉《やぐら》が立てかけてある。

「しかし、あんなもんで、ロケット砲の攻撃が防げるのかな」

「金網といっても、かなり頑丈みたいですよ。どこまで防げるかは疑問ですけど」

「ところで、山田組の婆さんはどうしてる？」

「毎晩、八幡様に通って、藁人形に千枚通しを刺しているって噂です」

「薄気味悪いな」

「三和会としても、ロケット砲よりも婆さんのほうが不気味で恐《こわ》いって言ってます。何しろ、昔は姐さんと慕っていた人ですから」

「ふうむ、オカルティズムか。何か話がおどろおどろしくなってきたな」

警部は今まで浮かない顔をしていたが、今日になって殺人予告がなされ、事件が彼好みの展開になってきたので、顔つきも心なしか明るくなったようである。

「ふむふむ」

警察官としては、まことに不謹慎なことながら、彼の頭の中には推理小説もどきの素晴らしいストーリーが展開し始めた。魔術の殺人、ふむ、それも悪くない。それに密室がからめば、ほとんどディクスン・カーの世界だ。ま、実際にそんなことは起こるまいが……。

夢想の世界の中に、突然、竹内の声が無遠慮に割りこんできた。

「でも、原宿なんですってね」

「な、な、何だ、何が原宿だ?」

「何でも、孫娘が原宿で買ってきて、婆さんの誕生日のお祝いにプレゼントしたって話ですよ」

「だから、何をって、俺は聞いているんだ」

「藁人形ですよ。婆さんが呪いをかけているのは、竹下通りのタレント・ショップで売っている藁人形なんです。今、ガキの間で人気の……」

警部の右足が草の上をズルッと滑り、ずっこけそうになった。彼は先代組長の孫娘のイモねえちゃんスタイルと、知性のかけらも見られない顔を思い浮かべた。

「原宿の藁人形かよ、ケッ」

白岡のオカルティズムは、どこか間が抜けていると思った。くそっ、だから俺はこんなダサイ田舎町は嫌いなんだ。枯草の上にいまいましげにペッと唾を吐いた。

その時、町の中心部から郊外に延びる新道の彼方から、黒い大きな影が近づいてくるのが目に入った。

「何だ、あれ？」

「トレーラーみたいですね。あ、三和会に向かっている」

「山田組の出入《でい》りじゃないだろうな。よし、行ってみよう」

警部が言い終わらないうちに、竹内刑事は走り始めていた。その後を警部が必死に追いかけていく。

二人が会長宅に着くのと、トレーラーが門前に停まるのが、ほぼ同時だった。警部は肩を揺るがせ、大きくあえいでいた。

「や、これは警部さん、いつも見回りご苦労さんです」

頭をテカテカに剃《そ》ったサングラスの男が玄関の中から進み出てきて、必要以上の低姿勢で警部に挨拶をした。顔は笑っているが、鋭い目はいささかも隙を見せない。三和会の若頭、村田《むらた》良二《りょうじ》だった。トレーラーの周りには、組の者十人ほどと機動隊が何人か群がった。

「一体、何事だね、この騒ぎは？」

「核シェルターですよ、警部さん」

「か、か、核……」

「これで、いつロケット砲が飛んできても大丈夫ですぜ」

警部はことのあまりにも大げさなりゆきに唖然とした。

「どこに置くんだ？」

「昔の使用人の部屋の中ですよ」

そんなやりとりを交わしている間に、オーライの声とともに、トレーラーが後ろ向きに玄関の前まで入ってきた。

組の若い者が大声で合図をして、車を停めると、数人が後扉をバーンと勢いよく開いた。ウオー。一斉にどよめきとも溜息ともつかぬ声が上がった。

「よーし、ストップ」

「すげえなあ」

竹内刑事は、ただただ賛嘆の念をもって見とれているだけだった。

「厚さ十センチの鋼鉄製のシェルターですぜ。核爆弾が落ちてこようが、びくともしねえ代物《しろもの》だ」

村田も自慢げに警部に説明する。

「一千万を五百万に負けさせたんだからすごいよ。これで親分にも長生きしてもらわなくちゃね、へへへへ」

その核シェルターは、全体を黒く塗られている。縦三メートル、横二メートル、高さは二メートルほどもあろうか。底の部分には車が付いていて、四人の男が押せば、動くようになっている。今しも、〝鋼鉄の部屋〟はトレーラーに斜めに立てかけられた台を伝って、地面に下ろされようとしていた。部屋の中へはどうやって持ちこむのかは分からぬが、組員総出で運搬にかかっている。

玄関の奥に白髪の三和会長の顔もチラッとのぞいたが、相好《そうごう》を崩しているのが、警部の立っているところからも、はっきりと見てとれた。

「これで、籠城準備も万端整ったというわけか」

警部は、今もポカンと口を開いて移動の様子を見守っている竹内の肩をポンと叩いた。

その時、警部はまたしても不謹慎な考えが頭の中に浮かんだ。

「もし鋼鉄の部屋で組長が死んだら、ほんとに面白い展開になるのだがな」

若い竹内は、満足の笑みを浮かべている警部の顔を不思議そうに眺めていた。

4

「何か心臓のあたりがしくしく痛むんだ」

十二月二十四日の午後六時五十分。三和会会長宅の広間では、会長が若頭の村田をわきに呼んで、そっと耳打ちをした。

「気のせいですよ、親分」

「そうだったら、いいのだが」

「緊張するのも無理ありませんが、何も気に病むことはないですよ」

「もう一度、あの手紙を見せてみろ」

村田は胸ポケットから小さく畳んだ白い紙を取り出して、会長に渡した。会長はそれを開くと、声を出して読んだ。

「『十二月二十四日午後九時、三和蔵之助、おまえの命はもらったよ。山田ハナ』」

会長の手は怒りのためか、それとも恐怖のためか震えている。

「いくら姐さんとはいえ、これはひどいぜ」

「私は、山田組としてはこの手紙にひっかけて、ロケット砲で一気に勝負を仕掛けてくると読んでるんですがね」

「わしもそうにらんでいる。問題はロケット砲がどこにあるかだ」

三和は腕組みをして天を仰いだ。

「山田組には見張りを立てていますから、何かあれば、すぐにこっちに連絡が入るようになっています。それに機動隊も向こうの組員の出入りの際に身体チェックしているらしいですぜ」

「うちの守りはどうなってる？」

「若い者《もん》を立たせていますし、機動隊も屋敷をぐるぐる巻きに取り囲んでいます」

「鼠の這《は》い入る隙もないってわけだな」

「全くです。もし、万が一、ロケット弾が飛びこんできても、親分はシェルターに入っているから、危険はないわけです」

「そうか、おまえがそこまで言うんだから、間違いないだろう」

「ま、念には念を入れて、七時にはシェルターに入ったほうがいいのではないかと思いますが」

「ああ、そうするとしよう」

三和会長は、そう言うと、やおら立ち上がった。

「じゃ、行くぞ」

「はい」

障子を開けると、外の寒気がどっと部屋の中に入ってきた。

「うう、寒い。月が出ているな、今夜は冷えそうだ」

「シェルターの中は暖かくしてありますから、ご安心下さい」

廊下をいくつも曲がって、昔の使用人が使っていた板敷の大部屋に出た。会長がこの家を買ってからは物置代わりに使っていたが、今度の騒動で急いで片づけをし、核シェルターを運びこんでいる。頭上に目を向けると、吹き抜けになっていて、煙出しまで二階分の広い空間がある。そこには百年以上も経たとおぼしき太い梁《はり》が縦横に張りわたされていた。

梁から直接長いコードが垂れ下がり、その先に電球が煌々と輝き、鋼鉄製のシェルターの表面を光らせていた。時代を経て黒光りする板の間にあって、黒いシェルターは以前からの屋敷の付属物のように、部屋全体にしっくりと溶けこんでいる。

「親分が中に籠《こ》もっている間、外側は若い者《もん》で固めます」

村田は、板の間に続く広い土間に立っている数人の男たちを指した。土間の周りも、やはり板囲いがあって、腰を屈めなくては通り抜けできないような、小さな出入口がついている。そこには、内側から頑丈そうな閂《かんぬき》が掛けてあった。

「よし、おまえたち、頼んだぞ」

会長が声をかけると、男たちが「オウ」と答えた。

「さあ、どうぞ」

村田に促されて、会長は核シェルターに目を転じた。土間に向かって小さなドアが口を開き、内部から弱い明かりが外に漏れていた。

「鼠一匹這い入る隙がないというのは、このようなものを言うのでしょう。ちょっと窮屈ですが、ほんのしばらく辛抱して下さい。中には懐中電灯を入れときましたし、石油ストーブで暖めてありますから、寒くはないと思います。それに横になれるようにクッションを敷いておきました」

「換気孔はあるのか？」

「はい、ストーブの上に」

見ると、ストーブの上部に四角い枠のようなものがあった。

「そうか、すまないな」

「ドアは内側から鍵を閉めると、外からは絶対に開かないようになってます」

「何か用があったら、どうするんだ？」

「携帯無線機を入れておきました。感度はいいですから、連絡はスムーズにいくと思います」

「よし、わかった」

「退屈でしょうから、本でもどうぞ」

村田が週刊誌を二、三冊手渡すと、会長は不敵な笑みを浮かべて〝鋼鉄の部屋〟の中に入っていった。村田は会長が入るのを見届けると、シェルターのドアの鍵を下ろした。

「これでよし」


「その後、目立った動きはないか？」

七時。黒星警部は、定時連絡に署に寄った竹内刑事に訊ねた。竹内の顔は長い間、寒風に吹きさらされて真赤になっている。

「三和会長はどうやらシェルターに入った模様ですが、山田組のほうはまだ何の行動も起こしていません」

「そうか、ロケット砲がどこに隠してあるのかわからないが、とにかく山田組の奴らの動きには、くれぐれも注意してくれよ」

「はい、わかりました」

三和会長は、高さ一メートルくらいの引き戸式のドアを閉め、留め金式の鍵をガチャンと下ろすと、シェルター内部の点検にかかった。四畳半より少し狭いだろうか、敷きつめた赤いカーペットの上にはクッションが敷いてあり、その上部に大きな懐中電灯が吊るされていた。暗すぎるかと心配していたが、それほどではない。これなら本くらいは読めそうだ。ストーブは部屋の一番奥で赤々と燃え、その上部にタテヨコ二十センチくらいの換気孔があった。

「けっこう居心地はいいではないか」

会長は満足そうにつぶやくと、クッションに腰を下ろした。

彼はロケット砲のことは、それほど心配していなかった。いくら最新式のものとはいえ、そんなに命中の確率が高いとは思えない。むしろ、恐いのは山田組の姐さんの存在だった。今は呆けかけているとはいうものの、昔は先代組長の姐さんと慕った人だし、尊敬の念を払っていた。やむをえない事情ではあったが、その人に叛旗《はんき》を翻《ひるがえ》したのだから、死んだ先代に対しては申し訳ない気持でいっぱいだった。

そのせいか、姐さんが一カ月ほど前に藁人形で自分のことを呪っていると聞いた時から、体調が思わしくないのである。迷信とは知っていても、何か気持が悪い。

だが、そんな弱気はふり払わねばならない。今、自分は鋼鉄製のシェルターに入っているのではないか。爆弾はもとより、呪いがこの厚い壁を通過できるはずはない。体の変調は単なる歳のせいであろう。六十をすぎているのだから、体にガタがきても少しもおかしくはないのだ。

彼は努めてそう思うようにした。

「夜はまだまだ長い」

彼は週刊誌に手を伸ばし、目を通し始めた。


午後八時。

「山田組から婆さんと組の者三人が出て行きました。八幡神社の参拝とその護衛だそうで、止める理由もなかったので、出しました。よかったでしょうか？」

竹内刑事の緊張した声が通話口から聞こえた。

「まあ、いいだろう。見失わないように尾行するんだぞ」

警部は素早く指示を与える。

「了解」

「両方とも見逃すなよ」

「はい、わかりました」

電話が切れると、黒星警部は気合を入れるため、自分の頰を両手で強く叩いた。

「とうとう動き出したな。よし、行くぞ」

彼は、三和会会長宅に向かうべく、三人の部下を連れて、パトカーに乗りこんだ。

「親分、お変わりはありませんか？」

「大丈夫だ」

無線機を持つ村田の問いかけに、会長の声は元気そうだった。少し雑音が入るが、やむを得ないだろう。

「山田組の動きはどうだ？」

「姐さんが二、三人連れて出かけたという情報が入りました。おそらく八幡様に向かうのだと思われます」

「わかった。じゃ、また何か連絡があったら教えてくれ」

「はい」

村田は無線機をオフにすると、若い者に声をかけた。

「いいか、気をひきしめていけよ」


山田組の姐さんの一行は、家を出てからゆっくりと歩き、八時三十分に八幡神社の境内に入った。この神社は千年も前に八幡太郎源義家が奥州征伐に向かう折、馬をつないだという由緒ある場所だ。今では田舎の小さな社になりさがっているが、それでも社宝として、かなり貴重なものが残されているらしい。

一行は、玉砂利の敷きつめられた暗い参道を懐中電灯の明かりを頼りに進んだ。その二十メートルほど後を竹内刑事たちが気づかれないように追っている。

老婆の呪いかけの手順は決まっていた。毎晩八時三十分に神社に着くと、まず拝殿に行って手を合わせる。そして、拝殿わきに並んだ杉の巨木の中でも特に大きな木に進み、裏側に回って、藁人形を打ちつける。呪文は延々三十分にも及び、最後に千枚通しを何か大声でわめきながら渾身《こんしん》の力をこめて打ちつける。

実は、竹内刑事を始めとする白岡署の連中は、この〝儀式〟をこれまで見たことがなかった。初めは、婆さんと組の者の動静に気を配っていたが、あまりの真に迫った老婆の呪法に見とれてしまったため、迂闊《うかつ》にも護衛の者が途中で姿を消したことに、しばらくの間、誰も気がつかなかった。

八幡神社から三和会会長宅までは、一・五キロあまり。男の足なら、十五分もあれば充分に行きつける距離だった。

三和会会長宅は機動隊にぐるりと取り囲まれ、ものものしい雰囲気に包まれていた。黒星警部はパトカーから降りると、屋敷を一周してみた。これだけ堅固な守りをしていれば、百人以上の人間が押し寄せたとしても、ビクともしそうになかった。例の会長宅を見下ろす丘も押さえてあるし、あとは山田組の動静に気をつかっていれば、まず今日のところは波瀾なく無事に済みそうだった。

警部は、これを機に一気に二つの組の壊滅に突き進みたかった。それに成功すれば、署長の覚えもめでたいというものだ。不可能犯罪でないのは、ちょっと残念だが、とりあえずは、これまでの失点の埋め合わせになるはずだ。

今頃、竹内刑事は何をやっているか。あの婆さんは八幡様で呪いを始めただろうか。

現時点では、警部の思考にもかなりのゆとりがあった。


「親分、どうしましたか？」

村田の手元にある無線機の送信ボタンが点滅した。

「ちょっと心臓のあたりが息苦しくなってきた。眠いから、わしは少し横になることにするぞ」

「どうぞ、ごゆっくり。あまり無理をしないで下さい」

無線機のやりとりは、雑音で途切れた。


八時四十五分。八幡神社から警察の尾行の目を欺き、抜け出した山田組の三人は、神社近くの雑木林に分散して隠匿していたロケット砲を組み立て、三和会会長宅に向かった。彼らは皆土地の地理に精通していたので、見つけられる心配はしていなかった。

絶好の発射地点は、会長宅に近い丘陵だったが、ここは警察に押さえられていたので、分譲中でまだ買い手のつかない家の二階に忍びこみ、九時が近づくのを待った。三和会の中には、山田組に内通する者がいる。その無線連絡により、三和会の様子が手に取るようにわかった。

標的までの距離は約百五十メートル、その会長宅は警備陣のつけているライトのために、さながら不夜城の趣を呈している。シェルターの設置場所は、極秘情報としてすでに耳に入っている。狙いをはずす恐れはない。誘導装置を据えつけられたロケット弾は、ゆるい放物線を描いて、家の東側、かつての使用人部屋に頭から落ちる手はずになっていた。安物シェルターなど、新兵器によって木端微塵《こっぱみじん》だ。

「くそ、やられた」

竹内刑事が気づいた時には、すでに山田組の護衛の者ははるか彼方に逃げ去っていた。地団太を踏んでも仕方がなかった。

咄嗟《とっさ》の間に次善の策を考えた。二名の者を八幡神社に残し、自分は山田組を張っている連中に無線連絡を取り、半分ほどの人員を三和会のほうに緊急配備してくれるように依頼した。

ああ、警部にはこっぴどく叱られるだろう。竹内は憂鬱な気分でパトカーに乗りこみ、三和会会長宅に向かった。

老婆はそんな周囲の異変に一切目もくれず、呪いの儀式を続けている。

八時五十五分。

「まったく、おまえって奴は……」

警部は竹内の失態に罵声を浴びせようとしたが、周囲の注意力が一時的に散漫になるのを恐れて、慌てて口をつぐんだ。とにかく、あと五分だ。ここのところは全員一丸になって事に当たらねばならない。わずかの隙も敵側に突かれる恐れがある。

警部は竹内には「よし、気を引きしめていけよ」と、声をかけるだけにした。

「親分、気分は如何ですか？」

しかし、応答はなかった。

「寝《やす》まれてしまったらしいな」

村田は無線機のボタンをオフにした。


発射準備は完全に整った。あとは引金に手を伸ばすだけだ。射撃手は寒気に一度身を震わせると、狩猟用のジャンパーの襟を立てた。しかし、興奮で次第に体中の血が渦巻き、熱くなっていった。

三和会の内通者から、万事ＯＫとの合図があった。

デジタル時計の数字は、着実にゼロ時間に近づいている。

8：57、8：58……。

「九時か」

腕時計のアラームが電子音を出した時、黒星警部は一言そう漏らすと、腕組みをして、再び中空をにらんだ。

「三和め、思い知ったか。死ね！」

老婆の呪いをこめた最後の一撃は、藁人形の心臓を貫き、杉の巨木に深く突き刺さった。獣じみた声に驚いて、鳥がバタバタと飛びたつ音がした。

鳥が闇の中で不気味に鳴いた。


発射ボタンが押されると、ロケット弾は四十五度の角度を描いて上昇した。なめらかに、しかも周囲の注意を引かずに。しかし、その反動は強く、射撃手と彼を支えていた二人が、畳を敷いていない板の上に勢いよく投げつけられた。

万一の時のために、弾はあと一発残されていた。


突然、耳を聾《ろう》さんばかりの大音響がした。その瞬間、すべてのものが木端微塵になって飛び散った。

若頭の村田は、自分の意識が朦朧《もうろう》となるのを感じた。しかし、すぐに気を取り直して、頭をもたげると、濛々たる煙の中で、被害を免れた電球が右へ左へ大きく揺れ動き、部屋、いや、かつては部屋であった空間を照らしていた。影が不気味に動き、魔物が跳梁《ちょうりょう》しているように見えた。

まるで戦場だ。何カ所かで火の手が上がっていた。

無線機の発信信号が村田の手の中で点滅しているのに気づいた。急いで応答ボタンを押した。

い。

「たすけてくれ、し、しんぞうが、け、け、けっかんが……、まがさした」

会長のろれつの回らぬ声の通信はそこで跡絶えた。力尽きて、無線器を放してしまったらし

「親分、大丈夫ですか？」

村田が呼びかけても、無線機はガーガーという雑音を放つだけだった。

母屋のほうから、急を知って組のものが何人か駆けつけてきて、消火にあたり、ようやく下火になりつつあった。しかし、熱気はまだ村田の方まで押し寄せている。

土間を見ると、組の若い者が二人、吹き飛ばされて、崩れ落ちた柱の下敷きになっていて動かない。すでに死んでいるらしい。他の者も横になって苦しそうに呻き声を上げているだけだ。村田がかすり傷ひとつ負わなかったのは、僥倖《ぎょうこう》としか言いようがなかった。

心配なのは、会長の安否だった。シェルターの唯一の出入口である引き戸式のドアを動かしてみたが、ビクともしない。何人かで体当たりをしても、全く動かなかった。

そこへ、外から黒星警部の一隊が駆けつけてきた。

「どうした？」

「ロケット砲にやられました。金網ネットを張っていたおかげで、何とかシェルターに命中するのは免れましたが、親分の様子がおかしいんです」

警部は熱気に顔をしかめ、たちこめる煙に咳こみながら、

「じゃあ、そのドアをなぜ早く開けんのだ」

と、苛だたしげに言った。

「中から鍵が掛けてあるから、外からは開かないんですよ」

「じゃ、密室じゃないか」

言ってしまってから、警部はその「みっしつ」という言葉の響きに陶然となった。

「おい、ひょっとすると、これは密室じゃないか、ウヒョッ」

竹内刑事は、そんな警部の嬉しそうな表情を怪訝《けげん》な面持ちで眺めている。

最初に正気に返ったのは村田だった。彼は組の者に「早く、バーナーを持ってこい。ドアを焼き切るんだ」と命令した。

その間に警部はシェルターの周りを確認した。埃や灰を被っているが、どこにも傷はついていない。タテヨコ二十センチくらいの四角い換気孔以外に抜け道は見あたらず、すべて厚さ十センチの鋼鉄で覆われていた。

バーナーは村田が扱った。ドアの鍵の場所にガスの炎を当てているが、なかなか効果が現れない。村田は焦れて、若い者三人を呼んで一緒にドアを蹴った。するとどうだろう、あんなに堅固に見えたドアの鍵が壊れたらしく、ドアがバタンと内側に開いた。シェルターとしては欠陥品のように思えたが、今の場合はドアが簡単に開いたのだから、文句は言えまい。

入口を通して黒い空洞が見えた。最初は暗かったが、徐々に明るさを増していくのが外からもわかった。

〝密室〟には警部と村田が懐中電灯を片手に入った。薄暗い部屋の中で一瞬クラッとした。石油臭いのは、石油ストーブが燃えているせいか。ドアを開けたことで外の熱風が中に入ったらしく、内部もかなり熱くなっている。

組長は部屋の中央、クッションの上に仰向けに倒れていた。左手は胸の上に置かれ、右手は週刊誌を握りしめていた。

警部が会長の胸に手をあててみると、すでに心臓は鼓動を停めていた。一見したところ、外傷はない。彼は心臓にナイフが刺さっていれば面白かったのにと思い、正直なところ、少しばかり失望感を味わった。しかし、こんな田舎町に〝完璧な密室〟を求めても仕方がないのかもしれない。

「死んでるよ」

警部が白けた口調で言うと、村田は愕然《がくぜん》となった。

「そ、そんな……」

警部が、改めて部屋を点検してみると、吊るされた懐中電灯は消えていた。暗かったのはそのせいだ。スイッチを動かしてみたが、何の反応もない。電池が切れているらしい。

その時、屋敷の北側、シェルターのすぐそばで火の手が上がった。燃え残っていた火が風にあおられ、再び勢いをもり返したらしい。シェルターの中もかなりの熱さになってきた。

外から竹内刑事の声がした。

「警部、監察医と救急車が来ました」

「わかった」

「それから、山田組からロケット弾がもう一発撃ちこまれる危険性が……」

「よし、この付近を徹底的に洗って、不審な奴は取りおさえろ」

警部は、取り急ぎ現場の写真を撮らせると、火事の延焼という非常事態をかんがみ、会長と組員二人の死体を救急車で隣町にある大学病院に運ばせることにした。

数分後、消防車の到着で、屋敷の火は完全に消し止められたが、まだあちらこちらから白い煙が立ちのぼっている。何人かの咳こむ声が聞こえた。警部は額に吹き出た汗を手で拭った。

5

結局、二発目のロケット弾は撃ちこまれなかった。犯人たちにも、三和会の騒然とした様子がつかめたのだろう。警部は現場を歩きながら、被害状況をもう一度点検してみた。死者三人、負傷者五人。建物の損壊程度は、シェルターの据えつけてあった旧使用人部屋がロケット弾の爆発によってほとんどが破壊、あるいは焼失、無事なのは核シェルターだけという有様だった。ロケット砲の威力をかなり甘く見ていたが、これは予想外の威力だった。

この後、二つの組はどうなるのだろう。山田組としては、重傷を負わされた親分の仇は取ったが、今回の罪は重い。幹部連をこれで逮捕すれば、組織は一挙に縮小の方向に進まざるをえない。あとは怪我人の組長と耄碌《もうろく》した婆さんだけでは、組の運営は苦しい。一方の三和会は、タマを取られ、他にも二名失っている。組の力も相当低下するだろう。

これで、白岡から暴力団を一挙に駆逐してしまうのも夢ではなくなった。二つの組に競わせて、お互いの力を疲弊《ひへい》させる。当初は考えていなかったが、結果としてはうまい戦法になった。

そんな時にロケット砲発射の犯人逮捕の報が入ってきた。残された一基のロケット砲も押収したという。

「よし、これで事件は収束の方向だ」

警部は手をバシッと叩いて、喜びを体中に表したが、ハッとした。

「冗談じゃないよ、まだ密室の謎が残っているじゃないか」

小躍りしながら、再び核シェルターに入った。

シェルターの中に黒い人影があった。

「おい、誰だ?」

「あ、警部さんですか。わしです。村田ですよ」

三和会の若頭、村田良二が慌ててストーブから離れると、警部に頭を下げた。

「おい、何をしてるんだ?」

「い、いえ、親分の仇をとるために、証拠を探しているんです」

「ばか、余計なことはするな。現場はそのままにしておかなくちゃならんのだ。さ、いいから出ていくんだ」

「へい、すいません」

村田が出ていくと、警部はストーブの上に屈みこんだ。まだ赤々と燃えていた。その上の換気孔からは冷たい空気が流れこみ、警部のほてった頬を撫でた。

「はて、会長はどうして死んだのだろう」

警部は腕組みをして考えこんだ。


「く・ろ・ぼ・し・けいぶっ」

いつの間にかシェルターの中に入ってきた竹内刑事が、耳元で怒鳴ったので、警部は腰を抜かさんばかりに驚いた。

「わ、何だ。いきなり人のそばででかい声を出すな」

「だって、大事件なんです、くろぼし警部」

「そうかそうか、それはよかった。だがな、俺の名前は『くろぼし』じゃなくて、『くろほし』だ。そうやって俺を虚仮《こけ》にすると……」

いくら俺が失点続きとはいっても、署に入りたての若造にまでばかにされる筋合はない。しかし、今度もしくじったら、本当の「黒星」になってしまう。

そこまで考えて、おっと縁起でもない、なぜ弱気になるんだ。この機会をとらえて、奇怪な密室事件を解き明かして「白岡署に黒星光警部あり」ということを天下に知らしめなくてはならないではないかと思った。

「あのう、警部、お加減でも悪いのですか?」

竹内は、警部の泣いたり笑ったりの変幻自在の顔に戸惑った。

「おお、そうだった」

警部は咳ばらいをすると、竹内に向きなおった。

「大事件というのは何だ？」

「三和会長の死体が盗まれました」

「盗まれただと。ばかもの、どうしてそれを早く言わんのだ」

「ですから、さっきから僕は……」

「うるさい。で、病院から盗まれたのか？」

「いいえ、病院に向かう途中の救急車の中からです」

「山田組の仕業か？」

「たぶん、そうです。走行中に乗りこまれました」

「車の走行中にどうやって乗りこむんだ、おかしいじゃないか」

「不思議ですね」

「ばか、感心している奴があるか、早く現場へ連れていってくれ」

なぜ死体を盗む必要があるのだろう。しかも走っている車からだ。警部はパトカーに乗りこむと、右手で顎を撫で、お得意の沈思黙考のポーズをとった。

警部たちの乗ったパトカーは、白岡から隣町へ向かう県道を進み、町の境を少し行った所で、車一台通るのがやっとの狭い農道に入った。問題の救急車は田圃の中に頭を突っこむ形で停まっていた。

車のそばの水田の中で、運転手と白衣を着た監察医の倉沢《くらさわ》が警官の質問を受けていた。水田にはこのところの寒さで霜柱が立っており、歩くと盛り上がった氷の柱が小気味よく崩れた。車の周囲には足跡が入り乱れており、どれが誰のものかはわからなくなっている。それに農道は簡易舗装されているので、犯人がどちらに逃げたのかもわからない。

初老の倉沢は警部を見ると、首のあたりをさすりながら、苦笑をした。

「いやあ、やられたよ、クロさん。面目ない」

警部が聞くより先に、倉沢が事件の経緯を語り始めた。

ロケット砲襲撃の危険があったので、監察医の倉沢は組長と組員二人の計三人の死亡を確認すると、大学病院で司法解剖をしてもらうために、運転手と一緒に運転席に乗りこんだ。後部のスペースはすでに三人の死体でいっぱいで、他に誰も乗らなかった。

町の境を越した頃だから、走り出してから十分も経過していただろうか。突然背中に固い物が突きつけられた。

「おい、車を停めろ」

という声が背後からした。ふり向こうとすると、

「後ろを向いたら、命はないと思え」

と、ドスのきいた脅しを受けた。男は、

「俺は山田の身内の者だ。三和会長の体はもらっていくぞ」

と言うと、いきなり二人の首に手刀をあてた。男には空手か何かの心得があるらしく、首の

急所を殴られた二人は気絶してしまった。そして、気づいた時には、男と会長の死体は消えていたという。

警部が後部席をのぞくと、三和会組員二人の死体がシーツにくるまっているのが見えた。

「気絶していたのは何分くらいかな？」

「たぶん十五分くらいだと思う。時計を見たら九時四十五分だったからね。それからすぐに無線で助けを呼んだんだ」

「後部席から男に脅されたと言ったけど、間違いないね」

「それは確かだ」

「すると、三和会長宅で車に死体を乗せた時にまぎれこんだのかな？」

「そんなはずは絶対ないね。乗せる時、みんな見てたじゃないか。そんな時間なんてなかったはずだ」

警部はその時の光景を思い出していた。

「ああ、俺もその場で見ていたっけ。だったら、信号待ちの時に乗りこんだのか」

「途中、どこにも停まらなかったよ。クロさんもわかってるだろ、救急車は信号が赤でも優先的に走れるんだ。パトカーだって同じじゃないか」

「それもそうだ」

「途中で飛び乗るったって無理だぜ。こっちは五十キロ近いスピードで走っているんだからな。たとえ、飛び乗ったとしても、後扉には鍵がかかっているんだから、忍びこみようがないんだ」

倉沢は救急車のボディーを叩いた。見ると、最後尾が怪我人や死人の搬入口になっており、前部の二つのドアを除けば、ここが唯一の出入口である。側面のガラス窓は、内側からしか開かず、もしこじ開けたとしても、大の大人が侵入するのは困難だ。今、ガラスはピタッと固く閉ざされていた。

「おおっ」

警部が狂ったようになった。

「こ、こ、これも、みっ……」

「密室じゃよ、密室」

倉沢が、警部が言うより先に、いともあっさりと言いのけてしまったので、警部は獅子舞いのお獅子のように口をパクパクするだけだった。

立てつづけに起きた不可解な二つの密室事件——。

6

黒星警部が、三和会の現場検証を終えて署に戻ったのは午前零時だった。そのまま捜査一係の自分の部屋に着いて一服していると、廊下をドタドタと走る足音が聞こえてきた。またあいつか。

ドアがバタンと開いて、竹内刑事が部屋中に響く大声を出した。

「大変です、一大事です」

「おまえは、いつだってそれだ。いいから早く言ってみろ」

「犯行を自供しました」

驚いて警部は飛び上がった。

「だ、誰が？」

「山田組の婆さんです」

「どうしてまた」

警部は絶句した。

「いえね、僕たちが山田組のほうに乗りこんで、三和会長の死体がないかどうか家宅捜査していたところ、婆さんが着物姿に正装して挨拶にきたんですよ。実は三和を殺《や》ったのはわたしだ。九時に八幡様で藁人形を刺した時、確かな手応えを感じた。だから、わたしを逮捕してくれって言うんですよ」

「それで、おまえはどうしたんだ？」

「呪いで殺したなんて、今どき信じられますか、警部。ですから、僕は婆さんに、今日のところは遅いから休んでくれ、明日改めて話を聞こうということにしたんですよ」

「婆さんが気が狂っているというのは本当なんだな」

「僕もそう思うんですが、ただちょっと気になるのは、八幡神社で張っていた連中が、婆さんが九時に仕上げの一撃を与えた時に『助けてくれ』という男の声を聞いたって言っていることなんです」

「八幡神社と三和会じゃ、一・五キロも離れているんだぞ、聞こえるわけがないじゃないか」

「そりゃそうです。だから、ちょっと気味が悪いでしょ」

「ムホホ」

突然、警部が含み笑いをした。「面白い展開になってきたな」

「どうしてですか、アホらしくて相手になってられないですよ」

「だって、そうじゃないか。オカルティズムだよ。最初は怪奇的に雰囲気を盛り上げておいて、後でこの俺が合理的な説明をつける。舞台条件は完全に整った。この白岡もそれほど捨てたもんじゃないな」

警部は、ほとんど自己の世界に没入していた。

「ばか、相手になってられねえよ」

「おい、今何か言ったか?」

「い、いいえ、ばかな婆さんだと思いましてね」

竹内は、また警部の病気が始まったと、半ばあきらめ顔で部屋を出ていった。チラッと警部を横目で窺うと、周りのことは目に入っていないといった態《てい》で、まだぶつぶつ独り言を呟いていた。

翌朝八時、警部が三和会の現場に到着した時には、竹内刑事はすでに忙しそうに動き回っていた。

現場は初めて迎える朝日の中で、爆発の跡も生々しい。太い柱が何本も折れ曲がり、細かい木片が散乱して山となっている。煙出しの半分が欠け落ちているのも、破壊力の凄まじさを物語っている。

その中にあって、核シェルターだけが、最初に置いた時のままの姿を留めており、全体的に何かアンバランスといった印象がある。

黒い〝怪物〟は黒々と口を開けたまま、黙して語らなかった。内部に残されていた指紋は会長のものだけ、ストーブにあった若頭の村田の指紋は運びこむ時に付着したものとわかった。

「警部、おはようございます」

竹内は愛想よく警部に挨拶をすると、シェルターの中をのぞきこんだ。こいつは、いつもどうして元気があるんだ。名古屋生まれの竹内はスラッとした体軀に今風の格好いいコートで身を固めているが、どこか垢抜けしていない。

「へえ、これが密室ですかねえ」

「立派なものじゃないか」

竹内の声には人を小ばかにしたような響きがあるが、警部もそれをサラッと受け流した。

「確かに鍵の掛かった部屋の中で起こった事件に違いないですけど、僕は単純な事故死だったんじゃないかと思いますね」

「どうしてだ」

「だって、会長は『心臓が……、血管が……』という言葉を残しています。前々から心臓が弱っていたところへ、あの爆発でしょう、驚いてショック死でもしたのと違いますか」

「ホッホッ、そういうのを浅知恵と言うんだ。あれだけ壁が厚いと、外の音が中に聞こえないんだ。現に外部と内部の通信に携帯無線機を使っていたくらいだからな」

「あ、そうか。さすが警部、だてに歳をとっていない」

警部もおだてられて、まんざらでもないようだ。

「じゃ、警部、山田組がシェルターに何か仕掛けたというのはどうです？　毒殺するとか……」

「あのな、あれだけ厳しく警備していたのに、どうやって忍びこめる？　絶対無理だ」

「内部に敵の手の内の者がいた？」

「ロケット弾が飛んでくるというのに、死の危険を冒してまで、そんなことするだろうか。爆発の時点で、山田組から外出していた者はいなかった」

「じゃ、自殺しかない。そうだ、それに決まっている。会長は確か『まがさして』とも言ってますね。これは『魔がさして』自殺する気になったという気持の表れですよ。やったね、警部」

嬉しさあまって、竹内の手が警部の背中を突いた。軽く触れたつもりだったが、かなりの力がこもっていたらしい。よろめいた警部は、鋼鉄の壁に激しく頭をぶつけてしまった。

「いてえ、何するんだ、この野郎。自殺する奴がそんな安易なダイイング・メッセージを残すか」

その時だ。軽い脳震盪《のうしんとう》をおこして頭を抱えていた警部の脳の中に何かが閃《ひらめ》いた。

「おい、竹内。この事件の謎が解けたぞ」

「また、ご冗談を」

「私のこの〝灰色の脳細胞〟をもってすれば、この世に解けない謎なんてありえない」

竹内は「灰のような燃え尽きた脳細胞じゃないの」と、口の先まで言葉が出かかったが、口にする前に危うく呑みこんだ。

「どういう解決法なんですか？」

「よくぞ聞いてくれた、竹内君」

警部は少し間をおくと、もったいぶって話し始めた。

「ロケット弾の爆発の衝撃が凄まじかったのは、この被害状況を見てもらえればわかるよな。その中にあって、唯一、核シェルターだけは前のままの姿を残していた。わかるな」

「ええ」

「しかし、外側の姿にだまされちゃいけないぞ。実はこのシェルターにも相当な衝撃があったはずだ。すると、どうなるか。シェルター自体が凶器になるのだ」

「凶器って？」

「親分の頭が、あの振動で鋼鉄の壁にぶちあたったってことさ。壁が凶器になったんだ」

「じゃあ、会長は壁にあたって死んだってことですか？」

「その通り」

「だったら、僕にも言わせて下さい。死体発見の際の状況は覚えておいでですよね」

「ああ」

「あの時、ストーブは燃えていましたよ」

「確かに」

「つまり、内部はそれほど振動がなかったんですよ」

「どうしてだ？」

「あのストーブは耐震装置を付けていますから、震度4以上になると自動的に火が消えるようになっているんです。それが意味することは、あの時は震度3以下だった。その程度の揺れで頭をぶつけるようなことになりますか、警部？」

竹内は、サン電気製のストーブを指差して「耐震マーク」を見せたので、警部は何も言えなくなってしまった。


一方、会長が消失した救急車には、関係者以外の指紋は検出されず、会長を載せた担架、車のシートの背もたれ、犯人が降りたと思われるドアからは布で拭き取ったような跡が見られた。もちろん、そこにも指紋は検出されなかった。

山田組に対する捜査は厳しく行われたが、あの時間、姐さんと三人の護衛以外は、機動隊の目を盗んで忍び出ることは無理だった。ロケット砲を撃った三人は、九時四十五分には例の空家で逮捕されているし、彼らが九時三十分に救急車を襲い、死体を隠してまた戻ってくるのは時間的に不可能だった。会長の死体は、その後発見されていない。

残るは姐さんだが、夜十時に山田組に戻っている。一五〇センチあまりの小さな体で、すべての仕事をこなすのは無理だろう。彼女はしわくちゃだらけの醜い顔を真赤にして「先代の恨みを晴らすために、わたしが殺ったのだから逮捕してくれ」と言いはったが、相手にされなかった。

7

その日の朝刊のトップはどれをとっても、「ロケット砲、三和会を直撃、会長死亡」といったセンセーショナルな見出しで飾られていたが、中には「魔術の殺人か、山田組先代組長夫人犯行を表明」というのも見られた。

これは思ったより手強《てごわ》い事件になりそうだぞ。警部は自分のデスクで新聞に目を通していたが、その第一面の片隅に小さな記事を見つけて、おやっと思った。

サン電気社長辞意を表明

「サン電気？　はて、どこかで目にしたな」

警部はしばらく記憶の糸をたぐっていたが、

「あ、そうだ。核シェルターの中にあったストーブの製造会社名だった」

と思いあたると、急いでその記事に目を走らせた。

「……サン電気社長は二十四日、記者会見を行い、同社の石油ストーブによる一酸化炭素中毒事故について公式に陳謝するとともに『事故について経営責任をとるため、社長を辞任する』と述べた。……」

「くそ、欠陥ストーブだったたか。すると、会長は有毒ガスで中毒死したんだ。何てこった……」

警部は予想外のなりゆきに舌打ちし、至急現場に確認をとった。果たして、欠陥ストーブと同じ機種であることがわかった。

「ダイイング・メッセージの『けっかん』とは『欠陥』のことだったんだ」

そして、そばにいた竹内に、サン電気の代理店の者を連れて現場で確認してこい、と命じた。

ところが、案に相違して竹内は首をうなだれて帰ってきたのである。

「問題はありませんでした」

「問題がないとは、どういう意味だ？」

「あのストーブは確かに同じ機種でしたが、ちゃんと補修工事を受けていました。ですから、中毒死というのはありえない話なんです」

「ふう」

「だって、言われてみればそうですよ。密室の中に最初に乗りこんだのは、警部と若頭の村田でしょ。もしその時、有毒ガスが充満していたら、二人ともお陀仏になっていたんじゃないですか」

「それもそうだな」

警部は、さすがにがっかりした。

「他に方法がないとすると……」

「呪いの殺人ですか、警部お得意のやつ?」

「お得意のだけよけいだ」

とは言ったものの、警部は急速に自信がなくなっていくのを感じた。

「しかし、そんなはずがあっていいものか」

警部は絶句した。と、その時だった。

「僕に三時間だけ時間を下さい」

突然、竹内が古いギャグのようなことを言ったので、警部は物思いから我に返った。

「どうした?」

「僕には事件の輪郭が何となくつかめかけてきました」

竹内の顔が嬉しさをいっぱいに表していた。

「おまえがか？　ふん、冗談言うな」

「嘘は言ってません。もう一度言います。僕に三時間、時間を下さい。夕方の六時には事件のアウトラインが説明できると思います」

そう言うなり、竹内は警部の返事も待たずにドタドタと駆け出していったのである。

＊

その部屋には、たった一人の人間しかいなかった。そして、物音といえば、その人間が紙の上を一行ずつ書いてゆくペンの走る音だけだった。

紙の上に書かれていく言葉を読んでいる者は誰もいない。もしいたら、自分の目を疑ったにちがいない。なぜなら、書かれているものは、事件の真相を明らかにする内容のものだったからだ。

彼は顔を上げた。その手に紙を取り上げ、注意深く読み通した。よろしい。すべてが見事に明確にされている。

彼は手紙を三ッ折にすると、封筒に入れ、丁寧に糊で封をした。封筒の表には「白岡警察署」と目立つように朱書し、裏に自分の名前を署名した。

「これでいい」

彼はあきらめに似た表情をし、深く溜息をついた。

「魔がさした。悪魔め……」

8

午後六時、白岡署の三和会会長殺人事件捜査本部は熱気で溢れていた。黒板をとりまいて、県警の関係者、署長以下、部の者が勢揃いしており、捜査会議が始まったところだった。

そこに、ドアが開いて、竹内刑事が入ってきた。彼がかなり興奮しているのは、誰の目にも明らかだった。彼は、

「遅くなって申しわけありません」

と一礼すると、とんでもないことを言った。

「事件の謎がすべて明らかになりました」

一座がどよめいた。しかし、竹内はそれには気にも止めずに、

「今から三和会会長殺人事件、並びに同死体消失事件について私なりの解決を申し述べます」

とつづけたので、その場の収拾がつかなくなった。一同を制したのは、黒星警部だった。

「まあ、皆さん、お静かに願います。会議の進行上ちょっと異例のことですが、ここは竹内君の話を聞いてみようじゃありませんか」

彼はそう言うと、目顔で竹内に話すように命じた。

「ありがとうございます、警部」

竹内は警部に礼をすると、話を始めた。

「解決の緒口《いとぐち》が見つかったのは、サン電気のストーブの欠陥品の新聞を見た時です。三和会会長が言った『けっかん』が『欠陥』であることを看破したのは黒星警部の手柄ですが、そのストーブが欠陥品でないとわかった時、私は欠陥品はストーブ以外の何か別のものではないか、ということに思い至ったんです。それは何かと言いますと……」

竹内は一同の反応を見るため、少し間を取った。誰もが竹内の言葉を聞き漏らさないように、彼の一挙手一投足を見守っている。

「核シェルターだったのです。では核シェルターのどこが欠陥か。シェルターが三和会に運ばれた時、若頭の村田が『一千万を五百万に負けさせた』と得意そうに吹聴していたのが、私の耳に残っています。五百万——果たして、そんなに負けるものなのでしょうか。私はそこに疑問を持ち、今日、直接東京の業者の所に行ってみました。黒星警部に『三時間だけ時間を下さい』と言ったのは、実は東京に行って帰るだけの時間を考えていたからです。とにかく、業者の倉庫で在庫品を見せてもらったところ、初めは見逃していたのですが、在庫品と三和会のシェルターの間に大きな違いがあるのに気づいたのです。気づかないほど小さいが、致命的な欠陥です」

部屋の中は静寂が支配している。誰も一言も口をきかずに、竹内の話を聞いていた。

「それは換気孔の有無《うむ》です」

「おい、だって、あのシェルターには換気孔がついていたじゃないか」

「ええ、換気孔があるのが欠陥なんです」

「どういうことだ？」

「だって、核戦争が勃発して、死の灰が空中を漂っている時に、換気孔があったら、外気がそのままシェルターの中に入ってきてしまうじゃありませんか。本式のシェルターは、空気浄化装置がついているんです」

「そんなものか」

警部は半信半疑である。

「そうなんです。その致命的な欠陥が五百万も負けた理由なんです。業者としても、欠陥品を売るつもりはなかったのですが、それを無理して売ってくれと言ったのは、三和会の若頭、村田だったのです。当分核戦争の心配はないのだし、とりあえず一時的に避難するだけなのだから、というのが三和会の言い分です。ま、三和会としても、資金繰りに苦しんでいたわけですから、その意味でもこの五百万は非常に大きかったのではなかったかと思います。後でこの点に関して村田に問いただすと、最初はさすがに否定していましたが、結局しぶしぶ認めました」

「欠陥についてては、それでわかったけど、死因は何なんだ？」

「実は酸欠なんです」

警部がずっこけて、椅子から滑り落ちそうになった。

「おい、バカを言え。あのシェルターに換気孔があったのは、誰でも知ってるじゃないか」

「あることはあったが、本来の役目を果たしていなかったのです」

「どういう意味だ？」

「換気孔が閉じた状態にあったのです。会長は換気孔の存在に安心しきり、それをよく確かめずに入ったために、八時三十分頃、空気が悪くなったのか、眠気を催しています。爆発の時の振動で一時的に意識を回復しましたが、体が言うことをきかない。頭では酸欠状態に気づいて、換気孔を見ますが、全然役に立っていないことを知って、無線機に向かって最後の力をふりしぼって、『欠陥だ』と叫んだのです。だが、時すでに遅し、彼は力尽きてしまった」

「そんなバカな。会長の死体が運び出された後に、私がシェルターの換気孔を見たら、ちゃんとそこから空気が流れこんでいたぞ」

警部はその時の頰にあたった冷たい空気の流れを思い出し、確信をもって言い切った。だが、竹内は即座に切り返した。

「その時、若頭の村田の姿を見ませんでしたか？」

「ああ、そういえば……」

警部はシェルターの中で村田の黒い影を見たのを思い出した。

「実は、その時、村田は換気孔を直していたんです」

「なぜ、そんなことを？」

「村田は換気孔を閉じていたことで、会長が命を落としたと知って、慌てて直したのです。買ったばかりで慣れないこともあったのですが、換気孔を開けるのを忘れるという、自分のうっかりミスで会長が死んだことがわかれば、下の者に示しがつかないし、酸欠で会長が死んだとあっては、組の名誉にも関わる。そう考えたのでしょうね」

「換気孔はそんなに簡単に直せるものなのか？」

「閉じた格子のレバーを手で持ち上げるだけです」

「ふうむ、誰もがシェルターの扱いに慣れていなかったのか、会長を含めて……」

　部屋の中が水を打ったように静まり返った。

「それから、シェルターを破った時、ストーブは勢いよく燃えていました。これは何を意味するか。大抵の人は、換気孔があることを知っているから、シェルターの中でまさか酸欠状態がおこっているとは、ゆめ思わない。これも完全にだまされた理由です。しかし、実際にはかろうじて燃え残っていたストーブの火がシェルターのドアが開いたことで新しい空気を得、再び勢いを取り戻しただけの話なのです。ドアを蹴った時、最初暗かったのが徐々に明るくなっていったのを思い出して下さい」

「それじゃ、俺がシェルターに入った時、クラッとしたのは、空気が悪かったからか？」

「そうです。ただし、ストーブを〝生き返らせる〟だけの酸素は入っていたわけです」

「酸欠でストーブが不完全燃焼を起こしていたら、いくら俺でもわかるだろうがなあ」

「あの時、周りでは爆発による火は消えていましたが、煙が充満していましたから、部屋のちょっとした匂いも外の煙でごまかされてしまったんですね。せいぜい石油臭いのが鼻につくくらいでしょう」

警部はシェルターを破った時、石油の匂いがしたのを思い出した。あの時は石油ストーブが勢いよく燃えていたから、だまされてしまったのである。

「そう言えば、シェルター内部はずいぶん熱かったっけ」

「それも、外の熱風が流れこんだのだと、警部はお考えになりましたが、実際はストーブの熱で相当熱せられていたのです」

「死因については、それでいいとしよう。では、救急車の死体はどこへ消えた？　どこで山田の組員が侵入してきたんだ？」

「侵入したという事実は、最初からありませんでした」

竹内が驚くべきことをさらりと言ってのけた。

「どういう意味だ？」

「密室であっても密室ではなかったのです。ストーブのことをもう一度思い出して下さい。ストーブは残り少ない空気の中で消える寸前にあった。しかし、新しい空気に触れてまた甦ったのです。それと同じことが三和会長にもおこった。発見された時、彼の心臓は停止し、仮死状態にありましたが、新しい空気に触れて生き返ったのです」

「そんなばかな」

「酸欠状態で人間が生きられるのは、約三分間くらいだとされています。会長はそのぎりぎりの間シェルターの中にいて、一時的に死にましたが、生き返る可能性はかなりあったのです」

「…………」

「それで、この事件のすべてが説明できます。救急車の中で意識をとり戻した会長は、隣に二人の組員の死体を見て、自分の置かれている立場を瞬時に把握しました。そして、彼が打った手は自分が山田組員になりすますことで、乗りこんだ山田組員が三和会長の死体を奪うという芝居を演じたというわけです。それから運転席に座っていた二人を拳銃で撃つと脅し、気絶させて逃げる。三和会長はさらに、自分がさわったところは指紋が残らないように丁寧に拭いています。それに、あの時間帯、山田組では婆さんと三人の護衛以外は外出していなかった事実。これも犯人は三和会長以外には考えられないということを示しています」

「三和はあの時、確かに死んでいた。俺も倉沢さんも確認しているぞ」

「監察医の倉沢さんの検屍も不充分なものでした。しかし、あの火事場のどさくさの中ではそれもやむを得なかったでしょう。ロケット砲の攻撃を避けるために、即座に死体を病院送りにした警部の措置は賢明だったと思います」

警部は悔しそうな顔をしたが、そのまま竹内に質問をたたみかけた。

「会長がそんな芝居を打った理由は？」

「山田組に罪をなすりつけることができるのが一つ。それから、自分の体面があります」

「体面？」

「そうです。一つの組の親分を張っている者が、何かわけのわからない、みっともない死に方をしたとわかれば、会長はもとより組の威信は低下しますよね。それよりは、自分が死んだということにしておけば、残された組の者は山田組に復讐を誓い、団結がより強固なものになるでしょう」

部屋の中は、しんとして声もなかった。

「よくぞ、そこまで調べ上げたな」

最初に沈黙を破ったのは署長だった。「死体がないのでは何とも言えないが、三和が生きているものとして、手配書を回しておこうじゃないか」

彼は竹内に労いの言葉をかけると、黒星警部に皮肉の目を向けた。

「換気孔の欠陥を見逃したのは、君のミスだね。推理小説を読むのもかまわんけど、そんなことで現実の事件の基本的な捜査がおろそかになったらだめだ。君も竹内君を見習ったほうがいいな」

警部は、すっかり落ちこんでしまった。あまりのしょげように、署長も可哀相に思ったのか、会議室を出る時に言った。

「君もよくぞ、竹内君をここまで育ててくれた。その点だけは評価する」

「い、いいえ、それほどでも。竹内君は筋がいいですから、私のほうも楽ですよ。換気孔の欠陥ももう少し時間があれば気づくことでしたが、やはり若い頭脳は回転が速い。な、竹内くん。ハハハハハハ」

笑い方もどこか虚ろに響く。竹内は、あとで警部の雷が落ちるな、と思った。

エピローグI

それから数日後、白岡署に一通の書状が届けられた。署名は「三和蔵之助」とあり、三和会の解散を通知するものだった。

内容は、竹内が述べたものとほぼ一致した。逃げきれぬと判断した会長が、若頭の村田と相談してのことだったらしい。これは、〝逆転〟にかすかな望みをつないでいた黒星警部を絶望に陥れた。

「く、くそ。負けた、くだらない密室に負けた。畜生！」

「ま、そんなに気を落とすことはないですよ」

竹内が慰めの言葉をかけても、何の効果もなかった。

「うるさい、あんなのは史上最悪の密室だ。あの程度の間の抜けたトリックだから、おまえみたいなアホに解けたんだ」

「それを解けなかった警部はもっと間抜け」という言葉が喉のところまで出かかったが、竹内は無理やり飲みこんだ。

「警部の理想が高かったんです。現実には小説で起こるようなことは起こらないものなんですよ」

「ああ、そうやって俺のことをばかにするんだな。もういい。嫌いだ、大嫌いだ、こんな田舎町」

そう言うなり、警部は入口に貼りつけてあった「三和会会長殺人事件捜査本部」と書かれた紙を、ズタズタに引き裂いた。

「やれやれ」

事件は、黒星警部の溜息とともに終了した。

エピローグII

その部屋には、たった一人の人間しかいなかった。そして、物音といえば、その人間が紙の上を一行ずつ書いてゆくペンの走る音だけだった。

紙の上に書かれていく言葉を読んでいる者は誰もいない。もしいたら、われとわが目を疑ったにちがいない。なぜなら、書かれているのは、事件の真相を明らかにする内容のものだったからだ。

彼女は顔を上げた。その手に紙を取り上げ、注意深く読み通した。彼女は鳥の出すような声でクックックッと笑った。皺がその頬に深く刻まれた。

すべては警察がいけないのだ。彼女が三和蔵之助を魔術で呪い殺したと言うのに、黒星警部らは頭からばかにして、受けつけなかったのだから……。

〝凶行〟の日の夜九時、彼女が八幡神社の藁人形に強烈に放った一撃は、確かな手応えを感じさせた。彼女は三和をついに闇に葬ったと確信したのであった。亡き先代の恩を仇で返した三和を殺したことは、任侠の世界では勲章である。堂々と名乗り出て、世の中にやくざの掟《おきて》の厳しさを知らしめなくてはならない。お縄につくのは、名誉なのであった。

かかる状況にもかかわらず、警察は彼女の言うことを信用しなかった。彼女は逆に耄碌《もうろく》婆あ、老人惚《ぼ》けとばかにしたような目で見られた。

しかし、呪法というものがこの世に存在するとしたら、警察は腰を抜かすほどびっくりしたにちがいない。

あの夜の九時、彼女の呪いが功を奏し、三和はシェルターの中で絶命した。

そして、殺すのが簡単にできるのなら、生かすのもまた簡単である。救急車の中で息を吹き返した三和は、運転席に座っている二人を殴って逃走した。

考えてみれば、酸欠や一酸化炭素中毒で死んだ者が、そう簡単に生き返るはずがない。新聞報道では、いい加減な警察の説明が書き立てられていたが、彼女は滑稽さを感じるだけだった。あのような状況では呪法でしか、人間は甦ることはできないのだ。

「ふん、そんなこともわからぬ、愚かな警察め」

彼女は柱時計に目をやった。針は間もなく八時を指そうとしている。彼女は両手を机につき、難儀な様子で腰を上げると、障子越しに声をかけた。

「おい、おまえたち、八幡様に行く時間じゃ」

障子を後ろ手に閉めた時、ちょうど時計の鐘が八つ不気味に鳴り響いた。

「三和の死体は今頃どこに隠れていることかのう」

含み笑いをした山田組の姐さんは、少なくともこの時点では、自分が三和を殺ったことを確信していた。

「だってな、そうでなければ、事件の説明がつかないじゃろうが。ホッホッホッホ」

エピローグIII

三和会長が救急車の中から姿を消した時、一番慌てたのは若頭の村田良二だろう。なにしろ、彼が会長を闇に葬る段取りをつけ、それがほとんど成功しかかっていたからである。

実は、村田は山田組と内通していた。山田組のために三和会つぶしを画策し、成功したあかつきには、古巣の山田組に復帰する手はずになっていた。まさか、三和会のナンバー2の村田が敵のまわし者だとは、誰も思うはずもない。

三和蔵之助が四代目の跡目相続問題のゴタゴタから山田組を飛び出した時、村田はいったんは三和側についた。しかし、三和の命令で組の若い者が山田組長をピストルで撃った時、村田は三和の〝武闘的な〟性格がいつかは組をつぶすであろうことを察知し、そうなる前に山田組と接触して、自らの保身を図ったのである。

山田組がロケット砲を買いこんだ時、村田の頭に素晴らしい案が浮かんだ。三和会長を殺す絶好のアイデアだ。ロケット砲の防御用として核シェルターを購入し、その中で事故死に見せかけて会長を殺す。すごく簡単に準備でき、万一失敗した時にもごまかせる方法だ。

東京の業者の在庫品の中に、たまたま欠陥品のシェルターを見つけた。このシェルターには空気浄化装置のかわりに換気孔がついていた。業者の話では、これは核戦争には役に立たないが、関東大震災クラスの災害には充分使えるそうで、欠陥品というよりは旧式のシェルターだと思ってほしいとのことだった。いずれにしろ、売れ残っていたお荷物だったので、かなり安く買うことができた。

村田は事件当日、シェルターの換気孔を閉じておいてから、石油ストーブを中に入れた。そして、三和会長がシェルターに入ると、外に突っかい棒を掛けて、中から開かないようにした。厚さ十センチの鋼鉄はシェルター内の音をシャットアウトするので、後は閉じこめられた会長が中で泣こうがわめこうが、どうしようもないのである。

携帯無線機があるではないかって?

冗談ではない。密閉した鋼鉄製のシェルターは、無線も通さないから、会長は外部との連絡さえできないのだ。当時、村田が無線で話していたのは、三和会長ではなく、空家の分譲住宅の二階で待機中の、山田組のロケット砲撃ちこみ部隊だった。あの時は、周りに組の若い者がいる手前、無線で会長と連絡するふりをする必要があった。

ロケット砲部隊に、会長と話すふうを装って、それとなく三和会の内情を知らせ、ロケット砲発射のタイミングを教えていたのである。無線を通す声だから、かなり雑音が入っていて、誰も会長の声とちがっていても気づかない。

そして、通信には合言葉を使った。例えば、「親分、どうしましたか」——↓首尾はどうか。「寝《やす》まれてしまったらしいな」——↓撃ちこんでもいいぞ。

といった具合だ。

実に周到に練られた計画であった。

三和会長が死体で発見された時、計画が成功したといったんは喜んだが、救急車の中から会長の死体が消えた時は、すっかり顔が青ざめてしまった。

まさか、会長が息を吹き返したなんてことが起こるのだろうか。杞憂《きゆう》であればいいと念じたが、何日かして会長から連絡があり、不安が現実のものとなってしまった。

しかし、その時の会長は村田のシェルターの〝罠〟には気づかなかったようで、逆に潜伏先のホテルから今後の自分の身のふり方について、村田に相談を持ちかけてきた。村田は〝災い〟を転じて福となす計画を思いついた。

「親分がここで生き返ったとあっては、みっともなくて、組の者に示しがつきません。せっかく山田組に対して一致団結しているところですから、今のところは親分は死んでいるものと思わせておく必要があります。それに、山田組に何を言われるか知れたもんじゃありませんしね。組のことについては、私に任せておいて下さい」

そう言って、三和会長を無理やり納得させた。

ところが、警察は会長の偽装死をいとも簡単に見破ってしまった。そうなれば、後は一つの手段しか残されていない。

「親分、かくなる上は、組の解散届けを親分から出していただくしか方法はありません」

「うむ、やむを得ないか」

ところが……。

三和会は解散し、若頭の村田良二は組長代行として組をまとめ、適当な時間をおいて、山田組に復帰するタイミングを図っていたが、なんと、病院で療養中の山田組四代目は傷が悪化して、あっけなく息を引き取ってしまったのである。

かくして、行き場を失った村田の率いる三和会と、組長を失った山田組は自然解散という形で、白岡を離れることになった。

*

結果としては、黒星警部の思うようになったのだが……。

「どうも、あっけない結末だったなあ」

懐かしい密室

The Third Locked Room

……突然、野獣の唸り声が響いてきた。いや、野獣というよりは、爬虫類《はちゅうるい》的な、聞く者に怖《お》じ気《け》を起こさせるような声……。

その部屋にいた三人の男は、名状しがたい戦慄に襲われ、ブルッと身を震わせると、互いの顔を探るように見た。

「おい、今の声聞いたか。何だ、あれ？」

「何って……」

「先生の部屋だったな」

そこまで言うと、三人は弾《はじ》かれたように椅子から立ち上がった。問題の部屋は立川《たてかわ》教授の生物科学研究室で、つい三十分前、教授が中に入っていったばかりである。教授の研究がいよいよ最終段階に入り、間もなく、研究員である彼らにその成果を発表する約束になっていた。研究の内容については、彼らには一言も告げられていない。ただ、とてつもない、学界、いや世界を震撼《しんかん》させるような内容であることは確からしい。


一人が教授の研究室のドアを叩いた。

「先生、如何されましたか？」

応答はなかった。なおもドアを叩いたが、沈黙が返ってくるばかりだった。

「そう言えば、さっき先生の顔色はよくなかったぞ。ひどくお疲れのご様子だった」

「過労で倒れてしまったのかな」

「ばか、縁起でもないことを」

三人はドアのノブをガチャガチャいわせたが、内側から鍵が下ろされていて開くはずもなかった。

「おい、一階の守衛のところへ行って、合鍵を取ってこよう」

数分後、守衛の立ち会いの下、合鍵によってドアが内側に開いた。部屋の中は暗かった。窓の遮光カーテンが閉まっているためらしい。入口わきのスイッチを押すと、部屋の中がパッと明るくなった。

「おおっ、これはどういうことだ」

部屋の中は空っぽだった。教授の姿はどこにもなかった。

……（中略）……

知らせを受けて駆けつけてきた久喜《くき》警察署の横浜大助《よこはまだいすけ》警部は首をひねった。

「これは密室ではないか」

白塗りの壁が寒々しい印象を与える部屋の中には、スチール製の書架とデスクがあるだけで、他には何もない。カーテンを開いて、アルミサッシの窓を見てみると、内側から施錠してあった。飛び下りるにしても、ここは六階なので不可能に思える。念のため、窓を開いて下をのぞいてみたが、教授の〝死体〟は見つからなかった。

教授が部屋に入ったことは、三人の研究員が目撃している。室内にはどこにも秘密の抜け穴はない。六階の、しかも内側から施錠された部屋の中から、教授はどうやって消え失せたのだろう。……


(辻井《つじい》康夫《やすお》著『密室の富豪警部・1』より抜粋)

1

……突然、野獣の唸り声が響いてきた。いや、野獣というよりは、爬虫類的な、聞く者に怖じ気を起こさせるような声……。

胸が苦しくなった。上から強い力で押さえつけられているような感じだ。

「どうしたんですか」

若い男の声も聞こえてくる。何か変だ。体も揺れ出した。

目がパチンと開いた。ぼんやりした映像がやがて焦点を結ぶと、黒い影が彼に覆いかぶさってきた。

「わっ」

黒星警部は慌てて起き上がった。すると黒い影もふっ飛んだ。

「何だ何だ、教授はどうした、どこへ消えたんだ？」

見ると、二十代半ばの男が怪訝《けげん》そうな目で黒星を見つめていた。

「お、おまえ、いつの間にこの部屋に、この密室に入ってきたんだ。ここは内側からすべて錠が下ろされているから、入れないんだぞ」

「警部、いつまで寝ぼけているんですか」

男がしゃべった。「どこも戸締りなんかしてないじゃないですか。こんなボロ家、泥棒だって敬遠しますよ」

警部はあたりを見まわしたが、ここが研究室じゃないことに、ようやく気がついた。

夢か。体が揺れていたのは、男が自分を揺り起こそうとしていたからだということに気づいた。

「アハハハ、何だ、竹内君か」

「アハハハ、じゃないですよ」

警部はきまり悪そうに頭をかきむしると、煙草に火を付けた。頭がまだガンガン鳴っている。

「そういえば、昨日……」

思い出した。仕事を終えた後、部下の竹内刑事と白岡駅前の呑み屋で一杯やって、家に辿《たど》りついたのが、午前二時すぎ。そして、枕許にあった辻井康夫の『密室の富豪警部』を読み出したら、途中で眠くなってしまったのだ。それでも読みかけのストーリーが頭の中に残っていたらしい。妙な夢を見てしまった。彼は額に浮かんだ脂汗を掌《てのひら》で拭った。

時計を見た。午前十時。今日は非番の日である。途端にまた力が抜ける。このところ、多忙な日がつづいた。緊張が一気に抜けて、あれだけの少量の酒にも酔いが回ってしまったのだろう。

「ん？　ところで、おまえ、どうしてここにいるんだ？」

「やだなあ、泊まれって、しつこく言ったのは警部でしょ。これだから困るんですよ」

「あ、そうか、ごめんごめん」

確かそんなことを言ったのが、記憶の底に残っている。

警部は照れ笑いを浮かべると、醜く突き出た腹をポンと叩いた。

「アハハハハ」

警部の口から煙草が落ち、寝間着の隙間をかいくぐって股間を直撃した。

「アチチ」

「ハハハハ、警部、相変わらずドジですねえ」

「おい、ドジだと。この野郎」

警部は竹内の首根っ子をつかまえようとしたが、すばしこい竹内にするりとかわされてしまい、手は空をつかんだ。

黒星光、三十八歳、独身。田舎の警察署とはいえ、白岡警察署のれっきとした警部である。五年前、白岡署に配属されて以来、町はずれに一軒家を借り、独り暮らしをしていた。趣味は盆栽。こんなことでは女にもてるわけがない。いつまでもこの警察署にいて昇進できないのは、ドジばかり踏んでいるからだ。そして、このところ、何回か〝お得意の〟密室事件が続いたが、それも見当違いの推理で解決の栄誉を他人に奪われてしまっていた。黒星警部の名を上げる千載一遇のチャンスだったのに、あと一歩のところで……と、悔やんでも悔やみきれなかった。

「フーッ」

彼は大きく嘆息した。

「このまま、私はこの田舎警察署に埋もれてしまうのか。この辺で何とか方策を講じないと、まずいことになるぞ。竹内刑事ごときにばかにされているようでは、出世もおぼつかない」

そう考えると、ますます憂鬱になる。

「警部、どうしたんですか、浮かない顔をして？」

竹内が心配そうに、警部の顔を覗きこんだ。

「ああ、おまえのような奴を抱えていると、俺も頭痛のタネが尽きないんだよ」

警部はそう言うと、気をとりなおして、枕許に置いておいた『密室の富豪警部』を手に取った。

「さ、昨日の続きでも読むとするか」

「へえ、辻井康夫ですか。そう言えば、彼、戻ってくるんですってね」

「どういうことだ?」

「ええ、休筆を終えて、また白岡の仕事場に帰ってくるというのが、もっぱらの噂です」

「ほう、充電したってわけか。売れっ子作家ともなると、さすがに芸が細かいね」

別世界に住む人とはいえ、警部には辻井康夫がうらやましかった。


推理作家の辻井康夫といえば、日本を代表するベストセラー作家である。東京を活躍の場としていたが、五年前に居を白岡に移し、白岡山の麓にログキャビンを構え、仕事場として使っていた。

ここ数年の傾向として、白岡の人口は急増しつつあった。白岡は東京から手頃な距離にあるし、まだ豊かな自然が残っているため、いわゆる自然派志向の文化人もかなり住むようになっている。辻井もそうした連中の一人というわけだった。

二年前、辻井は突如、休筆宣言を発表する。自分には書くことがなくなった、充電したい、というのがその理由だった。慌てたのは出版社である。ちょうど彼の連載を持っていたところが数社あったから、何人かの編集者が辻井の仕事場に駆けつけ、彼を書斎に缶詰にして原稿を書くことを迫った。

ところが、辻井は煙のように書斎からかき消えてしまった。それも内側から鍵の掛かった〝密室〟の中から忽然《こつぜん》と消え去ってしまったのである。

黒星警部も推理小説の熱狂的なファンだったので、その事件のことはよく覚えている。ベストセラー作家の奇妙な消失事件ということで、当時マスコミでも大分華やかに取り上げられたし、警部も興味をもって週刊誌などの紙面を見たものだった。ただ、事件は犯罪の様相を呈しておらず、独り者の辻井には捜索願いを出す身寄りもなかった。それに彼自身、休筆して旅に出るという意志を鮮明にしていたので、警察が乗り出す筋合のものでもなかった。そして、マスコミの沈黙とともに、いつしか人々の記憶の中から消えてしまったのだった。

だが、警部は忘れていなかった。密室マニアとしても、ぜひあのトリックを解明したいと思っていた。

今、竹内が辻井の話を持ち出した時、二年前の状況が脳裏に鮮やかに甦ってきた。

2

〈月刊ミステリー〉の佐川信彦《さがわのぶひこ》は、午後三時、JR白岡駅を降りると、タクシーを拾ってまっすぐ辻井康夫の家に向かった。

「早く今月分の原稿をもらわなくては」

彼はタクシーにスピードを出すように言ったものの、そのスピードがもどかしくて仕方がなかった。

昨日、辻井からの電話で一方的に休筆宣言を突きつけられて、編集部は大騒ぎになった。すぐに編集会議が行われ、善後策が講じられたが、とにかく今月分だけは何とか確保しようということに決まった。締切が二日後に迫っており、辻井の作品が入らないと、雑誌に大きな穴が開くのである。

辻井康夫は熱狂的なファンを持っているため、彼の名前を出すだけでも本は飛ぶように売れる。

〈月刊ミステリー〉が佐川の努力で辻井の連載を取ったのは三カ月前で、おかげで売り上げも着実に伸びているように思えた。それが彼の一方的な休筆宣言で原稿がストップすることになれば、部数が確実に落ちる。編集部にとっては死活問題なのであった。佐川としても、担当者の立場から絶対原稿を取るように、編集長から厳命されていたので、焦《あせ》らずにはいられなかった。

タクシーは十分ほどして雑木林の中の小道に入った。舗装が途切れ、砂利道が続く。やがて前方にログキャビンが現れてきた。森の中から伐り出してきたような丸太を無造作に並べているように見えるが、それでいて計算されつくした建築工学上の美しさも見せている。閑静な周囲の環境の中にあって、推理作家の創作工房としては絶好の条件を備えていた。

林の中で、そこだけぽっかりと空間のできた広場でタクシーを帰し、その一隅にあるキャビンのポーチに立って呼鈴《よびりん》を押した。家の中で鐘が鳴るのが、佐川の立っているところまで聞こえてくる。

ドアを開けたのは辻井ではなく、佐川もよく知っている〈小説ＳＦ〉の編集者、谷山明《たにやまあきら》だった。

「なんだ、タニさんじゃないですか」

辻井の顔を予想していたので、少々拍子抜けした。

「よう、佐川くん。君もやっぱり、おでまし組か」

「そうなんですよ。大変なことになりました」

「ま、入んなよ。他の連中も来ることだし……」

いかにもベテラン編集者らしい谷山は、辻井との付き合いの深さを物語るように、すっかり自分の家にいるが如くふるまっている。

辻井のキャビンは三つの部屋からなっている。玄関の左側に寝室、突き当たりにキッチン、右側に応接室があり、さらにその奥に辻井の書斎兼仕事場がある。

谷山に応接室に招じ入れられると、そこには佐川とも顔馴染みの慎重社の宮本和男《みやもとかずお》が小柄な体を居心地悪そうにしてソファに掛けていた。お互いきまり悪そうに、「よう久しぶり」と挨拶を交わす。

「先生は？」

佐川は早速気になっていることを訊ねた。

「今、書斎で釈迦力《しゃかりき》になって原稿を書いている。順番にね」

谷山は佐川に片目をつぶって見せた。

「早い者勝ちでね。僕が最初の約束、次は宮本君、君は三番目だよ」

「そんな……」

「悪く思わないでくれよ。こっちだって、必死なんだから」

佐川の目の前が真暗になった。自分の前に二本、今はまだ一番目の原稿にかかっているところらしい。これでは今日中に原稿をもらうのは厳しそうだ。もし、辻井が今日トンズラしたらどうなるのだろう。そんな佐川の心中を察したのか、谷山が言った。

「原稿だったら大丈夫だよ。こうしてみんなで書斎の入口を固めて、先生を逃がさないようにしているんだから」

それでも、佐川の不安感は消えない。

「窓があるじゃないですか。もし、窓から逃げられでもすると困りますね」

「窓の向こうは、すぐ池になっている。泳いで逃げるのは、ちょっと不可能だね」

確かにその通りだった。佐川は以前ここに来た時のことを思い出した。ログキャビンの背後には、家を取り巻くように池が広がっており、その向こうは農場になっている。ボートにでも乗っていかないかぎり、脱出は困難だ。おまけに、池と農場の間には鉄柵があって、農場の牛が逃げないように電流を通している。二つの障害があっては、辻井の進退も窮まったといってもいいだろう。

「書いてくれるまでは、絶対放さないよ」

谷山の言葉に三人とも吹き出した。

「おっと、静かに」

谷山がおどけたように人差指を口に当て、書斎のドアの方を窺った。

「先生の気を散らさないようにしなくちゃ」

「でも、先生は本当に中にいるんですか？　もういないなんてことはないの？」

あくまでも懐疑的な佐川に、谷山は、

「そんなに疑っているなら、証拠を見せてやろう」

と言って、書斎の前に立つと、ドアを軽くノックした。

「先生、仕事の具合はいかがですか？」

やや間があって、ドアの向こう側から「何だね？」というくぐもった声が聞こえた。やがて、内側から錠をはずす音がしてドアが開くと、辻井が首だけをちょこんとのぞかせた。四十代半ばの不健康そうな顔つきの彼は、髪をぼさぼさにふり乱しており、黒縁眼鏡の奥の目が血走っていた。正真正銘の辻井康夫だった。彼は応接室にいる三人に目を走らせ、

「約束したことだけはやるから、心配しないで」

と、不機嫌そうに言うと、再びドアをバタンと閉めた。内側から鍵を掛ける音。

「どうだ、これで安心したろう」

確かに安心した。

家の中の書斎に通じる唯一の入口は彼らが固めているし、窓も心配はないようだ。佐川は落

ち着きを取り戻すと、応接室の電話で社に連絡を入れた。果たして、受話器の向こうから編集長のホッとしたような声が聞こえた。

応接室では、三人の間でひとしきり四方山《よもやま》話に花が咲いた。しかし、それも夕刻が近づき周囲が次第に明るさを失い、部屋の中に暗さが忍びこんでくると、いつしか途切れがちになった。

午後五時、谷山が室内に満ちている陰気な気分をふり払おうとするかのように、突然ソファから立ち上がり、時計に目をやった。

「もう、そろそろ最初の原稿ができてもいい頃なんだが……。あれからすでに一時間半はたっている」

「タニさんの分が早く終わってくれないと、こっちも落ち着かないですね」

慎重社の宮本が、不安そうに谷山を見上げる。

佐川は、すでに泊まりの覚悟ではいたが、それにしても辻井の執筆速度は遅いと思った。

「ちょっと、先生に声をかけてみたらいいんじゃないですか」

「ああ、それがいい」

佐川の提案に宮本が賛意を示すと、谷山は黙ってうなずいて書斎のドアを軽く叩いた。しかし、返事はない。三人は顔を見合わせた。

すると、谷山がさっきより強くドアを叩いた。応接室に重苦しい沈黙が落ちた。

「おかしいな。どうしたんだろう」

谷山は首を傾げると、今度は書斎の中に向かって、「先生、そろそろよろしいのでは」

と大きな声をかけた。依然として応答はない。

たまらず、佐川が谷山に訊ねた。

「部屋の中に電話はないの？」

「子機があるはずだが。よし、内線で電話してみよう」

谷山はいいことに気がついたとばかりに、受話器を取り上げた。書斎の中でルルルルという音が応接室でも聞こえる。それでも、やはり辻井の応答はない。

「寝こんでしまったのかな」

「いや、それにしては妙だ。これだけ騒いでいるのだから、気がつかないはずはないんだが」

それもそうだ。しかし、どうしたらいいのだろう。佐川はドアのノブを動かしてみたが、ビクともしなかった。三人の不安が頂点に達した。

「ドアを破るしか方法がないか」

佐川が何気なく呟いた言葉に、他の二人が飛びついた。

「よし、やろう。これはやっぱりおかしいよ。先生の身に何か起こったとしか考えられない。三人でぶつかって、ドアを壊そう」

三人が固く閉ざされたドアに向かって、一斉に身構えた時だった。

カランコロン。この場の雰囲気にはそぐわない荘厳な音が応接室に響いた。来訪を告げる鐘が鳴ったのである。一瞬、虚をつかれ、三人はそのまま立ちつくした。

再び鐘が鳴った。今度は三度もつづけざまにだ。来訪者の心の苛立ちが直に玄関の呼鈴に込められたような響きがあった。

「今頃、誰だろう」

呆然としていた彼らの中で、佐川が最初に我に返った。

「僕、ちょっと見てきます」

今のやりきれない気分を紛らわすには、何か別の行動を起こすことだ。佐川はそう思って、玄関へ走った。

鍵をはずし、ドアを開けると、そこには佐川の見知らぬ四十すぎの男が立っていた。頬を神経質そうにぴくぴくと痙攣《けいれん》させている。

「どちら様ですか？」

「幻影社の中尾《なかお》です。先生は？」

男は淡い茶色のサングラスの奥から値踏みするような視線を佐川に走らせた。長髪で耳を覆っているのがキザったらしい。

「今、ちょっと問題があって……。ま、入って下さい」

中尾は、佐川が話し終わるのを待たず、勝手知ったふうに応接室に入っていき、そこで顔見知りらしい谷山に目を留めた。

「一体、どうなっているの？」

「先生に何かあったらしいんだ。呼んでも返事がない」

谷山の答えを聞くと、中尾は書斎のドアの前に行って、ノブをがちゃがちゃ言わせた。

「先生、中尾です。原稿をいただきにまいりました」

しかし、応答はない。

「おいおい、俺の原稿はどうなるんだよ。今日もらう約束だったんだ」

中尾の、それまでの自信ある態度が急に崩れ、顔面蒼白になった。「それはないよ、原稿をもらわないと、まずいことになるんだ」

泣きそうな声になった。

「よし、一斉にドアにぶつかろう」

谷山が言った。ドアには三人がぶつかる程度のスペースしかないので、自然と、佐川、谷山、宮本の三人が当たることになり、中尾はそれを背後から押す形になった。

彼らは「せーの」というかけ声とともにドアに体当たりした。しかし、頑丈なドアの前に無様に跳ね返されてしまった。

それでも、三度、四度やっているうちに、ドアの蝶番《ちょうつがい》が悲鳴のような音を上げ始めた。頑丈そうに見えても、やはりログキャビンの木製のドアだ。その強さにもおのずと限界がある。ドアが壊れるのは時間の問題のようだった。

六回目くらいだったか、突っかえ棒が取れたようにドアが急に内側に開き、それとともに、三人の男は一団となって書斎の中に転がりこんだ。ほんの一瞬遅れて、中尾の体が三人に覆い被さった。

部屋はカーテンが閉められているせいか、薄暗かった。電気もついていない。四人とも勢いあまって体を床に激しく打ちつけ、痛さでしばらくそのまま動けなかった。

最初に行動を起こしたのは、中尾だった。彼は書斎の窓まで行くと、カーテンを両わきに開いた。サッシのガラス窓を通して、夕日が直径二百メートルほどの広大な池の水面と、その彼方にある牧場を赤々と染めているのが見える。それでも、暗い部屋の中を照らすだけの光量はあるのか、室内の様子ははっきりとわかった。

書斎の中に、辻井の姿は見えなかった。その狭い空間にいるのは、四人の人間だけだった。佐川の目に、窓を背にサングラスをかけた中尾の姿が映った。彼の顔は夕日を背に受けているせいか、暗くて見えないが、動揺しているらしいことは、その両腕が震えていることでもわかる。

彼は突然「畜生」と押し殺した声で言うと、ドタドタと書斎から出ていこうとしたが、何かに足を引っかけたらしく、大きな音を立てて転んだ。彼の舌打ちする音。やがて、玄関のドアが強く叩きつけられる音がした。中尾は、辻井の姿を求めて家の周囲を調べているようだった。

この時、佐川は妙なことに気づいた。窓のサッシの鍵が掛かったままになっていたのである。先ほどまで、窓の前に中尾が立っていたが、彼はカーテンを引いただけで鍵には触れもしなかった。入口は彼らが固めていたし、窓は内側から鍵が掛かっている。すると、辻井はどのようにに書斎から脱出したのか。

これは、いわゆる密室ではないか。辻井の書く推理小説の世界にしか起こりえないような密室状況の出現に、佐川は愕然となった。

再び窓から外を望むと、池は静かな水面を見せ、牧場では放牧された十数頭の牛たちがのんびりと草を食《は》んでいる。さらに、その四、五百メートル彼方には、白岡山の遊園地の観覧車が黒い影を浮かび上がらせ、ゆっくり回転していた。

突然、パチンという音とともに、部屋の明かりが灯った。音のした方にふり向くと、いつの間に戻ってきたのか中尾が息をあえがせていた。

「外を見回ってきたんだけど、先生はどこにも見えなかった。迂闊《うかつ》だったよ、もっと早く来ていればよかった」

中尾は取り逃がした責任が佐川たちにある、というふうな口のきき方をした。

佐川は改めて部屋の中を見回した。独り暮らしの男の生活空間らしく、簡素な佇《たたず》まいだった。窓に向かって右側にライティング・デスクと書架、左側の壁際にソファ・ベッドが置いてあるだけだ。床は緑色のカーペット敷き、天井は木目の特徴を生かした板張り。丸太をきちんと組み合わせた壁面は寒々とした印象を与えた。

ベッドの上には、旅行用のボストンバッグ。チャックは開いていて、中身が空であることがわかる。デスクの上には、書き損じらしい原稿用紙が何枚か、くしゃくしゃに丸めて放り出してある。そのうちの一枚を広げてみると、「密室の富豪警部・2」という文字が書かれ、メッセージらしき言葉が乱暴に書き連ねてあった。

「……私にはやっぱり書けない。充電のために、しばらく旅に出るつもりだ。二年後の今日、帰ってくる。悪く思わないでくれ。さらばだ。　　　　　　　辻井康夫」

＊

いかにも、不可能犯罪を得意とする推理作家らしい消失だった。

〝事件〟後、隣接する牧場にあたったが、その日ずっと牛の世話をしていた農夫は、池を越えてやってくる人間を一人たりとも目撃していないことを明らかにした。同様に白岡駅の駅員も辻井を目撃していないと語った。

過去、辻井の案出した密室トリックは二十を下らないが、この密室からの脱出トリックは、そのどれにもあてはまらないものだった。必然性のない密室と言えないこともないが、マスコミ受けを狙っての、新手の「読者への挑戦」だったのかもしれない。

3

……突然、野獣の唸り声が響いてきた。いや、野獣ではなかった。それは、何かに脅えたような馬のいななきだった。

そして、その直後、今度は男の悲鳴が聞こえてきた。

三人の研究者は、お互い顔を見合わせ、騒ぎのあった研究室に走った。鍵は立川教授の謎の失踪以来、掛けられていない。あれから、すでに二年の月日がたっていたのである。

彼らはドアを開けると、おそるおそる部屋の中をのぞきこんだが、真暗で何も見えなかった。一人が入口わきにあるスイッチを付けると、驚くべき光景が目に入ってきた。その酸鼻《さんび》を極める状況に三人は吐き気を催した。

「おおっ、何というひどいことを」

……（中略）……

変事の報に接して駆けつけてきた久喜警察署の横浜大助警部は頭を抱えこんだ。

「これも密室ではないか」

前の時の不可解な状況が、彼の脳裏をちらっとかすめた。

うっすらと埃をかぶった部屋の中には、まだ生乾きの土が散乱し、その中央には憔《しょう》悴《すい》し、かつての面影の断片すらも残さぬ立川教授、いや、その生首が血だらけになって転がっていた。胴体の部分はどこにも見当たらない。首の切り口はギロチンで切り落としたように、きれいな断面を見せていた。死因が首の切断によるものであることは、一目瞭然だった。

だが、犯人はそれだけでは満足しなかった。ご丁寧にも教授の額の真中に凶器を突き刺していたのである。それは、どこからもたらされたのだろう、妙な格好をした古びた矢だった。羽の部分は鮮血で真赤に染まっていた。

横浜警部は、勢いよくカーテンを開け放った。六階から見下ろす町は、すでに夜の帳《とばり》が下り、闇に包まれている。人家の明かりがポッンポッンと灯っているのが見えるだけだった。

これはどうしたことだろう。警部は再び首を傾げた。現場となった部屋は施錠こそされていなかったものの、唯一の入口は三人の男が見張っていた。窓に関して言えば、内側から錠が下ろされている。正真正銘の殺人事件であることは、凶行の模様を見ても明らかである。

それにしても、胴体はどこに消えたのか。矢は至近距離から弓で放たれたものであることは疑いなかった。被害者は首をはねられる直前に悲鳴をあげていたことが、関係者の証言でわかっている。しかし、三人の死体発見までの短い間に、教授の胴体はどこに運び去られたのだろう。部屋の中で凶行があったことは確かだ。

横浜警部は、「この部屋の中には、窓とドアの他に〝第三の窓〟がある」と断言した。

「そうだ、これは、まさしく〝ユダの窓〟だ！」

(辻井康夫著『密室の富豪警部・2』より抜粋)

黒星警部は『密室の富豪警部・2』を閉じると、静かに煙草の煙を吐き出した。煙はしばらくの間、薄汚い警部の自宅の寝室を漂っていたが、やがて暮れかけた西の空へ、徐々に吸いこまれるようにして消えていった。

「うん、これはいいぞ」

小説は新たな展開に入って、俄然面白くなってきた。まだ結末が発表されていないのが残念である。二回目の原稿は、辻井の失踪直後、版元の〈小説SF〉に続きの原稿が郵送されてきたという。それは、辻井の帰還に合わせて、発表が見合わされていたが、ようやく先頃、二回目が〈小説SF〉誌上に発表されたのだ。三回目の解決編は今秋発表と、編集後記には謳《うた》ってあった。

辻井が充電を終えて再登場するのは間違いないようで、解決編で、お手並み拝見といきたいものだ。熱狂的な推理小説ファンである黒星自身としても、早く辻井が姿を現して、続編を書くのを祈らずにはいられなかった。

「辻井の置き手紙にもあったけど、二年後といえば、ちょうど明後日にあたるな」

彼は手帳を取り出すと、赤のサインペンで五月十五日に○印を付けた。

しかし、二日後、問題の日になってみると、黒星警部の念頭から辻井の一件は完全に消え去っていた。というのは、その日、朝からこまごまとした事件が起きて、小説のストーリーなど考えている暇さえなかったからである。

まず、午前中、白岡山の遊園地内にある動物園の餌の中に何かが混入され、「おともだち広場」で飼っている鶏三羽と豚一匹が死ぬという事件が起こった。調べてみると、混入されていたのは農薬で、近所に住む中学生の悪質ないたずらであることが判明した。

それから午後になって、白岡山に行楽に来ていた三歳の子供が遊園地に隣接する牧場の鉄柵に触れ、感電する事件もあった。こちらは、幸いショック程度で大事に至らず、牧場の所有者に厳重な注意がなされ、一時的に電流を切って、今後の対策を考えるということでケリがついた。

いかにも、大都市近郊農村の〝白岡的な〟のどかな事件であり、事故であった。

しかし、黒星警部はおかんむりである。署に戻ってきたのは、午後六時。せっかく磨いた新調の靴も、動物園の檻の中や、牧場の草むらを歩いてきたので、泥だらけ糞だらけだった。

「けっ、何だい。どうして、こんなつまらない事件ばかり起こるんだ」

とびきりの不可能犯罪を解いて、世間をギャフンと言わせるのが、自分に課せられた使命ではないか。

警部は理想と現実のギャップに大きく溜息をついた。しかし、いつまでくよくよしていても始まらない。彼はお茶でも飲もうと、自動給湯器で茶を入れ、口に含んだ。

その時だった。竹内刑事がいきなり捜査一係のドアをバタンと開け、警部のそばに駆けつけるなり、耳元でいきなり怒鳴ったのである。

「たいへんです。とびきりの密室事件が起こりました」

ガブッ。驚いて熱いお茶をぐいと飲みこんだからたまらない。

「アチチチ」

警部は飛び跳ねて悶《もだ》え苦しみ、口の中にあったお茶をブッと前に吐き出した。これには、さすがの鈍い竹内もびっくりした。警部が竹内に背中を見せ、肩をブルブルと震わせているのを見て、雷が落ちることを覚悟した。

警部が竹内の方に向き直った。

首を縮め、目をつぶった竹内の肩に手が当たった。目を開けると、真赤になった警部の顔が目の前にあった。ああ、これでおしまいかと思ったが、竹内にかけられた言葉は、意外にも暖かいものだった。

「竹内君、ありがとう」

警部が竹内の手を固く握りしめた。

「えっ、あの僕が何か?」

警部の目から涙がこぼれ落ちた。

「竹内君、えらい」

「あのう僕はただ……」

竹内は釈然としないまま、警部の奇妙なふるまいを見ていた。

「さ、早速、私の最も得意とする密室事件にご案内願おうか。フハハハ」

警部は〝私の最も得意とする〟という言い方をした。それでも、竹内があっけにとられてぐずぐずしていると、今度は本当に雷が落ちた。

「ばかもの、何をもたもたしている。さっさと俺を密室に連れていくんだ」

「は、はい」

パトカーは、「密室密室」と叫んでいる警部と、それとは対照的にしょぼくれた竹内を乗せて、一路現場へと向かった。

「ところで、現場はどこかな?」

ようやく正気に戻った警部が竹内に訊ねた。

「作家の辻井康夫の家ですよ」

「つ、つ、辻井……」

「ええ、殺されていたのは辻井でした」

「な、なんだって」

警部はびっくりして飛び上がったので、パトカーの天井に頭をしたたか打ちつけた。相当に痛いはずだが、警部はそれを感じるどころではない。

「それじゃ、どうなるんだ」

「どうなるって?」

「『密室の富豪警部』の解決はどうする気なんだ」

警部は頭を抱えこんだ。せっかく面白くなってきたのに。ここで辻井に死なれたら、読者はどうなるのだ。この俺様は……。

「え、どうしてくれるんだ?」

警部は竹内の胸ぐらをむんずとつかんだ。

「く、苦しい。そんなこと言われたって、僕困ります。原稿はできていたようですが、誰かに盗まれたようです」

「盗まれたぁ?」

警部がようやく手を放したので、竹内はフーッと息を吐いた。

「担当の編集者に渡す手はずになっていたようですが」

「ううう」

そんな会話を交わしているうちに、パトカーは辻井のログキャビンに到着した。すでに三台のパトカーが停車しており、車の上部に取り付けられたライトが玄関に強烈な光を浴びせかけている。

キャビンの中の明かりは灯っていなかった。時々、懐中電灯らしき明かりがカーテンに当たり、中の人影を浮かび上がらせているだけである。カーテンに映った影は右に左に不気味に揺れ、さながら幽鬼のようだった。

「電気はどうした?」

パトカーを降りながら、警部が訊ねた。

「送電は二年前の例の失踪事件以来、ストップしています。それに、電話もガスも水道もすべて止められています」

「管理人は？」

「月に一回程度は近くの婆さんが掃除に来ていたそうです。次は明日来る予定だったようですが」

玄関のドアを開けて、右手の部屋に入る。ここが応接室らしい。

ソファには、緊張した面持ちの三人の男が顔を寄せ合って、ひそひそ話をしていたが、警部たちが入ってくると、急に話を止め、不安そうに顔を上げた。

「あなたたちですか、目撃者というのは？」

警部の問いに、一番年長者らしき四十年配の男が立ち上がった。「そうです。我々が第一発見者ということになります」

男は〈小説ＳＦ〉の編集者谷山と名乗った。谷山は、その場にいる〈月刊ミステリー〉の佐川と、幻影社の中尾を紹介した。

「わかりました。話は後で伺いましょう」

警部は書斎の前に立っている警官に、目顔で部屋の中を見せるように合図をした。ドアが開けられると、中から明かりが暗い応接室に漏れてきた。

警部が凶行現場に足を踏み入れると、鑑識係員の持つ強力なライトの下で白衣を着た初老の男がソファ・ベッドに屈みこんでいるのが目に入った。監察医の倉沢である。彼は背後の音にふり返り警部の姿に目を留めると、いくぶん緊張がゆるんだのか、白い歯を見せた。

「やあ、クロさんのおでましか」

「どうです、被害者は？」

「ひどいもんだ、これを見てくれよ」

「うわぁ」

警部の後ろからのぞきこんだ竹内刑事が、吐き気を催したのか、口を押さえて部屋から飛び出していった。

とにかく凄惨な現場の状況だった。ソファ・ベッドに乗っていたのは、辻井の生首で、恐怖に歪んだ表情のまま、天井をにらんでいた。血が一筋、額から鼻にかけて流れている。

「く、首だけですか。胴体は？」

「胴体はこっちだ」

首の傍にもっこりしたものを覆っていた汚らしい茶色の毛布があったが、倉沢はそれを取り払った。赤黒い首の断面が警部の目に、いきなり飛びこんできた。

「うへえ、何てこった」

「肉切り包丁で切られたものらしい。切ることに慣れてないものだから、切断面がギザギザになっている。これがその包丁だ。ソファ・ベッドの下に置いてあったボストンバッグの中に入っていた」

警部は血がべっとり付いた包丁と薄汚れたボストンバッグを目にした。バッグの中にはビニールのシートが詰めこまれていた。

「殺されてから切られたのか」

「そうだね、鈍器のようなもので頭を殴られたのが直接の死因だろう」

倉沢はボールでも扱うように、辻井の首を回すと、後頭部を差し示した。

「おそらく頭蓋骨陥没だろうな。解剖してみないと、何とも言えないがね」

「死亡時刻は？」

「二時間から三時間前といったところですな」

今、時間は七時を少し回ったところだった。

「すると、午後四時から五時の間か」

「そういうことになるね」

警部は窓を通して、すっかり暮れた外の景色を望んだ。闇の中に一つポツンと明かりがあるのは、牧場主の家のものらしかった。

沈黙が部屋の中を支配した。戸外から聞こえるパトカーのエンジン音が、静寂感をいっそう強めていた。

倉沢を書斎に残して、警部は関係者のいる応接室に戻った。竹内刑事は壁にもたれ青ざめた表情をしている。このような事件は初めての経験らしく、動揺を隠せないようだった。

「じゃ、お聞かせいただきましょうか、ことの経緯を」

早速、警部は発見者となった三人の聴き取り調査に入った。

4

〈月刊ミステリー〉の佐川信彦は、午後四時半、白岡駅を下りると、タクシーを拾って、まっすぐ作家の辻井康夫の家に向かった。辻井の謎の消失事件以来、すでに二年の月日がたっていた。

三日前のことである。編集部に速達の手紙が届いた。差出人を見ると、「辻井康夫」とあったので、慌てて封を切ってみると、便箋には見慣れた辻井の筆跡の文字が書き連ねてあった。

充電は終わった。締切に追われた生活の中で涸渇《こかつ》していった私だったが、二年間の、ほとんど放浪ともいえる旅の中で、新たな蓄積を見るに至った。貴君には非常に迷惑をかけたが、今後は貴社については優先的に仕事をお引き受けすることにする。ついては、来たる五月十五日午後五時、拙宅にて打ち合わせをいたしたく、貴君のご来駕を仰ぎたい。

辻井康夫

追伸　二年前、私は自分の考案したトリックで密室から消えたが、今度は別のトリックで密室の中に現れるという趣向を考えている。乞ご期待。

佐川は辻井のやり方には腹を立てていた。しかし、相手は売れっ子作家である。多少のことには目をつぶらねばならないだろう。他社の出方を考えれば、ここはぜひ白岡に行かねばなるまいと思った。それに、佐川としては二年前に辻井が演じた密室のトリックを知りたい気持もあり、上野から東北線に飛び乗ったのであった。

わずか二年の間に、白岡の町は大分様変わりしていた。駅前には、しゃれた喫茶店やハンバーガー・スタンド、大きなスーパーマーケットができていた。街中を抜けて、田園地帯に入っても、モダンな洋風建築がそこここに建ち始めている。今や、白岡は近郊農村的な性格と、大都市通勤圏のマイホームタウンの性格を併せ持つようになってきたと言える。

車を十分も走らせると、例の雑木林が見えてきた。この辺までは、まだ都市化の影響が及んでおらず、武蔵野の面影が感じられる。駐車できる空地はそのままだったし、辻井のログキャビンも、少なくとも外見上は変わっていないように思えた。

佐川は玄関前のステップを上り、呼鈴を押した。が、何の応答もない。ドアのノブを回してみると、抵抗なくクルッと回り、ドアが開いた。

玄関には靴が一足、きちんと揃えてあった。誰か先客がいるらしい。

「ごめん下さい」と声をかけると、応接室から幻影社の中尾一郎《いちろう》が顔を出した。

「なんだ、中尾さんですか」

「よう、君も先生に呼び出しを受けた口か。僕も今着いたばかりなんだ」

二人は顔を合わせて、バツが悪そうに苦笑いした。

「じゃ、中尾さんも先生に手紙をもらったんですか？」

「そう、打ち合わせってことでね。うまくいけば、こちらは何か原稿をもらえるかもしれない」

「へえ、それはうらやましいですね」

「まあね」

「〈小説ＳＦ〉の谷山さんは来るのかしら？」

「たぶん来ると思う。だけど、慎重社の宮本君には手紙が行かなかったみたいだね。その件で彼、大分怒っていた」

「一人だけ仲間はずれにされたのだから、面白くないですよね」

佐川は貧相な宮本の顔を思い浮かべながら、改めて応接室の内部を見回した。

「電気は切られているんですね」

「ああ、料金を滞納していたからね」

佐川はテーブルの上を指でこすってみた。指先にうっすらと埃が付いた。

「掃除のおばさんには、前もってお金を渡していたらしい。一月に一回くらいの割合で掃除に来るそうだ」

「へえ」

二人は辻井の書斎をのぞいてみた。すべては、失踪の時のままの配置だった。カーテンは両脇に引かれ、西日の光線が部屋いっぱいに差しこんでいる。すっかり色褪せたソファ・ベッド。

その上には、汚らしい毛布がくしゃくしゃに畳んで置いてあり、辻井が旅立った時に残されていたボストンバッグもそのままになっていた。丸太を使った周囲の板張りは主を失ってくすんでいた。もちろん、部屋の中に辻井の姿があろうはずがない。光を受けて乱舞する埃だけが唯一の生き物のように見える。

窓越しに池の彼方を望むと、牧場も昔と変わっておらず、牛たちがのんびりと緑の草を食べていた。

「ここに先生は五時に現れるわけですね」

「そういうことになるな」

中尾がカーテンを閉めると、部屋の中が薄暗くなった。すると、室内は俄《にわか》に生命を宿した魔物のように感じられた。そういう見方をすると、ソファ・ベッドの上の毛布も野獣がうずくまっているように見える。佐川は言い知れぬ不安を感じてブルッと身震いした。

二人とも二年前に密室を破った時の情景を思い出していた。しかし、あの時、書斎は窓もドアも内側から閉められ、完全に密閉した状態にあった。それに対して今度は窓の鍵が掛かっているだけで、ドアには錠は下ろされていない。もっとも、そのドアも衆人環視の状態にあるわけだから、密室と言っても差しつかえないのだが。

二人は書斎の確認を終えると、ドアを閉め、応接室に戻って一服した。

四時五十五分、玄関に人の気配がした。

「よう」という挨拶とともに入ってきたのは、〈小説ＳＦ〉の谷山明だった。肩には重そうなショルダーバッグをかけている。

「旅行の帰りですか？」

佐川の問いに、谷山はニヤッと笑った。

「ちょっとね、東北に取材に行った帰りさ」

「じゃ、今日は先生に会いに立ち寄ったわけですね？」

「ああ、『密室の富豪警部』の解決編をもらう約束なんだ。へヘッ、悪いね」

谷山は応接室をひとしきり見回していたが、中尾に目を留めた。

「で、先生はまだ現れないの？」

「ああ、まだだ。俺たちもさっきからずっと待っているんだが」

谷山はフーンとうなずくと、応接室を横切って、そのまま書斎の中に入っていったが、十秒ほどで、すぐに出てきた。

しかし、入った時と比べて、心なしか元気がないようだった。

「どうしたの、具合でも悪いの？」

中尾が聞いた。

「い、いや、昔とちっとも変わっていないから、ちょっと懐かしくなってね」

「そうなんだ、あの時とまったく同じさ」

「二年前に先生が消えた時のままだ」

三人は黙りこんだ。

五時。

しかし、何事も起こらなかった。応接室にいる三人は耳を澄ましてみたが、書斎からはコトリとも音がしない。彼らは複雑な気持で互いの顔を窺った。

「ちょっと見てみるよ」

いたたまれなくなったのか、中尾は立ち上がった。彼は書斎のノブを回し、ドアを開け、中をのぞきこんだ。

「やっぱり、まだ帰って来てない」

そう言うと、五分前の谷山と同じく、彼も書斎に入っていったが、やはりすぐに肩をすくめながら現れた。

「もうちょっと待ってみようか」

「二年も待ったんですから、十分や二十分なんか、何でもないでしょ」

佐川の言葉に、中尾も谷山も相槌を打つ。

「まったくだ」

三人は笑った。しかし、どこか虚ろに響いた。

五時十五分。

依然として、辻井は現れず、今度は若い佐川が焦れてきた。

「僕、ちょっとのぞいてみます」

と言って、書斎に入ると、辺りを見回した。カーテンが閉まっており、外も暮れかけているので、暗さがさっきより大分増している。しかし、内部の様子を見てとれるほどには明るい。

やはり、佐川が三十分前に見たのと同じ配置で、変化はなかった。

すっぽかされたのかな、これは。やりきれぬ思いで、佐川は書斎を出た。

「電気がないから、あと三十分もすれば、ほんとに真暗になりますよ」

佐川が不安をそう口に出すと、中尾が後を受けた。

「そうだな、六時になったら、引き上げるか」

「やむを得ないが、そうしよう」

谷山も同調した。


五時二十分。

……突然、野獣の唸り声が響いてきた。相手を威嚇《いかく》する雄叫《おたけ》びだった。

虎か、ライオンか——。

その部屋にいた三人の男は、名状しがたい戦慄に襲われ、ブルッと身を震わせると、互いの顔を探るように見た。

「おい、今の声聞いたか。何だ、あれ?」

「何って？」

「先生の部屋だったな」

そこまで言うと、三人は弾《はじ》かれたように椅子から立ち上がった。

佐川は、心の中どこかで、以前読んだ小説のストーリーを思い出していた。それが何だったのかはわからない。とにかく自分たちがそのストーリーの中の登場人物のように行動しているような、奇妙な感覚を味わっていた。

三人は書斎のドアの前に立ち、中尾が一同を代表する形で、おそるおそるドアをノックした。返答はない。中尾がドアを開いた。佐川は、書斎の中から何か邪悪な闇の意志が応接室に忍びこんでくるような錯覚にとらわれた。

「よし、入ってみよう」

中尾を先頭に、谷山、佐川がつづいた。しかし、何も変わったことは起こっていなかった。虎、あるいはライオンの姿は影も形もない。

佐川は窓までまっすぐ歩いて、カーテンを開け放った。すでに太陽は西の方、牧場の彼方に沈みかけている。その残光が西の空を赤く染め上げており、池の水面には赤い小波《さざなみ》が立っていた。窓の錠は、と見ると、相変わらず内側から差してあった。

佐川と中尾が並んで、なおも外の景色に見とれていると、背後から「ワッ」という声がした。

「せ、せ、先生が……」

谷山がカーペットの上に尻もちをつき、ソファ・ベッドの方を指差していた。佐川はソフア・ベッドの上を見て、腰を抜かしそうになった。見知らぬ人が横たわっていたからである。

カッと見開いた目は、真正面をにらんでいた。首から下には毛布が掛けられており、今まで睡眠をとっていたようにも見える。しかし、違うのは額から鼻にかけて一筋の血が流れていることだった。眼鏡をかけていなかったので、最初はわからなかったが、よくよく見れば、それは誰あろう、辻井康夫その人に間違いなかった。彼のトレードマークである、ぼさぼさの髪が右目をおおっている。すでに死んでいるのは、誰の目にも明らかだった。

その時、西日が最後の断末魔とでも言うべき輝きを瞬間的に放った。すると、辻井の顔がその光を受けて、みるみる赤く染まった。ちょうど彼の流した血の色のように。

「ど、ど、どうする?」

呆然としている佐川のそばで、中尾がおろおろした声を出した。ふだんの落ち着いた中尾からは想像もつかない取り乱しようだった。

その声に我に返った佐川は、警察に通報することを考えた。ところが、ライティング・デスクの傍らの電話を持ち上げて番号を押そうとしたが、発信音は聞こえなかった。

「そうだ、電話は切られていたんだ」

どこか近所に電話を借りに行かねばならないなと思ったが、この家は林の中の一軒家で、電話のありそうなところで一番近いのは窓から見える遊園地だった。直線距離にすれば五百メートルくらいで、牧場を突っ切れば、十二、三分で行ける距離だが、なにせ牧場には電流の通った鉄柵があって、そう簡単にはいかない。牧場を大きく迂回していくと、どんなに急いでも片道三十分はかかるだろう。

あとは、牧場主の家が雑木林のはずれにあるはずで、そこなら十分くらいで行けるかもしれない。やむを得ないが、ひとっ走りしてこなくてはなるまい。

その時、「ウッ」という声とともに、中尾が書斎から駆け出していった。死体にむかついて吐き気に襲われたのだろう。やがて、トイレから青い顔をして戻ってきた。

「僕が警察を呼んできますから、中尾さんは応接室のソファで横になって休んでいて下さい」

中尾は力なく黙ってうなずき、佐川の言った通りにした。

「タニさんは……」

と言いかけて、佐川は谷山のただならぬ様子にようやく気がついた。谷山はどうやら腰を抜かしているらしく、未だに書斎のカーペットの上に座り、虚ろな目を辻井に向けていた。

「ベテラン編集者のくせに、二人ともずいぶんだらしがないな」

佐川はそうつぶやくと、谷山に手を貸して立ち上がらせ、応接室の一人掛けのソファに座らせた。

それから二十分後の六時ちょうど、佐川が警察への通報を終えてログキャビンに戻ってみると、中尾は応接室の三人掛けのソファに横たわっており、谷山はなおも放心状態でソファに座り、空を見つめていた。

すでに顔の表情も定かには見られないほど、闇が濃かった。

パトカーのサイレンが、遥か彼方で鳴っているのが聞こえた。

5

佐川が事件の経緯を語っている間に、辻井康夫のバラバラ死体は解剖に付されるために、運び出されていた。そして今、現場となった書斎では、鑑識係員が手掛かりを求めて忙しく立ち働いていた。

犯人はこの三人の中の誰かに間違いないな。黒星警部は直観的にそう思い、改めて彼らの顔を見渡した。

佐川信彦。〈月刊ミステリー〉の編集者。二十代の後半で三人の中では一番若い。行動的で力も人一倍強そうだ。二年前、辻井に連載の原稿をすっぽかされているので、彼に恨みを抱いている。動機は充分ある。

谷山明。最年長者で四十半ばか。中肉中背で目立たないが、いかにもベテラン編集者らしく、世慣れた感じがある。〈小説ＳＦ〉の編集者で『密室の富豪警部』の担当をしている。前回の失踪時、原稿は後日郵送でもらっているので、動機は一番弱いといえるが、要注意人物であることは間違いない。

中尾一郎。やや小柄、茶色のサングラスをかけ、長髪にしている。三十代後半。キザったらしく、警部の気に食わない。幻影社の編集者で、佐川同様、辻井に原稿をすっぽかされた恨みがある。

「あれ」

警部が突然、突拍子もない高い声を出した。

「もう一人、いなかったっけ？　二年前の例の失踪事件の時は確か四人だったはずだが」

「ああ、慎重社の宮本和男君のことですね」

谷山が答えた。

「彼なら、今頃は先生に呼ばれなかったと言って腐っていますよ」

「ここには来なかったの？」

「ええ、今頃は東京でふてくされているはずです」

「ふうん、そうか」

慎重社の宮本も辻井を恨んでおり動機も一番強そうだが、ここにいないとあっては、除外するしかあるまい。

「原稿が盗まれたというのは本当かね？」

警部が質問の内容を変えると、今度は若い佐川が答えた。

「はい、ライティング・デスクの上を見たら、この封筒が置いてあったんです」

警部は、応接室のテーブルの上に置いてあった大き目の茶封筒を佐川から受け取った。表面に万年筆で「原稿在中」と書いてあった。

彼は中に手を突っこんだ。一枚の原稿用紙が入っていた。欄外に「小説ＳＦ用箋」と印刷されている。中央に癖のある字で『密室の富豪警部・解決編』とあり、五十枚在中と書かれていた。

「これは辻井の字に間違いないね」

「ええ、確かに」

と佐川。

「ということは、何者かが五十枚の原稿を奪った？」

「と思います」

「盗んだ奴が犯人ということも考えられますな」

「そうかもしれません」

「どうです。失礼ですが、ここで皆さんの持ち物の中を検査させてもらうわけにはいかないでしょうか」

「どういう意味ですか？」

佐川がムッとした顔をする。

「皆さんも疑いを晴らしたほうがいいのじゃないかと思いましてね」

断る理由が見つからないので、三人はしぶしぶながら同意した。

谷山は旅行用のショルダーバッグ、中尾は黒いアタッシェ・ケース、佐川は小さな手提げカバンを持っていたが、中には辻井のものとおぼしき原稿用紙はなかった。

その後、ログキャビンの内部とその周辺に捜査の手が及んだが、手掛かりとなるものは何も発見されなかった。三人の編集者は、さらにくわしい事情を訊くため、署に移ることになった。

「どうも、この事件は原稿がカギを握っているような気がするんだ」

鑑識課員が引き上げた後、警部は竹内刑事を書斎に引っぱりこんで言った。「何かそんな気がしてならない」

そして、そう言っている間に、警部の頭に素晴らしい考えが閃いた。

「そうか、そうだったのか」

彼は自分が天才ではないかと思った。こんな田舎の警察署で、むざむざ才能を涸渇させるなんて、むごいことだと思った。

「竹内、これはだな……」

しかし、竹内は警部の話を聞いていなかった。

「おい、竹内、聞いとるのか!」

死体を見たショックからまだ立ち直っていない竹内は、警部の罵声にびっくりした。ようやく目が覚めたという面持ちである。

「あ、はい。何ですか?」

と逆に警部に聞き返した。

「この事件はだな、筋書殺人だと思うんだ」

「筋書殺人?」

竹内はきょとんとした顔をした。

「そうだ。つまり、小説の内容通りに現実の事件が起こるというわけさ」

「そんなことが実際にあるんですか？」

「それが起こるんだな。よく考えてみろ。いいか、辻井の『密室の富豪警部・1』の中で立川教授が研究室から消えた。それと同じことが現実にも起きたんだ。つまり、二年前、辻井は作品のストーリーと同じ状況の下で書斎から姿を消した」

「あ、そうか」

「そして、今回は『密室の富豪警部・2』で立川教授の首が研究室に現れたように、現実に辻井の首が書斎に出現した。もっとも、こっちは胴体も一緒に現れたけどな」

「な、なるほど」

「だから、俺はな、盗まれた原稿、すなわち『密室の富豪警部』の解決編を見つければ、密室のトリックは解明されると思うんだ」

「ははあ、なるほど、さすが名警部。あったまいいですね」

竹内も警部をおだてる術《すべ》を心得ている。

「ムホホ」

竹内にほめられて、警部も悪い気はしない。ここは、この難事件を解決して、白岡署に黒星光警部ありということを天下に知らしめなくてはならない。ああ、栄転だ出世だ。警部の目の前がバラ色になった。

「しかしだな」

その原稿が発見される前に、自分なりに密室トリックを解明したいという気もないではなかった。不可能犯罪の巨匠・辻井康夫の挑戦を受けて、ぜひそのトリックを暴《あば》くのが、密室マニアとしての自分に課せられた使命だとも思っていたのである。

「俺の鋭い嗅覚によれば、オホン、犯人は慎重社の宮本和男と見るな」

「そ、そんな。だって宮本は現場に居合わせなかったじゃないですか」

「いや、実を言うと、それは俺の希望的観測でな、事件に登場しない宮本が犯人だとなれば、読者が驚くではないか。意外な犯人ってわけさ」

「また、ご冗談ばかり」

「ワハハハ」

「この人、ばかじゃないの」

「ん？」

「い、いや、面白い。実に」

竹内は、ここは上司に話を合わせるのが得策とみて、一緒になって笑った。

ところが、その冗談が本当になった。

白岡山の周辺をパトロールしていた警官が、不審人物を発見したのである。男は街灯もない暗い夜道をよたよたと歩いていた。近くに人家もないことから、挙動不審人物とみて、早速職務質問が行われたが、男の話は要領を得ない。懐中電灯に浮かんだ男の顔はやつれ、泥と汗に汚れており、虚ろな目を警官に向けるばかりであった。

男の身元が判明したのは、署に連行してきた時だった。たまたまトイレに行っていた〈月刊ミステリー〉の佐川が男に目を留め、

「ちょっと、宮本さんじゃないですか。今頃こんなところでどうしたんですよ？」

と、署の建物中に聞こえるほどの大声で叫んだのである。

「え、宮本？　宮本って、慎重社の宮本のことか」

先ほどまで、竹内相手に冗談を飛ばしていた警部も、これには驚いた。現場近くを一番怪しい奴が徘徊《はいかい》していたとは。

「警部って、透視能力もあったんですね」

竹内におだてられ、彼は天にも昇る心地になった。

「いやあ、何ね、これも予想していたことだったんだ」

口のすべりも自然に滑らかになる。

おまけに、宮本が所持していたものが驚くべきものだった。彼の紙袋の中には原稿用紙が入っていたのである。もちろん辻井の家から盗まれた原稿だった。

警部は原稿をコピーに取り、読んでみることにした。

「これで事件は解決したも同然だな」

警部の喜びもひとしおである。犯人が自分から現れ、しかも密室のトリック解明のヒントとなる重要な証拠品を持参してきたのだから。

「『棚からボタモチ』という諺《ことわざ》があるが、今回の一件はまさに、そのものズバリではないか。ウハハハ」

警部は捜査一係の自分の机に足を乗せ、うまそうに煙草を吸った。

「警部、おめでとうございます」

竹内刑事の賞賛も今度ばかりは本心から来ているようである。勝利の味というのは、こんなものだったか。警部がめったに味わったことのないものであった。

「いや、なになに、こんな事件、ちょろいものよ」

笑いは止まらなかった。

警部は、どれどれと言って、『密室の富豪警部』の解決編五十枚のコピーに目を通し始めた。

読者として、おそらく最初に原稿を読むという栄誉に、彼は酔いしれていた。

6

立川教授の生物科学研究室のドアを背にして、横浜大助警部が、

「これから立川教授失踪、並びに殺害事件の解明を致します」

と言うと、その場がどよめいた。その部屋に集まっているのは、事件の目撃者となった三人の研究員、久喜警察署の署長などを含め、十人ばかりである。

警部は、過去の名探偵たちが発表の前に取るような間《ま》を巧みに取り入れ、葉巻に火をつけるためにポケットの中から金のライターを取り出した。

うまそうに吐き出した煙を通して、焦《じ》れている聞き手たちの表情が目に入る。悪い気はしない。

「さあ、もういいだろう。始めてくれ」

署長が横浜警部のもってまわった態度に業を煮やして先を促した。

「失礼しました。では始めましょう」

警部もその辺の呼吸は充分承知している。

「私はこの前、教授の生首が見つかった時、研究室には窓とドア以外に〝第三の窓〟があると申し上げました」

「〝ユダの窓〟のことだな」

「その通りです。かの密室の巨匠カーター・ディクスンに『ユダの窓』という傑作がありますが、あれに出てくる窓とは違います。『ユダの窓』が発表されてから、すでに四十年たっていますが、近代的な設備の研究室には、あのような窓が存在しないことは皆さんもおわかりだと思います」

「わかる。じゃ、何なんだ？　教授の額には矢が突き刺さっていたが、研究室の中には弓は見つかっていない。解体されたような痕跡もなかった」

「矢は部屋の外から発射されたのです」

「それが私にはわからんと言うのだ。入口のドアは、ここにいる三人の研究員の方々が見張っていたし、窓は内側から旋錠されていた。たとえ、外から放ったとしても、ここは六階だぞ。町にはこれより高いビルはないんだ」

「ええ、しかし、矢は見えないもう一つの窓から発射されたのです」

「いい加減に早く言いなさい。それは一体何なんだ？」

興奮した署長の顔が赤く染まった。

しかし、横浜警部は平然としたもので、灰皿で葉巻の火を消すと、ようやく事件の真相を語り始めた。

「では申し上げましょう。その窓というのは……」

（辻井康夫著『密室の富豪警部・解決編』より抜粋）

＊

「ブッ」

黒星警部の口からコーヒーが勢いよく飛び出し、『密室の富豪警部』のコピー原稿を黒く汚した。しかし、彼は小説の中で横浜大助警部が語った〝真相〟に唖然《あぜん》としていたので、そんなことにも気がつかない。それだけ、彼のショックが大きかったとも言える。

「そんなばかな。こんな話があってたまるか」

しゃべっているうちに、無性に腹が立ってきた。

「あの辻井ともあろう者が、こんな滅茶苦茶なトリックを使っていいはずがない」

警部のあまりの激昂ぶりに、竹内刑事は不安になった。警部にさっきまでの勝者の余裕は微《み》塵《じん》もない。

「どうしたんですか。そんなにまずいことが書いてあるんですか?」

「いいから、これを読んでみろ」

警部の怒りに震える手から原稿のコピーを受け取った竹内は、五十枚にざっと目を通してみた。数分で読み終えた彼は、しかし、意外にも冷静だった。

「なるほど、警部のお気持も痛いようにわかりますが」

「わかるが、何だ?」

「わかりますが、僕はこれはこれでいいのじゃないかと思います」

「どういう意味だ?」

「これは辻井一流のパロディーなんですよ、パロディー」

「ほう、ちょこざいな。おまえにわかってたまるか」

竹内は、それにはかまわずつづける。

「辻井はこの小説によって、密室との訣別を読者に告げたかったのかもしれません」

「いや、俺はそうは思わん。これは読者に対する裏切り行為だ。辻井はまさにユダだったんだ。裏切りの密室だ」

「違いますね、警部。辻井の言いたかった〝ユダの窓〟は、〝第三の窓〟への模索のつもりだったんです。彼はこの作品で従来の密室小説に対し痛烈な批判をし、かつこれを契機に古い探偵小説の枠から脱却して、新たな道へ進むつもりだったのだと思います。僕はそう解釈したいですね」

「うるさい、密室のないミステリなんて、クリームのないコーヒーみたいなもんだ」

「いいえ、違います」

「つべこべ言うな。さ、いいから俺に原稿をよこすんだ」

警部は竹内から原稿を乱暴にひったくった。

「あ、何をするんですか」

五十枚がまとめて一気に引き裂かれた。

「いけません。警部、だめですよ」

竹内が言ったが、間に合わなかった。

「うるせえ、生原稿は、ちゃんと鑑識に回してあるから安心しろい」

捜査一係に紙吹雪が舞い、事件はふりだしに戻った。

事件はふりだしに戻ったが、宮本に対する容疑は依然、濃厚だった。

彼は取調室に入って、お茶を飲みながら休息をとっていたが、ようやく人心地がついたようだった。黒星警部が尋問を開始する頃には、真っ青だった顔にも血の気がさし、話ができるようになっていた。

宮本の説明によると、辻井のログキャビンに着いたのは午後四時ということだった。

「つまり、それは辻井が帰ってくると予告していた時刻より、一時間も前のことになるな?」

「そうです。玄関の鍵が掛かっていなかったので、そのまま入って先生を待つつもりでした」

「君は彼に招待されてなかったのだろう?」

「ええ。でも、先生が帰ってくるという話を聞いていましたから、ぜひ会って原稿をもらう約束を取りつける気でいました」

宮本は佐川たちを出し抜く気がなかったと言えば嘘になるとも言い、さらに原稿を見つけたくだりを話す時は、少し興奮気味になった。

「応接室のソファに座っていましたが、一人でいると、どうも落ち着きません。先生の書斎でものぞいてみようかとドアのノブをひねると、鍵が掛かっていないので、部屋の中に入ってみました。何もかも二年前のままでした。ちょっと気味が悪いと思ったくらいです」

「何か見つけたのか?」

「ソファ・ベッドに座りまして、部屋の中を見回したんです。ベッドには汚い毛布がありましたし、ボストンバッグも口を開けたままで中身は空っぽです。書架もそのままだし、ライティング・デスクも昔のまま……」

宮本が不意に口ごもった。

「どうした?」

「はい、ライティング・デスクの上に『原稿在中』と書かれた茶封筒を見つけたんです」

「それが例の原稿だったんだな？」

「そうです。中には五十枚ほど原稿用紙が入っていまして、題名には『密室の富豪警部・解決編』と書いてありました」

「そして、それを盗んだ」

「いいえ、そんな気はなかったんです。ただ開けて眺めているうちに、頭がふらふらとなって、気がついた時は原稿を紙袋に入れて、先生の家を出ていたんです」

「ほう、盗む気はなかったと言うのか？」

「そうです。後になって悪いと思って、先生の家に返しに戻ろうとしたんですが、暗くなってきて、途中で道に迷ってしまったんです」

「それで、疲れはてて、歩いているところを職務質問されたってわけか」

「はい」

「おい、いい加減なこと言うな」

警部が突然、声を荒らげ、デスクを強く叩いたので、宮本はびっくりして椅子から飛び上がった。

「滅相もありません。断じて私は嘘をついていません。先生を殺すだなんて」

宮本の姿は見ていても哀れなくらいだった。小さな体をさらに縮めて、警部の前で小刻みに震えていた。

「信じて下さい、私じゃないですよ」

その晩、宮本は白岡署に勾留され、他の三人の編集者は白岡の街中の旅館に泊まることになった。

7

翌日、朝の光を受けたログキャビンは、露を含んだみずみずしい新緑の中で、落ち着いた佇まいを見せていた。空地への道にはロープが張られ、人気作家の殺人事件の取材に大挙して押し寄せたマスコミ陣をシャットアウトしていた。

午前七時に黒星警部が現場に着いた時、ログキャビンの周りでは、すでに数人の署員が忙しそうに動き回っていた。

「警部、おはようございます」

後ろから竹内に声をかけられた。

「おう、竹内か。その後、何か進展はあったか？」

「原稿の指紋ですが、辻井と宮本と谷山の三人のものがありました」

「辻井と宮本のがあるのは当然としても、谷山の指紋があるのはどういうわけだ？」

「原稿用紙は〈小説ＳＦ〉のものでして、担当者の谷山が辻井に送ったためです」

「なるほどね、そういうことか。他に何かあったか？」

「被害者の血痕が見つかりました」

「どこで？」

「書斎の中です」

竹内が警部を問題の箇所に連れていった。

確かに血痕があった。辻井のライティング・デスクのすぐそばだ。床から百六十センチくらいの高さで、ちょうど小柄な人の背丈ほどはある。辻井の背格好もそんなところだろう。

「辻井の血液型と一致しています」

「すると、彼はここに頭を打ちつけられて」

「おそらく、そうでしょう。ほら、ここに少し突起しているところがあるでしょう」

ログキャビンは、丸太をそのまま横に並べて組み立てているのが特徴で、そのアウトドア的魅力が自然派に受けている。当然、原木の野性的雰囲気を出すため、枝打ちされた箇所も意識的に切り口を見せている。ちょうどその年輪が渦巻き紋様を描いているところに、辻井の血痕があった。辻井の後頭部の傷の具合から察するに、その突起がどうやら〝凶器〟になったようである。

「警部、辻井はログキャビンの中で殺されたってことになりますね」

「じゃ、おまえは現場はここだと言うんだな？」

「そうです。犯人はここで辻井を殺した後、首と胴体を切り離したんです」

「解剖の結果では、四時から五時の間に辻井は死んだということがわかった。だとすれば、犯人は死体をバラバラにして、いったん外に運び出した後、再び中に運び入れたということになるな」

「そういうことです」

「なぜ、そんな面倒なことをわざわざやらなければならないんだ」

「それは、まだわかりません」

「ほう、早いところ解いてほしいもんだな。竹内君」

警部は、竹内のことを端《はな》からばかにしきっている。

さすがに鈍感な竹内も、これにはムッときて、質問を切り返した。

「じゃあ、警部はどうお考えなんですか？」

「俺にも、まだわからない。しかし、今日中には何とか目処《めど》がつくだろう」

「都合が悪くなると、いつもこれなんだから。どうせわからないくせに」

「おい、何か言ったか？」

「い、いいえ、こっちの話」

書斎の中は、すでに徹底的に調べられている。その結果、ドアと窓以外にどこにも抜け穴がないことがわかった。「糸やピンセットなどを使ったり、鍵に細工する機械的密室は最悪だ」というのは、黒星警部の持論だが、書斎にはそんな小細工などの入りこむ余地もなかった。天井、床、壁面となる丸太にはいかなる仕掛けもない。

「竹内君は、バラバラにした死体を書斎に一体どうやって持ちこんだと思うかね？　あの時、ドアは三人の男が見張っていたし、窓は内側から鍵が掛かっていた」

「天井をジャッキで持ち上げるのはどうでしょう？」

「それは、前例がある」

「窓を枠ごと取りはずすなんてのは？」

「窓を取りはずすにも、窓の外は池だ。ボートでもないかぎり近寄るのは難しいな」

「『密室の富豪警部』のトリックは無理ですね？」

「ばかだな。現実問題として、あんなこと、できるわけないじゃないか」

警部の脳裏に、昨日読んだ『密室の富豪警部』のトリックが甦り、はらわたが煮えくり返りそうになった。

「とにかく、ドアと窓の他に〝第三の窓〟があるはずなんだ。それが〝ユダの窓〟なんだ」

「ほんとですかね」

竹内は疑わしそうに警部の顔を見る。

「それがわかれば、この密室の謎は解ける」

「せいぜい頑張ってください。陰ながら……」

と言いかけた竹内が突然、苦しそうに顔を歪めた。

「おい、どうした？」

「け、警部、この部屋には〝第三の窓〟があります」

「何だ、それは？」

「たった今、発見しました」

竹内は警部の足下を指差した。見ると、褪色した緑のカーペットが床に敷きつめてある。何のことかわからない。

「今日はばかに冷えるでしょう、警部」

そう言えば、今朝は腰から下が冷えるような気がする。

「チャックですよ」

「チャック？」

「社会の窓が開いています、警部」

「あ、畜生！」

警部がズボンのチャックを慌てて閉めると、竹内はこらえきれず笑い出した。

「この野郎」

警部が怒鳴るより先に、竹内は書斎から逃げ出していた。


警部は四人の編集者の聴き取り調査を済ませ、アリバイの裏付け調査も完了して、捜査一係の自分の席に着いた。四人の中に犯人がいることは間違いなかった。

警部は彼らの証言を元に、辻井が殺されたとされる四時から五時までの各自の行動を、わかりやすく図示してみようと思った。

ログキャビンに到着した順に並べてみよう。

◎宮本和男（慎重社）――四時ログキャビンに到着、四時五分に出る。
◎中尾一郎（幻影社）――四時三十分到着、死後警察の到着までキャビンにいた。
◎佐川信彦（月刊ミステリー）――四時四十分到着、五時三十分警察に通報のためキャビンを出る。
◎谷山明（小説ＳＦ）――四時五十五分到着、死後警察の到着までキャビンにいた。

ここで問題となるのは、四時と五時の間に辻井は書斎で殺され、一度書斎の外に運び出されていることだ。そして、発見者の三人が五時二十分に書斎に入った時には、彼は首と胴体を切り離された死体としてソファ・ベッドに横たわっていた。なぜ、死体は二回も移動したのだろう。動かされる必然性がわからない。なぜ、犯人はそんな手間のかかることをやらなければならなかったのか。警部が考えれば考えるほど、事件は複雑にもつれていく。

今度は四人の白岡駅に着いてからの行動を細かく追ってみよう。

◎宮本――三時三十分、白岡駅に到着（この時間帯、乗降客が少ないので駅員が確認）、構内に二台しかないタクシーが出払っていたので、歩いていくことにする。二・五キロの道のりを三十分かけて歩く。四時、キャビンに到着。ドアを叩いてしばらく待ったが、誰も出なかったので中に入る。書斎の机の上に辻井の原稿を見つけ、四時五分頃、キャビンを出る。
◎中尾――四時、駅に到着（駅員が確認）、やはりタクシーがないので歩く。所要三十分、四時三十分、キャビンに到着。
◎佐川――四時三十分、駅に到着、運よくタクシーに乗る（この間、タクシーの運転手が証言）。所要時間十分、四時四十分、キャビンに到着。
◎谷山――東北取材の帰り、三時二十五分（上り電車）白岡駅に到着。約束の時間にまだ間があるので、徒歩で二キロ離れた白岡山へ。四時、白岡山到着。遊園地や動物園をブラブラ（四時二十分頃、食堂のおばさんが目撃）。四時二十五分、キャビンへ向かう。徒歩三十分、四時五十五分、キャビン到着。

ますますわからなくなった。警部は煙草に火をつけた。

よし、次は消去法だ。

一番アリバイのはっきりしているのは佐川信彦だろう。四時三十分の駅到着からキャビンまではタクシーの運転手の証言があるし、キャビンに着いてからは、誰かしらと必ず行動をともにしているし、見張られてもいる。アリバイは完璧に見える。

次に谷山明。彼は白岡動物園で四時二十分に目撃されている。キャビンから動物園までは徒歩で三十分。三時二十五分に白岡駅から直接キャビンに向かったとしても、四時の犯行後に動物園に行くと、どうしても四時三十分になってしまう。時間的に徒歩の往復は不可能だ。また逆に、四時二十分に動物園からキャビンに向かったとしても、犯行をすませて四時五十五分に応接室に姿を現すのも現実的に難しい。

宮本和男はどうだろう。四時以降のアリバイはない。本人は四時五分に辻井の原稿を持ってキャビンを出たとしているが、信憑性に乏しい。しかし、辻井の死体を四時三十分から五時二十分の間に、三人の目に触れずに書斎に運びこむのは不可能。

中尾一郎は、四時三十分から佐川の来る四時四十分までの十分間のアリバイなし。この間の犯行は充分可能だが、五時二十分までに死体をどのように書斎に運ぶのか。

いずれの場合も、車を使えば簡単にアリバイ工作はできるのだが、不審な車を見つけたという報告は今のところ届いていないし、死体運びこみのトリックが大きな障壁として行く手を阻んでいる。

「ふうむ」

警部は腕組みをして、天を仰いだ。

その時、警部の脳裏に、過去のバラバラ死体の密室を扱った名作群が浮かんできた。高木彬光の『刺青殺人事件』、鮎川哲也の『赤い密室』、カーター・ディクスンのある有名な短編……。そして、犯人の意図が、稲妻の如く一瞬にして理解できたのである。

「わかった、わかったぞ。犯人は書斎を犯行現場に見せたかったのだ」

どうして、こんなに簡単なことを、もっと早く気がつかなかったのだろう。

犯人は、書斎以外の場所で四時と五時の間に辻井を殺し、五時二十分に書斎にバラバラ死体を運びこむと、デスクの上の突起に辻井の血痕をつけて偽装現場とした。これなら、誰の目にも、書斎が現場と映る。いくら何でも、書斎→外→書斎の二回の移動よりも、外→書斎の一回の移動のほうが無理がない。

やっぱり、竹内刑事の説は間違っていた。ふん、ばかな奴め、そう何度もまぐれ当たりがつづくはずがないではないか。警部は急に体中に自信がみなぎるのを感じた。自分の勝利をほぼ確信した。

そう思って、さっき考えた四人のアリバイを洗い直してみると、やはり、ちゃんとしたアリバイのある佐川と谷山は落ちる。宮本は五時二十分に三人に見られずログキャビンに入るという点が難しく、この場合落ちる。すると、必然的に中尾が残った。

警部はサングラスをかけた中尾のキザったらしい顔を思い浮かべた。このあたりで、ちょっと脅しをかけてみようか。

幻影社の中尾一郎は、朝からの聴き取り調査を終え、控え室で待機していたが、黒星警部がドアを開けて入ってくると、不安そうに顔を上げた。寝不足だったらしく、顔色がよくない。

警部は内心の興奮とは裏腹に冷静を装っていた。中尾の側から見ると、警部のこの無表情は不気味なものに映ったらしく、居ずまいを正した。

警部が感情のこもらない声で話しかけた。

「中尾さん、もうそろそろいいでしょう」

「は？」

中尾がけげんそうに首を傾げた。

「もう話されたらいいでしょう」

「話すって、何のことでしょうか？」

突然、警部がテーブルを叩いた。灰皿にいっぱい入っていた煙草の吸殻がその勢いで飛び出し、灰がテーブルの上に散った。

「いつまでもとぼけるんじゃないよ。こっちはすべてお見通しさ。さ、いいから、すっかり吐いて楽になってしまうんだ」

警部の凄みのある顔に中尾の顔がひきつった。握りしめていた拳がぶるぶる震え出した。

それでも、彼はしばらくは躊躇《ちゅうちょ》していたが、やがて観念したように口を開いた。

「わかりました」

消え入りそうな低い声だった。

「聞こえないよ」

警部はいきりたって、声を荒らげた。

「お話しするかどうか、昨晩ずっと考えていたんです。秘密にしておくつもりだったのですが、こんなことになってしまったので」

警部の迫力に、中尾は圧倒された様子だったが、やがてあきらめたようにうなずいた。

「話す気になったんだね」

「はい、すべては、先生とのいたずら心から始まったんです」

やったぁ。はったりがこんなにうまくいくとは思わなかった。予想外の進展に、警部は万歳を叫びたい衝動に駆られた。

「すべては二年前に遡ります」

中尾が淡々と語り始めた。

「ほう、辻井が消失した時のことか？」

「ええ、先生が突然書けなくなったと言い出したんです」

中尾の視線が、黒星の背後の壁をさまよった。

8

辻井康夫はライティング・デスクの上に万年筆を置くと、椅子を耳障りな音を立てて回転させて、中尾に向き直った。

「しばらく旅に出ようと思うんだよ」

「取材ですか、どちらの方へ？」

「あてもない旅さ。しばらく帰ってこないつもりだ」

「帰らないって、どういう意味ですか？」

中尾の胸が不吉な予感でおののいた。

「文字通り、帰らないってことさ。その間、当然原稿も書かない。充電をするつもりなんだ」

「そ、そんな。じゃ、うちの原稿はどうなるんですか。締切が三日後に迫っているんですよ。連載に穴を開けたら、読者に何と言って謝ったらいいか、わかりません」

「ほう、そうかね」

辻井は度の強い眼鏡の奥から、中尾の反応を興味深げに眺める。

「どうしても原稿が欲しいかね」

「そりゃ、そうですよ」

中尾も必死である。ここは生きるか死ぬかの瀬戸際だ。

「だったら、考えないでもない」

「ぜひお願いしますよ」

「一つだけ条件がある」

「条件?」

「そうだ。その条件を呑んでくれたら、考えてみないでもない」

「ことと場合によりますが」

中尾は不安そうに、したたかな相手の顔を窺った。

「密室だ」

「密室?」

「そうだ。密室に協力してくれたら、君のために便宜を図ろう」

「密室って、まさか人を殺すなんてことじゃないでしょうね」

そんな中尾の不安な表情を見て、辻井が笑って否定した。

「いや、殺人や犯罪には一切関係しない。その点は安心したまえ。ただの遊びさ」

「おっしゃる意味がわかりませんが」

「話せるのは、そこまでだ。いやなら、この話、なかったことにしてもらおう」

辻井が素っ気なく中尾に背を向けた。中尾もこれには慌てて、

「わかりました。協力させていただきましょう。犯罪でなければ、問題ないと思います」

とすがりついた。

「ほう、そうかね。それでこそ、中尾君だ。やっぱり頼みがいがある」

辻井は再び椅子を回すと、にやりと笑った。

「実は、しばらく姿を消すことで、一つ皆をアッと言わせる趣向を考えているんだ」

「それが密室ですか？」

「その通り。密室から姿を消して、そのままおさらばって寸法さ」

「私がそれにどう関わるんですか？」

「このトリックは二人いないとできない。君の協力がぜひとも必要なんだ」

辻井は一息つくと、その驚くべきトリックを語り始めた。

「わかりました。そういうことでしたら、喜んでお手伝いさせていただきます」

辻井の話を聞き終わって、しばらく考えこんでいた中尾だったが、やがてそう決断した。

「密室作家の消失として、これほどふさわしいことはないと思う」

「そうですね、マスコミにも一大センセーションを巻き起こすかもしれませんね」

中尾自身、このトリックの片棒を担ぐことに、次第に酔い始めていた。

＊

「それが二年前の消失事件の経緯か」

黒星警部は、第一の密室が今にも解き明かされようとしていることに、眩暈《めまい》にも似た軽い恍惚感を味わっていた。紫煙を通して、やつれた中尾の顔が霞んで見えた。

「どんなトリックを使ったんだね？」

「まだ、おわかりになりませんか？」

中尾の顔に、警部の苛立ちを半ば面白がっているような色が、一瞬浮かんで消えた。

「もったいぶらずに、しゃべったらどうだ」

「ちょっと目をつぶっていただけませんか」

「おい、逃げようなんて妙な気は起こすなよ」

「とんでもありませんよ。今さらそんなことをして、どうなるというんですか」

「よし、わかった。こうだな」

警部は軽く目を閉じた。しかし、緊張はいささかもゆるめず、研ぎすまされた耳で相手の出方を窺った。

「けっこうです。では目を開けてください」

中尾の声に、警部はゆっくりと目を開いた。

「つ、辻井」

天地がひっくり返るほど仰天した。警部の目の前に、死んだはずの作家辻井康夫が微笑みながら座っているではないか。いや違った。よく見ると、頭をくしゃくしゃにした中尾だった。眼鏡も黒縁だが、辻井のものよりはフレームが薄く、スマートな印象である。

「まさか」

「おわかりですか？　これは私のサブの眼鏡です」

中尾は黒縁の眼鏡をはずした。

「じゃ、君たちは？」

「そうです。二人一役をやったのです」

中尾はポケットから櫛を取り出して、髪をとかしてから、元の茶色のサングラスに替えた。

「私は長髪で、辻井先生はもじゃもじゃ頭。外見は違いますが、髪型を変えると、実はよく似ていることがわかります。あとは眼鏡を替えれば、どんな人でも簡単にだまされてしまいます。誰も入れ替わったなんて思ってもいませんからね」

「確かに、君たちは体型も似ているけど、果たしてそんなことが可能なのだろうか」

警部は驚くべき事実にしばらく声を失っていた。

「あの時、書斎の中で辻井は原稿を書いており、応接室では佐川、谷山、宮本の三人の編集者が待機していた。そして、書斎は窓も内側から鍵が掛かっていて、外部とは全く隔絶した状態にあった。これは間違いない事実だよな」

「その通りです。その点に関しては何のまやかしもありません」

「じゃ、どうやって、辻井は消えたんだ？」

「あの時のことをよく思い出してみて下さい。応接室の三人が先生の様子がおかしいので、ドアを破ろうとしていました。そこへ外から私がやってきたんです」

「それは本当の君だったんだね？」

「もちろん、そうです。それで四人でドアにぶつかることになったんですが、私が三人の後押しをする形になりました。最初はビクともしなかったドアも、六回目くらいでドンと中に開きました。ちょっと妙だとは思いませんか？」

「どこが？」

「ログキャビンとはいっても、ドアは相当頑丈にできています。そう簡単に開くはずはないのです。それもトリックを構成する一つの要素でした」

「トリック？」

「つまり、先生が内側の錠を途中ではずしたんです」

「何だって」

「だから、あんなに最初はてこずったのに、五、六回目には意外に簡単にドアが開くことになった。それが狙いだったんです。三人が相当の力で身構えているところに、意外にもろくドアが開く。当然、三人は勢いあまって書斎の中に強い力で投げ出されますよね」

「なるほど」

「私もすぐ後につづき、三人の上に体を投げます。その時です、すり替わったのは」

「どのように？」

「あらかじめ、室内では先生が私の姿に変装しているわけです。先生はドアの錠を急にはずしてドアの陰に隠れています。ドアが勢いよく開いて三人が床に叩きつけられ、呻《うめ》いている隙に、私が三人から体を離し、ドアの外、すなわち応接室からキャビンの外へ抜け出します。ドアの陰から私になり代わった先生が、そのまま窓のところへ行ってカーテンを開けます」

「そんなことが、ばれずにすむのか？」

「佐川は週刊誌の手記に『最初に行動したのは中尾だった』と書いています。痛みで動けない彼らから見ると、〝中尾〟が三人から体を離し、そのまま窓に向かったと映ったはずです。すでに夕方で薄暗くなっているのも計算のうちでした。そして、〝中尾〟が窓を背にして立つと、当然、顔は逆光で暗くなってしまい、その髪型とサングラスだけで本物の中尾が立っているものと思われてしまうのです。〝中尾〟は『畜生』という言葉を放っていますが、押し殺した声で言っていますから、まずその声の違いは気がつかれますまい。〝中尾〟は先生の後を追いかけると見せ、書斎を出ていきますが、慣れないサングラスなので、一度つまずきました」

「ああ、そういうこともあった」

「〝中尾〟に変装した先生は、キャビンの外で待っていた本物の中尾、つまり私のことですが、中尾とバトンタッチして、自分は駅へ向かいます。これで先生は長い旅に出ることに成功したわけです。一方の本当の中尾、つまり私は追跡に失敗したと見せて、書斎に戻り、電気のスイッチを入れます。ドアを破った時と、その時、彼らが見た中尾は本物ですから、彼らは途中で先生と私が入れ替わっただなんて、思うはずもないのです。実際、その通りになり、マスコミには謎の消失事件ということで盛んに報道されたのです」

「なるほど」

言われてみれば、非常に簡単なトリックだった。

「でも、その密室には前例があるな、ドアの陰に隠れるというのは」

「一種のバリエーションです。密室の中の二人一役は今までなかったでしょう」

「それで、変装の道具や服装は？」

「書斎のボストンバッグに入れてありました。チャックの開いた空のバッグがあったのを覚えておいででしょう」

「なるほど、実に面白い」

言ってしまってから、警部は今の発言はこの場に不適当であることに気づき、慌てて口をつぐんだ。

「二年前の件については、よくわかった」

警部は大きく息をつぐと、急に真顔になった。

「では、今度は辻井を殺した手口を話してもらおうか。君はなぜ死体をバラバラにしたんだ？」

今度は中尾が驚く番だった。

「ちょっと、警部さん、誤解しないで下さい。私の関わっているのは二年前の件だけです。今回の殺人とはまったく何の関係もありません」

「ばかやろう、何を言うか」

警部が顔を真赤にして怒った。

「冗談言うと、ただではすまんぞ」

「とんでもありません。私は少しでもお役に立てればと思い、二年前のことを話したのです」

その時だった。控え室の外から野獣の声が響いてきた。

9

……突然、野獣の唸り声が響いてきた。相手を威嚇《いかく》する雄叫《おたけ》びだった。

虎か、ライオンか——。

その部屋にいる二人の男は、名状しがたい戦慄に襲われ、ブルッと身を震わせると、互いの顔を探るように見た。

「何だ、あれ？」

黒星警部は、思わず椅子から立ち上がった。その反動で椅子が後ろに大きな音を立てて倒れた。

唸り声はもう聞こえてこない。耳をすませて、ドアの方を見つめていると、ややあってノックの音がした。

「誰だ?」

「竹内です。入ってよろしいでしょうか」

牧歌的ムード漂うその声を聞いて、警部はやれやれと思った。

「おう、竹内か。さ、入れ」

「失礼します」

竹内は手に何か小さなものを後生大事に握っており、ひどく興奮していた。

「おまえ、今日ずっと見かけなかったけど、どこへ行ってたんだ」

「動物園に行っていました」

「ど、動物園? おまえ、一体何を考えているんだ」

竹内という男は時々、突拍子もないことをする。

「だって、僕にそう命令したのは、警部でしょう。昨日、動物園の『おともだち広場』で鶏と豚が毒殺された事件。あれの事後処理に行っていたんです」

「あ、そうか。最近、物忘れがひどくなってね」

「それはないですよ、警部。自分から言いつけておきながら忘れるなんて」

「すまんすまん」

警部はきまり悪そうに頭をかいた。

「それはそうと、竹内君、ちょうどいいところに帰ってきた」

「いいところって言いますと？」

「事件が解決したんだ。ムホホ、犯人がわかったのだよ、君」

「え、まさか。誰ですか、その犯人というのは？」

さすがに鈍感な竹内も、これには驚いたようだった。久しぶりに部下にいいところを見せることができて上機嫌の警部は、椅子にかけている中尾を目顔で示した。

竹内は、その時、初めて中尾の存在に気づいたようだった。

「でも、警部、それはおかしいですよ」

竹内は言った。

「何がおかしい。言いたいことがあれば言ってみろ」

「この人は犯人ではありえないんですよ」

竹内は思いのほか強気だった。

「ゲッ、何を言うか、おまえは」

「よろしいですか。辻井が殺された時の状況をもう一度思い出して下さい。四時四十分に佐川がタクシーでキャビンに着いて、ここにいる中尾さんに会いましたね。それから二人で書斎をのぞきましたが、死体はありませんでした」

「その通りだ」

「それからは、中尾さんの行動は常に誰かに見られています。四時五十五分に谷山が到着します。谷山はそのまま書斎に入り、十秒ほどで出てきています。次は五時に中尾さんが書斎をのぞきました。そうですね」

「中尾も入ってすぐ出てきたぞ」

「その時、彼は何か持っていたでしょうか？」

「いや、手ぶらだったはずだ」

「手ぶらの人がどうやって死体を書斎の中に持ちこめるのですか？」

「それは……」

警部は言葉に詰まった。

「その後、今度は佐川が書斎の中をのぞいていますが、この時も死体はありませんでした」

「……………」

「死体が発見されたのは、五時二十分です」

さすがの警部も、ここまで説明されてようやく気がついた。

「わかった。死体は五時十五分と二十分の五分間に書斎に運ばれたというのだな。つまり、最後に書斎に入った奴が怪しいというわけだ」

が、すぐに顔をしかめた。

「じゃ、佐川が犯人なのか？」

「いや、それはありえません」

「どうしてだ？」

「佐川も手ぶらで書斎に入って出てきています。それに、彼は殺人を犯す時間的余裕がまったくありませんでした。いいですか。佐川の行動については、白岡駅に着いてからはタクシーの運転手の証言があるし、ログキャビンに到着してからも、常に一人以上の人間が彼を監視していたことになります」

「あ、そうか。それじゃ、やっぱり犯人は宮本か」

そうだ、そうにちがいない。五時十五分から二十分の五分の間に彼が死体を書斎に運び入れたのだ。警部の推理は、回り灯籠《どうろう》のように堂々めぐりをしていた。

「宮本はその〝五分間〟に第三の窓から辻井の死体を書斎に入れたんだな？」

しかし、その第三の窓とは、一体何なんだろう。警部は首をひねった。

「第三の窓とは……」

竹内が言いかけて、いったん口を閉じた。彼は辻井の小説の中に出てくる富豪警部のように間をおいたのである。ポケットに手を突っこむと、何やら小さな物を取り出した。彼は煙草をやらないから、それはライターではないはずだった。

「その第三の窓を、おまえは知っているというのか？」

警部が竹内に食ってかからんばかりに詰め寄った。

「ええ、わかっています。それは……」

「それは？」

「チャックです」

警部は、思わず自分のズボンを見下ろした。しかし、この前のような失態はなかった。

「チャックだと。おまえ、俺を愚弄《ぐろう》するつもりか？」

「とんでもありません、警部」

「じゃ、早く言え」

「第三の窓とは、チャックの開いたボストンバッグだったのです」

「何だって」

警部が驚いたのも無理はない。しかし、その後に起こったことに比べれば、それは些細なものだったのである。

……突然、野獣の唸り声が響いてきた。相手を威嚇する雄叫びだった。

それが、控え室の中に轟然《ごうぜん》と響きわたったから、たまらない。耳を聾《ろう》さんばかりの音響に、黒星警部と中尾は腰を抜かさんばかりに驚いた。

いつの間に持ってきたのか、竹内は重そうなボストンバッグを警部の前にドスンと置いた。辻井の書斎にあったものと、よく似ている。

チャックが開いた。そして、黄色い毛髪のような物が顔をのぞかせた。竹内が引っ張り出したのは、ライオンの生首だった。

……再びライオンの雄叫びが部屋中に轟いた。

「ワッ」

黒星警部の覚えているのは、それだけだった。彼の意識が混濁した。

10

犯人の自供で、事件は一気に終幕を迎えた。

「終わってみれば、あっけなかったですね」

竹内刑事はにやりと笑った。

「く、くそっ」

黒星警部は、悪い夢を見たと言わんばかりに、頭を左右に振った。彼は署の休憩室のベッドに仰向けに寝ている。竹内は、警部の額に乗せてあった濡れタオルを冷たいものに取り換えた。

「どうして、おまえにわかったんだ？」

警部は、まだ半信半疑の面持ちだった。竹内が解明するなんて……。これはまぐれだ、絶対に。

「すべては、警部のおかげです」

こいつ、ゴマをするつもりか。

そんな警部の表情を読み取ったのか、竹内が言った。

「本当なんです。第三の窓に対する警部のあくなき執着心、ズボンのチャック、そして……」

「そして何だ、いいから早く言え」

「『密室の富豪警部』の結末を読んだ時の警部の反応。この三つの要素が結びついて、僕は真相に迫ることができたのです」

「すると、鍵はやっぱり〝第三の窓〟だったのか」

「その通りです。その窓の存在がわかった時、僕の頭の中に密室トリックがおぼろげにですが、その全貌を現し始めたのです」

「…………」

「警部の社会の窓、失礼、つまり、ズボンのチャックが開いているのを見て、僕は書斎にあったボストンバッグを思い出したのです。第三の窓というのは、床や壁、天井、あるいはドアではなく、まったくの別物だったのです」

「ボストンバッグとは盲点だったな」

警部は悔しさを隠しきれない。こんな若造にしてやられたのが悔しい。

「第三の窓とは、〝心理的な窓〟だったのです」

「しかし、犯人はいつの間に死体を書斎に？」

「その点は後ほど詳しくお話しします。事件のそもそもの発端から始めましょう。まず、動機ですが」

「ほう、動機ね」

「動機も何も、実はこれは事故でした。彼には辻井を殺すつもりはなかった。何と言っても、辻井はベストセラー作家ですし、金の卵を産む鶏だったわけですから」

「じゃ、どうして？」

「それについては、警部が『密室の富豪警部』の解決編を読んだ時の反応でよくわかりました。つまり、本当の推理小説ファンなら、あの原稿を見て腹を立てないはずはないのです」

「あたり前だ。あんなくだらないトリックを」

　思い出して、また腹が立った。

「それ、それなんですよ。その怒り。彼は原稿を見てカッとなったんです。彼も推理ファンですし、編集者でもあるわけですから、それも当然の反応だったのです。そこで、辻井と口論になり、怒った拍子に辻井を突き飛ばしてしまったのでしょう。ところが、辻井はデスクの上の突起に後頭部を激しく打ちつけて絶命してしまった。これには、彼もびっくりしました。一時の激情で人を死なせてしまったのですから」

「すると、犯行現場は書斎の中か」

「そうです」

「書斎で殺して、死体を外に運び出す。そして、それをまた元の書斎に戻す。そんな面倒臭いことをどうしてしたのだろう。ヤツが何を考えているのか、俺にはさっぱりわからん。俺は死体を動かす必然性のことを言っているのだがね」

「もちろん、動かす必然性があったから、彼は辻井の死体を動かしたのです」

「おまえの言わんとしていることは、さっぱりわからない」

警部が呟いたが、竹内はかまわずにつづける。

「辻井の死体を前にして、呆然としていた彼の耳に、その時、玄関の鐘が鳴るのが聞こえてきたのです。彼の慌てようを想像してみて下さい。咄嗟《とっさ》に彼は、訪問者が他社の編集者であることを見抜き、書斎に死体があるとまずいと判断し、急いで死体を移すことにしたのです」

「どこへ?」

「おそらく寝室でしょう。ログキャビンの間取りを思い出して下さい。玄関の右に応接室と書斎、左に寝室があったでしょう。彼はその寝室へ、大急ぎで死体を隠し、玄関の様子を窺ったのです」

「訪問者は誰だったんだ?」

「宮本和男です。四時を少し回った頃でしょう。宮本は誰もいないと知ると、そのまま上がりこんで書斎に行き、原稿が入っているとおぼしき茶封筒をデスクの上に見つけました。中を見ると、『密室の富豪警部』の原稿が入っていました。宮本はそれを手にすると、そのままキャビンを出ていってしまいます」

「宮本の言った通りだな、その話」

「犯人は、また誰か来るとまずいので、辻井の死体を寝室に置いたまま、宮本の後を追うようにしてキャビンを逃げ出します」

ここで、竹内は息をつぎ、警部にチョコンとお辞儀をした。

「警部、どうもありがとうございました」

警部には、それがどういう意味なのか、さっぱりわからない。狐につままれたような顔をして、竹内の顔を見守るばかりだった。

「僕には、彼のアリバイがどうしても崩せなかったのです。そんな時、警部が例の動物殺し事件の事後処理を僕に回したのです。正直言って、僕は辻井の事件に関わっていたかったので、警部のこの仕打ちに腹を立てました。でも、動物園に行ったことによって事件の謎が解けたのですから、今は警部に感謝の気持でいっぱいです」

警部は、竹内の気持を素直に受け取っておくことにした。

「それで、私には、〈小説ＳＦ〉の谷山明が犯人であることがわかったのです」

「しかし、どうして谷山に目をつけたんだ。彼は『密室の富豪警部』の版元の編集者ではないか」

「版元だけに、よけい腹が立ったんでしょうね」

「ふん、そんなものかね」

「話を元に戻しましょう。谷山は最初、一刻も早く現場から逃げようとしました。しかし、宮本の行った方向と同じでは見つかってしまう可能性がありますから、牧場の方へ逃げたのです」

「牧場には電気の流れた鉄柵があるぞ」

「昨日の事件を思い出してください。ピクニックに来ていた子供が柵で感電する事件がありましたよね」

「あ、そうか」

警部は、昨日、田舎の事件に関わる己の不幸を嘆いたことを思い出した。

「あの時、電流は危険防止のために一時的に切られていました。それが谷山に有利に働いて、彼は鉄柵を乗り越え、牧場を突っ切り、まっすぐ白岡山へ向かったのです」

「でも、彼は電気が切られていることは知らなかったはずだ」

「人を殺したことで動転していて、もちろんそんなことは頭になかったのです。彼はただ逃げることだけを考えていたのだと思います。それが、たまたま彼にとって、いい結果に結びついた」

「そうか」

「普通なら、ログキャビンと動物園は歩いて三十分もかかりますが、牧場を突っ切れば、十二、三分で行くことが可能です。四時六、七分頃キャビンを出れば、四時二十分には動物園に着ける計算になります。食堂のおばさんに目撃されたのも、その時刻です」

「なるほど、四時に辻井を殺したとしても、普通のルートで歩いて行けば、動物園に到着するのは四時三十分になってしまう。谷山には充分アリバイが成立することになるわけだな」

「最初から整理してみましょう」

竹内はペンを取り出して、紙の上に谷山の足どりを記した。

三時二十五分　白岡駅に到着（上り電車）

　五十五分　ログキャビンに到着
四時　　辻井を殺す
四時五分　宮本が来たので、辻井の死体を寝室に移す
　七分頃　谷山、キャビンを出る
二十分　白岡動物園に到着、食堂のおばさんに目撃される

「ここまでは、わかりますね？」

「よくわかる。だけど、谷山は、なぜまたキャビンに戻ってきたのだろう」

「この場合、現場にいない人間が真先に疑われるからです。辻井に招待されているのに、キャビンに来ないとなると、あいつはどうした、怪しいんじゃないかってことになるでしょう。谷山は殺した時は動転していて、逃げることしか考えていなかったけれど、後で冷静になってみると、どうしてもキャビンに戻らなくてはならなかったのです」

「なるほど、帰りたくないけど、キャビンに帰らなくてはならない。すごいジレンマだな。でも、結局彼はトリックを思いついたんだろう？」

「それですよ、僕が動物園で気づいたことは。昨日、動物園は例の動物殺しで、警察をはじめ、いろいろな人が出入りして、ざわついていました。当然、他の動物たちも、その辺のことは敏感に感じとっていますから、精神的に落ち着かなくなりますよね。谷山は、イライラしたライ

オンが吼《ほ》えるのを聞いて、密室トリックを思いついたと言っています。谷山はたまたま取材帰りでしたから、小型のテープレコーダーを持っていました。それで、ライオンの声を録音したのです」

「ライオンか」

警部は気を失う前に聞いた野獣の咆哮《ほうこう》を思い出して、背中をもぞもぞさせた。

「そうです。『密室の富豪警部』の中でたびたび野獣の吼え声が出てくるのを思い出し、彼はこれを利用した密室トリックを考えついたのです」

「どんなトリックだ？」

「ちょっと待って下さい。順に説明します。四時三十分に動物園を出た谷山は、四時四十五分頃、ログキャビンに戻ります。この時、すでに佐川と中尾の二人が応接室で待機しています。玄関には鍵が掛かっていないので、谷山は気づかれないように、こっそり忍びこみ、玄関の突き当たりのキッチンから包丁とビニールシートを見つけ出し、寝室に入ったのです」

「そこには、辻井の死体がまだあったんだな？」

「そうです。そして、彼は包丁で辻井の首を切り落とし、首をビニールでくるみ、それを自分の取材用のショルダーバッグの中に入れました。時間は四時五十五分です」

「寝室に首を切断した痕跡がなかったのは、どう説明する？」

「その点、彼に抜かりはありません。床にビニールを敷いて、その上で切ったのです。ビニールは首と一緒にバッグにしまったので、ばれるはずはありません」

「なるほど」

「それから、谷山はさも今到着したような顔で応接室に入り、佐川と中尾に挨拶します」

「そして、書斎の中に入った？」

「はい、辻井の様子を見ると称してね」

「しかし、その間、十秒ほどしかなかったぞ」

「十秒あれば、充分です。谷山はショルダーバッグの中の辻井の首をビニールごと取り出して、書斎に置いてあった例の空のボストンバッグの中に入れておきます。それから、動物園で収録したライオンの声が三十分後くらいに聞こえるように、あらかじめセットしておいたテープレコーダーをどこか目立たない所に置いて、何気ないふうを装って応接室に戻ります」

「首の存在は気づかれないのだろうか」

「谷山が書斎に入った後に、中尾と佐川がのぞいていますが、ボストンバッグの口は軽く閉じてありますから、気づかれる心配はなかったのです」

「ライオンの声が聞こえたのは、確か五時二十分だったな？」

「そうです。ライオンの咆哮を聞いて恐慌状態に陥った彼らは、書斎に入りましたが、外見上は何の変化もありません。佐川と中尾が窓のカーテンを開けている隙に、谷山はボストンバッグに収まっている首を取り出し、ソファ・ベッドの上に乗せます」

「じゃ、発見した時は、実際には首だけしかなかったのか？」

「その通りです。ベッドの上に汚い毛布が置いてあったのを覚えておいででしょうか。あれをうまく使って、毛布の下に胴体があるものと見せかけるのは簡単なことです」

「なるほど、他の連中も辻井の首の出現に動転して、そこまでは気づかないと、谷山は読んだんだな」

「そうです。そして見事、谷山の読みは当たりました。それに、五時を過ぎて、外は暗くなりかけているので、部屋の中は薄暗かった。それも計算済みでした」

「胴体は、いつ運んだんだ？」

「佐川が牧場主の家に警察を呼びにいっている間です。中尾は気持悪くて横になっていたので、谷山はその間に寝室から辻井の胴体を運んで、書斎の毛布の下に入れておいたのです。後で警察が来た時、首と胴体が揃っているのですから、誰も最初の発見時に首だけしかなかった、とは思いもしないでしょう」

「畜生、よく考えたな」

警部は、過去、このようなトリックの前例があるかどうか、思いをめぐらしていたが、まったく考えつかなかった。

おそらく、これは初めてのトリックだろう。警部は、谷山の着想に舌を巻くと同時に、竹内の如きばかに、いとも簡単に見破られた谷山の運の悪さを哀れんだ。

「それにしても、また竹内にしてやられた」

動物園で買ってきたぬいぐるみのライオンの首を撫でまわし、得意になっている竹内を横目に、警部は心中穏やかではなかった。

エピローグ

しばらくの間は、マスコミもこの事件の話題でもちきりだった。ある週刊誌には〈小説SF〉編集長の次のような興味深い談話が載っていた。

「うちの雑誌はSF専門誌なんですし、私から辻井さんにSF的な密室が書けないだろうかと、お願いしておいたんですよ。ところが、担当の谷山は自分が熱烈な推理ファンなものだから、辻井さんのSF的な結末に腹を立ててしまったんでしょうな。その辺の連絡の不徹底は深く反省しています。だけど、私はね、『密室の富豪警部』は愚作だとは思いません。ああいう解決だって、たまにはあっていいと思うんですよ。

え、まだトリックをご存じない？　ハハハ、そうでしたな。まだ、あの原稿は警察に証拠物件として、押さえられているんですからね。でも安心して下さい、この秋には一冊の本にまとまりますから。

ええ、『密室の富豪警部』は傑作ですよ。それは日を追うごとに確信に変わりつつあります」

「では、申し上げましょう。その窓というのは……」

横浜大助警部が話し始めた時だった。

……突然、野獣の唸り声が響いてきた。いや、野獣ではなかった。それは何かに脅えたような馬のいななきだった。

そして、研究室にドスンという大きな音がした。

その場に居合わせた十人の男たちは、一斉に立ち上がろうとしたが、警部が手で制した。

「しばらく、お待ち下さい」

数分すると、研究室から機械音がしてきた。

「さあ、そろそろいいでしょう。研究室をのぞいてみましょう」

警部が入口わきのスイッチを押した。研究室の中が光で満たされた。

「おおっ」

十人の男のどよめき。

部屋の中央には、今まで見たこともない機械が置いてある。先ほどまではなかったものだ。

「窓というのは、実はこれのことだったのです」

「何だ、これは？」

署長が横浜警部に先をつづけるよう促した。

「タイムマシンです。立川教授が発表しようとしていたのは、タイムマシンの発明だったのです」

「まさか、SF小説ではあるまいし」

「そのまさかなんです。第三の窓というのは、〝時空間の窓〟だったのです。教授の最初の失踪の時に聞こえた爬虫類のような声は、おそらく中生代の恐竜のものだったのでしょう。つづいて、教授が命を落としたのは、今から千年前、当時この辺りに勢力を張っていた荒吐《あらばき》族のアテルイの軍の兵士に弓を射られたためだと思います」

「アテルイ？」

「そうです。坂上田村麻呂が東征した時に交戦した相手です。教授の額に刺さっていた弓を調べてもらったところ、その当時のものとわかったのです」

「馬のいななきは？」

「もちろん、軍馬のものです」

「じゃ、犯人は千年前の賊軍の兵士？」

署長は絶句した。

「そういうことになります」

部屋の中央にある銀色の機械は、今は黙して何も語らない。横浜警部の得意げな声は、まだつづいていた。


（辻井康夫著『密室の富豪警部・解決編』より抜粋）

脇本陣殺人事件

The Perfect Locked Room

『脇本陣《わきほんじん》殺人事件』

この稿を起こすにあたって、私はもう一度あの恐ろしい事件のあった家を見ておきたいと思ったので、早春のある午後、散歩かたがたステッキ片手に、ぶらりと家を出かけていった。

私が関東平野の真中の白岡という町に引っ越してきたのは、二年前の暮れのことである。六十歳で私立高校の国語教師の職を退き、田舎に家を買い、老妻と二人暮らしを始めたのだった。幸い子供たちはすでに独立し、生活の面では何の心配もない。余生は小文を雑誌に寄稿したり、畑仕事をしながらの晴耕雨読の生活をしてみたいと思っていた。

移転して一年ほどして起こったのが、世に「脇本陣殺人事件」と喧伝された一本柳《いっぽんやなぎ》家の奇怪な密室事件である。静かな田園生活が続くものと思っていた矢先のこの事件、直接の目撃者となった私の身辺は何かと慌ただしくなってきた。実際、退屈であるはずの田舎でこんな厄介事に巻きこまれたことに、最初は眉をひそめていたのだが、次第に私自身、この複雑な事件に興味を持つようになっていった。

刺激に満ちた田舎の生活、ああ、それもまた楽しいではないか。

この密室事件の特徴は、純日本式家屋を使ったことにあった。従来、日本式の家屋構造においては、密室は成立しないというのが常識だったが、この事件はそうした定説を根本から覆したのである。さらに興味深いのは、部屋の内側からガムテープで目ばりがしてあったことだ。この目ばりの存在が、事件を複雑怪奇なものにし、マスコミに大いにもてはやされる結果になったのである。

ああ、そして、何ともおぞましい四本指の男の存在。事件はその端緒からおどろおどろとした旋律で奏でられていたのだった。

さて、話が大分わき道に逸れてしまったが、私は今、惨劇の舞台となった一本柳家の離れの庭先に立って、家屋そのものを眺めている。凶行の発見者となったのも何かの縁、私はこの事件の経緯を新聞記事、関係者の証言などを元に、記録にまとめてみようと思った。死ぬまでに何かを仕上げたいという執念とでもいうべきものが、体の内から沸々として湧き立ってくるのを感じていた。

〔註〕　脇本陣……江戸時代、宿場において本陣の副となった宿舎。大名が本陣に泊まる時、家老や重臣の宿舎にあてられた。（筆者）

白岡に居を構えてからの私は、朝七時に起床、庭で体操をしてから、付近の野山を二時間ばかり散策するのを欠かせない日課としていた。老いというものは、頭からも勿論だが、体の方からも来ることがわかっている。足腰の鍛練がすべての基本だと思っていたのである。

*

現役の教師の頃は出不精で、休日ともなれば、家族サービスにこれ努めることもなく、家の中でゴロゴロしていたものだから、愚妻などはいつまで続くかしらと陰で笑っていたようだが、これが意外と長続きしている。自分でも道沿いの自然の風物、季節の移ろいにいろいろと興味を覚えてくるようになってきたから、不思議なものだ。

さて、一本柳家は、私の散策コースの中に含まれていた。自宅から起伏に富んだ道を東へ二十分ばかり行くと、一本柳家の冠木門《かぶきもん》に至る。かつては家の格式を誇るように立派な構えだったのだろうが、永年の風雪に曝《さら》されて、今は木の腐食が進んで往時の面影は偲《しの》ぶべくもない。一本柳と記された表札も消えかかって見えにくかった。

それにつづく生け垣もあるものは枯れているので、ところどころ隙間ができている。傍で見ていても哀れを誘うが、現在の一本柳家が修理する金にも事欠く有様であることは、よくわかった。

門から五十メートルほど奥まったところに母屋《おもや》があった。茅葺《かやぶ》き屋根には、枯草が冷たい風に吹かれながら必死にしがみついている。家の中には人影も見えず、ひっそり閑としている。母屋からさらに二十メートルほど奥に、今度の事件の現場となった離れがある。これもやはり茅葺きで、外側は戸で固く閉ざされている。先々代が隠居所として建てたものらしいが、今では全く使われていないようだった。

かつては、この辺りでも相当羽振りのよかった一本柳家の栄枯に深い興味を覚えつつ、私はこの家を一周すると、道を北に取り、十分も行ったところにある小さな喫茶店でモーニングコーヒーを楽しみ、マスターと雑談を交わす。この喫茶店は、四、五年前にできたそうで、最近、白岡に増えた新住民たちを主な客層にしている。マスターは私と同年配で、やはり定年後に生まれ故郷の白岡に戻り、儲けを度外視した商売を趣味としてやっていたようだ。

もともとは、この辺の人だから、白岡に関する情報には精通している。私は毎日、三十分ほどの会話を交わしながら、次第にいっぱしの情報通になった。当然、一本柳家の内情についても、相当の知識を貯えるようになっていったのである。

＊

一本柳家は、江戸時代までは日光街道のある宿場の脇本陣だった。ところが、明治維新に際して当時の主人が時代を見る明があったと見えて、封建制度の瓦解とともに、逸早《いちはや》くこの地にやってくると、当時のどさくさまぎれに二束三文で田地を買いこみ、たちまち大地主になったのである。

しかし、繁栄は長つづきはしなかった。太平洋戦争後の農地解放でほとんどの土地が没収され、残ったのは宅地を含む二町歩の土地にすぎなかった。先代は悲憤のうちに死に、その長男はぐれて何処《どこ》かに出奔してしまって、今に至るも音信《いんしん》不通であった。

事件当時、一本柳家に住んでいたのは、先代の未亡人フサ子七十歳と、その娘寛子《ひろこ》三十七歳、そして爺や七十六歳の三人だけだった。

1

……さて、世にも恐ろしい一本柳家の密室事件について、何から書き出せばいいのだろうか。あの日の惨劇の模様が脳裏にまざまざと甦り、私は慄然となった。私の不安な心情を見抜いたかのように、遥か彼方で春雷がおどろおどろと鳴った。

その時、背後で襖《ふすま》がかすかに開くのを、私の耳は敏感に察知した。こうして事件の経緯を文章に残すのを阻止しようとするのは誰だろうか。身に危険が迫る。

私は背筋に人の気配を感じてふり向いた。

「あっ」……

「あっ」

ガバッと跳ねおきた。

「あなた、大丈夫？」

目の前に妻の文子《ふみこ》の心配そうな顔がある。

奥山京助《おくやまきょうすけ》は頭を強く振った。どうやら、原稿を書いている途中で眠ってしまったらしい。文机の上には書きかけの『脇本陣殺人事件』の原稿がくしゃくしゃになり、奥山の涎《よだれ》でインクがにじんでいる。腕時計に目をやると、午前七時だった。

「布団に寝た跡がないから、どうしたかと思って心配しちゃったわよ」

「筆が乗っちゃったもんで、つい夜更《よふか》ししてしまったらしい」

彼は大きく伸びをすると、立ち上がった。

「さあ、体操でも始めるか」

奥山の日課が朝七時の体操に始まるということは、『脇本陣殺人事件』の中でも触れている通りだ。そういう意味で言うならば、あの作品で起こった事件は九割近くが事実に即したものだった。奥山は事件の発見者であり、結末まですべての経過を見届けている。

彼がそれほどこの事件に関わった理由は、一本柳家が散歩の道筋にあったこともあるが、一本柳家の娘の寛子を知っていたことが何と言っても一番大きい。彼が東京の私立高校で教鞭をとっていた頃、寛子も同じ学校に通学していた。彼は担任にこそならなかったが、彼女に二年ほど国語を教えたことがある。その当時の印象では、彼女は物静かな文学少女だった。それから約二十年が経ち、彼が引っ越した先の近くに一本柳家があったのは、全くの偶然だった。ある日、道でばったり寛子と出くわして、初めてそれを知ったくらいだ。いずれにしろ、それが縁で奥山と寛子の交流が始まったのである。

だから、事件の記録者として、彼ほどうってつけの人物はいなかった。

幸い、彼には少しばかりの文才があった。事件が片づいた今、彼は事実に怪奇色を盛りこんで、推理小説に仕立て上げる作業に一週間前から取り組み始めたのである。どこかの出版社が拾ってくれれば、それに越したことはない。たとえだめでも、それはそれでいいと思っていた。

体操を終えて、奥山は例によって散策に出かけた。作中の〝私〟のようにステッキは持たない。まだ六十で、老けるにはほど遠い年齢だった。

路傍には緑が芽吹き始めている。薫風《くんぷう》が彼の頰を優しく撫でた。彼は夢にまで見た平和な田園生活がようやく戻ってきたことに満ち足りた思いを味わった。

やがて、奥山は一本柳家の門前に差しかかった。今やすっかりきれいに改装された母屋、そして、それとは対照的に未だに戸が固く閉ざされている離れ。一年前とは全く様相を異にしている。

「一年前。そうだ、事件はあの時すでに始まっていたのかもしれない」

彼は感慨深げに現場となった離れを見やった。

去年の二月頃だった。奥山が喫茶「ジュン」のモーニングコーヒーを楽しんだ後、帰り道に再び一本柳家の前を通りかかると、黒塗りのいかにも高級そうな外車が屋敷の前に停まっているのが目に入った。こんな早い時間に何事かと、不審に思っていると、やがて母屋の中から六十歳ほどの体の大きな男が出てきた。車に乗りこむ時、男は奥山に気づいたようだった。鋭い視線で彼を射すくめながらハンドルを握ると、奥山の目の前を勢いよく走り去っていった。成金趣味の派手な背広、精力的な赤ら顔。奥山は生理的な嫌悪を感じた。

するとそのすぐ後を追うように、一本柳家に住みこんでいる源爺《げんじい》という七十半ばの老人が現れて、男の帰った方向にいまいましげに唾を吐いた。源爺は、その時ようやく奥山に目を止めると、きまり悪そうに会釈をした。

「一体どうしたんですか？」

奥山は毎日散歩の道すがら、掃除をしている源爺と親しく挨拶を交わすほどの間柄だったので、気軽に訊ねた。質問をしてから、奥山はこれはまずいことを聞いたものだと、一瞬、後悔の念にとらわれたが、案に相違して爺はよくぞ聞いてくれたとばかりに口を開いた。

「恩知らずの成り上がり者ですよ」

「成り上がり？」

「へえ、大分以前ですが、この家で小作をやっていた奴で、宮地《みやじ》健《たけし》といいますんで」

源爺の話によると、宮地は終戦後まもなく（当時二十歳をちょっと過ぎたくらいだったようだが）、一本柳家を飛び出して東京の闇市で大儲けし、その後は土地ブローカーとして一財産を築いたという。その周囲には常に暴力団など胡散《うさん》臭い連中が取り巻き、風評は決して芳《かんば》しくない。

「その宮地がなぜまた？」

「一本柳の土地を買いたいというんですよ」

「この土地を？」

「そうです。この付近で宅地の造成をすると言うんです」

もちろん、女主人のフサ子は断固として拒んだ。ところが、腹の立つことに宮地はせせら笑って「今日のところはこれで引き取るが、また来るからそれまでに考えなおしてほしい」と言って帰ったという。

「仮りにも、あんた、相手は昔の旦那の奥様ですよ。あんな無礼な態度はとれるもんでねえ」

源爺はさらにつけ加えて、宮地のお嬢様を見る目つきが許せないと言った。好色そうな目で舌なめずりせんばかりだったそうだ。

一本柳家は今ではすっかり没落している。フサ子も体をこわし、最近は弱気になっている。娘の寛子は三十七になるが、家のきりもりと母親の世話に追われて、嫁げる状態ではなかった。そして、源爺は身寄りもなく、他に行くあてもないので、一本柳家の雑用をやる代わりに住みこませてもらっていた。

奥山の見るところ、一本柳家の財政事情は相当逼迫《ひっぱく》しているようだった。農地解放があったとはいえ、今なお二町歩の土地を持っており、それを維持するだけでもかなり大変らしい。宮地はその辺に目をつけたのだろう。

源爺はしゃべりすぎたことに、やっと気づいて、また奥山に会釈をすると、歩くのも難儀そうに母屋へ戻っていった。

それから半年くらいたっただろうか。奥山がやはり一本柳家の門前まで来ると、今度は黒塗りの車が庭の中に三台も停まっていて、二人の角刈りにした男が煙草をくわえながら車の外で手持ち無沙汰げに立っているのが目に入った。一見してやくざとわかる風貌の男たちである。奥山は眼《がん》をつけられたなどと言いがかりをつけられるとまずいので、そのまま通り過ぎると、喫茶「ジュン」へ急いだ。

「そうですか、奥山さんも気がつきましたか?」

「ジュン」のマスターは、奥山とほぼ同年代でやはり退職したばかりだという境遇も似ているせいで、お互いに気が合っていた。鼻の下に蓄えた口髭には白いものが混じり、ユーモラスな印象を与えている。彼は奥山の問いに待ってましたとばかりに話し出した。

「何かやばいことが起こったらしいですよ」

「やばいって?」

奥山は黒縁の老眼鏡を下にずらし、上目づかいにマスターを見た。

「宮地が暴力団をけしかけてるって噂です」

「一本柳家に?」

「そうなんです。あの家もお金にはかなり困っていて、暴力団がらみの金融会社に相当の借金があるみたいでね。利子がかなりふくらんじゃって……」

「それはまずいな」

「屋敷と土地はすでに担保に入っているし」

「宮地は金融会社と結託しているわけか。卑劣な奴だ」

マスターは、店内に奥山の他に客が一人もいないのにもかかわらず、辺りをこっそり窺ってから、声をひそめて言った。

「宮地は結婚を迫っているらしいですな」

マスターが驚くべきことを言った。

「結婚って、奥さんにかい？」

マスターは、奥山の顔を鈍いなあというように見る。

「まさか。違いますよ、お嬢さんの方にですよ」

「どうしてそんなことをするんだろう」

「結婚を条件にして、借金の肩代わりをしてやろうというんです。あのお嬢さん、美人ですからね」

奥山の頭に、一本柳家の娘寛子の憂いを含んだ顔が浮かんだ。

もちろん、一本柳フサ子は、そのような申し出をきっぱり断っている。昔の小作人に愛娘をやるなんて、旧家の女主人としてのプライドが許さなかった。しかし、そうなると、宮地の側にも考えがあった。彼はやくざをけしかけて、毎日借金取りに行かせたのである。

暴力団の攻勢は執拗だった。奥山が毎朝、一本柳家を通りかかるたびに必ずそれらしき車が目についた。これは、朝だけに限らず、日がな一日、家の前に居座りつづけたのである。

「警察には通報したの？」

「そんなことしたって、あいつらプロですから、逃げ口上なんかいくらでも用意してますよ」

「そんなもんかなあ」

二人は溜息をついた。どこかやりきれない気持になった。

さらに三ヵ月が経過した。ある日、奥山は一本柳家に、すっかり見慣れた黒塗りの車がないことに気がついた。不審に思って、そのまま立っていると、母屋から寛子が現れて門の方に向かってきた。ところが、彼女は奥山の姿に気づいて、

「あら、先生」

と言うなり、気まずそうに黙礼して再び隠れるように家の中に入っていった。

今改めて彼女の顔を見直したが、彼女は三十七という年齢も感じさせず、その色香は匂うばかりだった。彼女のような美人が、宮地の如きけだものとの結婚に同意するわけがないではないかと、奥山は一人合点した。

ところが、「ジュン」で待っていたのは、意外な情報だった。マスターには、奥山が来るのを今か今かと待ちかまえている様子がありありと見えた。

「決まったようです、結婚が」

「えっ？」

奥山の体の動きが止まった。

「宮地と寛子さんが結婚することになったようです」

「そんなばかな」

奥山は絶句した。事態の意外な展開に二の句が継げなかったのである。

「しつこい嫌がらせに、寛子さんの方が折れたらしいですよ。これで宮地が旧主人の家を乗っ取ったということになりますね」

それからは、奥山の耳をマスターの言葉が意味もなさずに通り過ぎるだけで、彼は呆然とコーヒーをすすりつづけた。

果たして、数日後、一本柳家の婚礼が決まったという衝撃的なニュースが町中を走った。式の日取りは翌年の一月二十五日。母屋で身内だけで執り行われるということだった。さすがに気丈なフサ子もショックのあまり寝こんだようだった。

そして、一月二十三日、一本柳家の結婚式を二日後に控えた朝、奥山は四本指の男を目撃したのである。

2

それは忘れもしない一月二十三日の午前九時であった。マスターとの話がはずみ、奥山は「ジュン」にいつもより長居をしてしまった。

彼が腕時計に目をやり、勘定を払うために財布を取り出した時だった。いきなり外の冷たい風が吹きこんできたので、入口を見ると、労務者風の男が店をのぞきこんでいたのである。男は四十後半といったところで、薄汚れたジャンパーに、つぎのあたったズボン、そして足にはゴム製の長靴を履いている。どこか工事現場へ行く途中なのだろうか。しかし、この辺で工事をやっているという話は聞いていない。男の風体に興味を覚えた奥山は、浮かせかけた腰を再びカウンター席に沈ませた。

男は疲れきった様子で、入口に近い席にドンと腰を下ろすと、落ち着きのない視線を店内の隅々に這わせた。ところが、四つほど席が離れた奥山と視線がかち合うと、慌てて目を逸らせた。

「コーヒーを一杯いただけませんか」

意外なほど丁寧な言葉づかいだった。

「はい、かしこまりました」

マスターは客商売をしているせいか、営業的な笑顔をすぐ作った。早速、缶からコーヒー豆を出すと、コーヒー・ミルにかけた。芳ばしい香りが狭い店の中にたちこめる。

男にコーヒーを出すと、マスターは再び奥山の方にやって来て、さっきの話のつづきを始めた。

「奥山さん、招待されたんですって？」

「そうなんだよ。寛子さんから招待状が来たんで、こっちはびっくりしちゃった。昔の教師と教え子の間柄とはいっても、こちらは担任ではなかったんだから」

「奥山さんが頼りになりそうだからですよ」

「そうかなあ。私も寛子さんの身の上に同情しているし、できるだけのことはしてやるつもりだけど」

「一本柳家もよくよく運がないんですね」

マスターがそう言って、溜息をついた時だった。突然、陶器が落ちる音が二人の耳に届いた。見ると、さっきの男がコーヒー茶碗を取り落とし、呆然とマスターの顔を見ていたのである。

「あ、お客さん」

マスターは下ろしたての白いフキンを使って、男の前にこぼれている茶色い液体を拭き取ろうとした。ところが、その手を日に焼けた手がつかんだ。

「ちょっと、何をするんですか」

「あのう、ちょっと聞きたいんですが」

マスターが手を引こうとするが、男はそれを強く握って放そうとしなかった。

「今、一本柳家がどうしたって言っていましたよね?」

「ええ、言いましたけど。ちょっと手を放して下さいよ」

男はこの時、ようやく自分のしていたことに気づいたらしい。慌てて手を放すと、口の中でぼそぼそとわびの言葉を呟いた。マスターは手を引き抜くと、つかまれて赤くなった部分をさすったが、目は油断なく男を見守っていた。

「一本柳家に何か起こったんですか?」

男の質問を奥山が引き取った。

「あんたの言っているのは、結婚式のことかね？　そういうことなら、答えはイエスだ。明後日、娘の寛子さんが結婚式を挙げることになっているんだ」

「え、そんな……」

男は本当に驚いているようだった。奥山に向けた目は大きく見開かれている。

「それで、相手は？」

「宮地という土地ブローカーだ」

「宮地って、健のことですか？　そんなばかな」

彼は声を荒らげた。これには奥山もムッとした。

「ばかなって、あんた何かい、一本柳家と縁続きの者なのかな？」

「い、いいえ、別に、俺はそんなもんじゃない」

男は急にうろたえて、頭を必要以上に強く振って否定した。彼はうつむいたまま、信じられないという様子をしていたが、やおら立ち上がると、コップの水を一息に飲みほした。

「どうもすみません」

彼は奥山に頭を下げると、金をカウンターに置いて、逃げるように「ジュン」を出ていった。

奥山とマスターは顔を見合わせた。

「何ですか、あれは？」

「一本柳家に何の用事があるんだろう」

「あの男の手を見ましたか？」

「ああ、見たとも。四本指だった」

奥山はコーヒーカップを持った男の左手の小指がないことに気づいていた。

「ちょっと薄気味悪い奴でしたね」

男のいたカウンターには、コーヒーカップがまだ倒れたままになっていて、男が落とした時に欠けたらしい把手がソーサーの中に入っていた。

マスターは、やむを得ないという表情を浮かべながら、壊れたカップをカウンターの下に片づけた。

3

一月二十五日、一本柳家の婚礼の朝は、この冬一番の寒さだった。シベリアからの寒気団が日本上空に居座っているためらしい。抜けるような青い空、赤城《あかぎ》おろしの冷たい乾燥した風が地表の熱をすべて奪いつくしたかのようだった。

一本柳家は婚礼が決まってから、屋根の茅が葺《ふ》きなおされ、細かいところに至るまで修理の手が及んでいるらしく、誰の目にもきれいになっていることがわかる。これも宮地の金の力によるものだが、それによってかえって一本柳家の零落《れいらく》ぶりが強く印象づけられた。門の表札がすでに宮地という札に取り替えられているのも、時の流れを感じさせる。

奥山は屋敷の中に入っていった。特別の日なので、挨拶かたがた一本柳家の様子を窺うためである。玄関から土間に足を踏み入れると、今日の主役である寛子がエプロン姿も甲斐甲斐しく、雑巾《ぞうきん》がけをしていた。

土間の片隅には縁台が置かれ、黒塗りの盆の中に式に必要な食器類が整然と並べられている。寛子は縁台を拭くと、今度は壁の上、手を伸ばせば届くところにある配電盤を拭きにかかった。たぶん、これが一本柳家にすべての電気を供給しているのだろう。くすんだ全体の色調の中でそれだけが明るく浮き立ち、ちぐはぐな印象を与える。

奥山が彼女から視線を上に移すと、横に渡された柱に黒く錆びた鉤《かぎ》がいくつか打ち付けられ、江戸の昔使われたとおぼしき「脇本陣一本柳家」と書かれた茶褐色の木札が掛かっているのが目に入った。そんなところにも、いかにも一本柳家の歴史を感じさせる。

寛子が汚れた雑巾をバケツの水でゆすいだ。そんな彼女の後ろ姿を見ていると、旧家の歴史の重みを背負ってけなげに生きる一人の女性の身の上が哀れに思えて、奥山の胸はキュンとしめつけられた。

彼は挨拶するのも何かためらわれ、しばし玄関先に立ち尽くしていたが、寛子が背筋を伸ばすのを機に、思いきって声をかけることにした。

「おはよう」

奥山の声に、寛子の動きが一瞬静止したように見えたが、彼女はすぐに笑顔を浮かべ、挨拶を返してきた。

「このたびは、先生には、いろいろお世話になります」

化粧は落としているが、年齢よりは確実に十は若く映った。

「とんでもない。私のような者でお役に立てるかどうか」

「いいえ、先生にいらしていただければ、心強いですわ」

正直言って、奥山には今日何をやったらいいのかわからなかった。参列してくれるだけでいいと言うが、それにしても……。

「気持の整理はついたかな？　今なら、まだやめてもいいんだよ」

奥山の問いに、寛子の美しい顔が曇った。

「もうあきらめています。私の人生なんか、どうなってもかまわないのです」

「そんな気の弱いこと言っちゃいけない。寛子さんにはまだ先があるんだから」

「いいんです、もう。ただ……」

「ただ？」

「はい、母のことだけが気がかりでして」

寛子の目はぼんやり遠くを見つめていた。

一本柳フサ子の病状は、かなり悪いようだった。今は奥の間で寝たきりの生活がつづいている。

「あんなに気の強い人でしたのに、最近はすっかり弱気になって、愚痴ばかりこぼすようになりました」

「奥さんには、どんなにかご苦労があったことでしょうね」

そこへ、源爺がハシゴを抱えて外から戻ってきたので、自然と二人の会話が途切れる形になった。寛子は奥山に軽くお辞儀をすると、土間にスリッパを脱いで、板の間に上がっていった。

「うー、さむさむ」

源爺の吐く息は白かった。

「畜生、とうとう来ちまいました」

溜息とも嘆きともつかぬ源爺の言葉だった。

「そうだね」

「何も自分を犠牲にしなくてもよかったのに。お嬢さんは、家を捨てちまえばよかったんだ」

「寛子さんには、お母さんを残していく勇気がなかったんだろうさ」

「奥様なら、あっし一人だけで面倒見ることができるんです」

源爺は目に涙をため、洟《はな》を強くすすり上げた。

「どうも失礼いたします」

源爺は奥山を残して、奥へ消えていった。

奥山は薄暗い土間から表へ出ると、母屋の裏手の離れに回ってみた。離れの戸はすっかり開け放たれ、中の障子もきれいに張り替えられている。聞くところによれば、新婚の初夜はここで過ごされるということだ。そう思った途端、奥山の脳裏に、脂ぎった宮地の裸の背中が寛子を乱暴に組み敷く姿がよぎった。

考えただけでも、虫唾《むしず》が走る。生々しい感覚を追い払うために、彼は頭を強くふった。

式のための荷物が宮地家側から次々と運ばれてきたのは、奥山が離れの前に立ちつくしている頃からだった。

晴れの衣装と言うと語弊があるが、婚礼の衣装に包まれた寛子の美しさは輝くばかりだった。自分の娘を二年前に嫁がせた奥山だったが、彼女の美しさには、また別の意味で目を瞠《みは》った。台所で立ち働いている近所のおかみさん連中からも溜息が漏れた。

午後六時、いよいよ一本柳家で婚礼の儀が執り行われようとしている。中の間三つの襖《ふすま》をはずし、何人も列席できるようにしてあった。そして、ここに祝言《しゅうげん》の式が始まったのだが、それらの模様はできるだけ簡単に述べることにしよう。

前にも書いたように、式は内輪だけの小規模のものだった。これには宮地が反対したが、寛子の強い要望に折れる形となった。新婚旅行も取りやめ、新婚初夜も一本柳家の離れで、というのも寛子が決めたことらしい。前妻と死に別れ、再婚となる宮地としては、若い嫁をもらえるのだから、そのような瑣末《さまつ》なことには、結局はこだわらないことにしたのかもしれない。

この式に連なったのは、宮地家では長男夫婦と長女、宮地の叔父と称する怪しげな男の計四人。一本柳家では、母親が病床にあって列席できないので、親代わりとして源爺、寛子の学生時代の親友、そして奥山の計三人だった。媒酌人は白岡の町会議員である山田甚兵衛《やまだじんべえ》という男。これは宮地の土地買収の仲介役として世話になったからとのことであった。

式では、終始青ざめた表情でうつむいている新婦の寛子を始め、沈みきっている一本柳の関係者とは対照的に、宮地家の面々は嬉しさを隠しきれない様子だった。

六十も半ばというのに血色のいい新郎の宮地、その息子の正一《しょういち》は四十に手が届こうという年配で父親のミニチュア版の趣がある。二人が大声で笑い合う様を、奥山や源爺など、一本柳家側の人間は眉をひそめながら眺めていた。

さて、盃事が終わると、無礼講のような形になり、町会議員の山田は参列者の間をしつこく酒をつぎ回った。

「どうしたんだ、寛子、さっきから元気がないじゃないか」

宮地はすでに亭主気取りで、寛子を呼びつけにしており、彼女の肩に手を回しては、さかんに下品な声をかけている。

「もう、おまえも宮地の姓を名乗っているんだからな。ハハハハ」

下卑た笑い声だった。すでに入籍をすませたらしい。

「どうだ、もう夜が恋しいか。離れ家では絶対に寂しい思いはさせないからな」

「やだぁ、お父さんたら、エッチ」

宮地の娘悦子《えつこ》が、狐のような顔をわざとしかめて見せて、笑いころげると、息子の正一が後を受ける。

「悦子、父さんのあれは、もう使い物にならないよ」

「あら、そうかもね」

「おい、おまえたち、覚えておけよ。明日になれば、わかることだからな」

宮地と二人の子供の哄笑が部屋中に響いた。

それを源爺は苦虫を嚙み殺したような顔で聞いている。

「く、くそ、あいつら、ふざけやがって」

彼はコップに満たした酒を一気に呑みほした。

「源さん、そんなに呑むと、体によくないよ」

「そんなこと言ったって、あいつら、ああやってわしらに見せつけているんですよ、奥様がお聞きになったら、何とおっしゃることか」

奥山も源爺の繰《く》り言《ごと》に引きずられ、いつの間にか酒が度を越したようだった。午後十時、この内輪の式が終わって立ち上がろうとした時、よろめいて初めて、呑んだ量の多さに気づく有様だった。

「こいつは、酔っぱらっちゃった。おっと」

「奥山さん、今夜は遅いことだし泊まっていきなせえ」

「いや、絶対に帰ります」

言い終わらぬ先から、右手が源爺の肩をつかみそこねて、転んでしまった。

「ほら、言わんこっちゃねえ。広間に布団が敷いてありますから、寝《やす》んでくだせえ。お宅には、わしのほうから電話しておきますから」

「じゃ、お言葉に甘えるとするかな。古女房の顔をたまには見ないのもいいかもしれないし」

奥山は動くのも急に面倒になった。猛烈な眠気が彼を襲う。

この頃、すでに参列した者の半数は帰っていた。今夜、一本柳家に泊まるのは、離れで初夜を過ごす二人を除けば、奥山、宮地正一、町会議員の山田の三人で、これに住みこみの源爺が加わる。四人は広間に一緒に寝ることになった。

眠気を覚ますため、奥山は表に出た。寒かった。彼はあまりの寒気にブルッと身を震わせたが、空から白い物がちらついているのに気づいた。

「あ、雪だ。どうも冷えこむと思った」

そう呟く間にも、雪は次第に勢いを増し、庭先がうっすら白くなってきている。

「この分だと、明日は相当積もるべな」

いつの間にか、隣に立っていた源爺がそう口に出す。

「そうかもしれない。ところで、源さん、二人は今夜は離れに行くんだろ。寒くないのかな」

「昨日、ヒーターを入れといたから、寒いことあんめえ」

そんな二人の背後から、

「今夜はどうもご苦労様でした。おやすみなさい」

という声がかかった。晴れの衣装を脱いで、普段着姿に戻った寛子だった。

「一晩、ご厄介になります」

奥山は頭を下げた。

「どうぞ、ごゆっくり」

寛子はそう言って、寂しそうな表情を奥山に向けると、離れの方へ静かに歩いていった。目に涙が光っていたのを、彼は見逃さなかった。

「おーい、寛子、待ってくれ」

母屋から、やや遅れて宮地が駆け出してきた。その仕草は普通なら滑稽に映るのかもしれないが、奥山と源爺はやり場のない怒りを覚えるだけだった。

離れに向かう道筋に、男女一組ずつの足跡が残った。

そして、それが奥山の見た、生きている宮地健の最後の姿だった。

4

夜中の三時頃、奥山は暑苦しくなって、目を醒《さ》ました。

寝室となっている広間を見回すと、他に三組の床が敷いてあり、いずれも黒い頭がのぞいている。寝息が聞こえてくるところをみると、皆熟睡しているようだ。電気は消えていたが、暗さに慣れた目には、そのくらいは見てとれた。

布団の中から立ち上がった。はて、ヒーターはどこにあったろうか。寝る前に見た記憶では、右手の隅にあったような気がする。彼は休んでいる連中の頭を踏まないように気をつけながら、手さぐりでヒーターのありかを突きとめた。

ボタンやスイッチを手当り次第に押したり引っ張ったりしたが、ヒーターは温風を吹き出したままだった。やり方を間違えたのだろうか。彼はあきらめて広間を抜け出し、板の間で冷たい空気を吸った。

それから三十分後、奥山はどこか遠くで戸を叩くような音を耳にして、再び目を醒ました。それは、ドンドンドンと響き、彼に祭りの太鼓を連想させた。なおも布団にくるまって聞いていたが、それっきり音はしなくなった。さらに三十分も経ただろうか。物音に対する注意がそがれると、今度は寒さが身に沁みるようになった。かなり厚手の布団が掛けられているが、それでも寒気を追い払うまでには至っていない。

わずかな光で腕時計を見ると、午前四時を指している。もうすぐ夜明けだ。それまで、布団の中で丸まって、しばらく辛抱しよう。

そう考えて再び布団にもぐりこんだ彼は、その後、一度だけ尿意を催して目を醒ましたが、その頃、離れで恐るべき事件が着々と進行していることは知る由もなかった。

奥山の目が醒めたのは、いつもの起床時間より一時間も遅い午前八時だった。

*

奥山が起き出してみると、宮地の息子の正一と町会議員の山田は、まだ眠っていた。そう言えば、昨夜の二人は酒のおかげで相当ご機嫌だったことを思い出した。

部屋の中は心地いい温度になっている。ヒーターは作動し、温風を勢いよく吐き出していた。

奥山は、早速、枕許にあった客用の上っぱりを羽織ると、広間から板の間に出てみた。こちらは広間と違って暖房は入っていない。彼は襟を立て、短い首をその中に埋めた。

玄関に立って、入口のガラス戸越しに外を望むと、一面の銀世界だった。あれからかなり降ったらしい。ここ数年では珍しいほどの大雪である。すでに雪は降りやんでいたが、この世の不浄なもの、あるいは一本柳家のすべての不幸も覆いつくす量感があった。

実際、その通りになったのだが、その時の奥山には思いもつかなかった。

奥山が冷たい外気にあたるのを躊躇していた時、ちょうど源爺が白い息を吐き、背を丸めながら外から入ってきた。

「おはよう」

と、声をかけてから、奥山は源爺の様子がただならぬことにようやく気づいた。日に焼けたしわくちゃな顔でも、青ざめているのがわかるほどだった。

「源さん、何かあったのかい」

「ああ、ちょっと、離れの様子がおかしいんです」

「おかしい？」

「呼んでも返事がねえんです」

「返事って、寛子さんの？」

「そうです。何度声をかけても返事をしてくれねえ」

「まだ寝てるんじゃないの」

「いんや、それにしては、おかしい」

源爺の話によれば、彼は朝七時に起きて、土間の掃除をしてから、玄関先から門までの雪かきをした。終わったのが一時間後、次は離れだと思って、母屋の裏を見たところ、離れの入口が大きく開け放たれているではないか。こんな時に開けっぱなしなんて、お嬢さんもさぞ寒い思いをしているだろう。早く行って、声をかけてやらねばなんねえな、と思った。

母屋から離れまでは足跡もついていない。処女雪が綿を被ったようにふくれ上がっていた。足首まで埋もれるほどの雪を踏みしめ、離れの前まで来ると、源爺は黒々と口を開けた入口から中をのぞきこんだ。しんとして音もない。何か説明のつかない胸騒ぎを覚えて、「おはようございます」と声をかけてみた。

返事はない。

今度は土間に足を踏み入れて、「お嬢さん」と言ってみたが、やはり無言の回答が返ってくるばかりだった。土間には一足の男物の靴が脱ぎちらかしたように置いてある。女物の靴がどこにもないのは一体どうしたことだろう。寛子の身に何かよくないことが起こったのか。源爺の胸に兆《きざ》したかすかな不安が、次第に形をとり始めた。一応、念のため、さらに一度声をかけてから、彼は土間に長靴を脱いで、新婚の二人の寝室である奥の間に行くことにした。

離れの間取りについてちょっと説明しておくと、部屋は八畳間が二つあり、入口に近いほうが応接間、その奥が寝室になっている。寝室には応接間を通過しないと行けないのである。

源爺が応接間の襖を開けると、豆電球におぼろに照らされたオレンジ色の空間が浮かび上がった。寒かった。畳からの凍りつくような寒さが体中に沁みわたる。ここには暖房は入っていない。開け放たれた入口を通して、厳寒の外気が入ってきたのだろう。しかし、源爺には外よりさらに寒いように感じられた。

部屋の中央に黒檀のテーブルが据えられているはずだったが、それらしきものは見えない。周囲を注意して見ると、それが寝室の襖に横に立てかけてあるのに気づいた。そして、その後ろに古びた四段の衣装簞笥が押しつけてある。まるで要塞のように人の立ち入りを拒んでいた。どんな鈍感な者でも、それを見れば、寝室内で何かよくないことが起きていることがわかったにちがいない。

源爺は簞笥とテーブルを片づけようとしたが、思いのほか重くて、八十近い老人の身には難儀だった。それでも、ようやく移動させて、一息つくために体を伸ばして寝室の中の様子を窺おうと耳を澄ましてみたが、襖の奥に生き物が存在する徴候はいささかも感じられなかった。

彼は冷えきった応接間で、かじかんで感覚のなくなっている手に息を吹きかけた。薄暗い部屋の中でも息が白くなるのがわかる。緊張で震えた手で思いきりよく、襖を開けようとした。

ところが、襖は全然動かなかった。ドンドンと叩いてみたが、応答はない。この時、源爺は自分の力だけでは如何ともしがたいと判断して、母屋に戻って、とりあえず奥山の助けを求めることにしたのであった。

「じゃ、何の応答もなかったのだね」

「そうです」

「よし、私も行ってみるから、源さん、案内してくれ」

「わかりました」

源爺の話を聞き終わった奥山が靴を履こうとしていると、母屋の広間の障子がガラッと開いて、宮地正一と山田議員が二人して姿を現した。

「何事ですか、朝から騒々しい」

正一は眠い目をこすりながら、奥山と源爺に非難するような目を向けた。四十になるかならないかなのに、腹は醜く突き出しており、濁った目は豚を連想させる。

「離れで何かあったらしいのですよ」

「何かって？」

奥山が源爺が目撃した顛末を手短に話すと、正一は俄《にわか》に心配そうに眉根を寄せた。

「じゃ、早く行かなくっちゃ、おやじが心配だ」

「わしも行くべ」

チョビ髭がユーモラスな山田議員もついていく意志を示したので、結局四人で離れに行くことになった。

母屋から離れまでには、向きの異なる二組の足跡があったが、これは源爺が先ほど行って帰ったものであることは一目瞭然だった。その他には、犬の足跡すら見えない。

風が冷たい。零下十度はあるまいが、それに近い寒さだった。

四人は源爺を先頭に無言のまま一列になって歩いていった。離れの入口は開いたままで、その奥の応接間の襖が開かれ、オレンジ色の光が外に漏れていた。

「ここですよ」

源爺の後について応接間に上がった三人は、その部屋の異様な寒気に震え上がった。尋常な寒さではない。この世の外から超自然の力が忍び寄ってきたような寒気だった。

「この箪笥が部屋の入口を塞いでいたのかな？」

「そうです。これとテーブルがしっかり襖に立てかけてありました」

今、奥山が見ると、問題のテーブルは右手の押し入れの前に、箪笥と並べて置いてあった。

応接間に他に調度類はない。左手には一メートル四方の窓があるが、戸が閉められている。

奥山が電灯から下がった紐を引っ張ると、明かりがつき、部屋の内部の様子がすべて明らかになった。

「何だ、これ？」

宮地正一が素頓狂《すっとんきょう》な声を上げた。彼が指差す方向を見ると、襖の敷居に黒い棒が立てかけてあった。

「心張り棒ですよ。これが突っかえ棒になっていて、襖が開かなかったんだ」

奥山が言った。

「豆電球の光だけでは気がつかなかったんだよ、源さん」

源爺は見落としていた自分の不甲斐《ふがい》なさに腹を立て、いまいましげに心張り棒を取り除くと、襖を開けようとした。今度こそ、開くはずである。

「あれ、おかしいな」

心張り棒をはずしたはずなのに、襖はピタッと閉ざされたまま、動く気配を見せない。

「おいおい、どうなってるんだよ」

宮地正一が源爺の体を乱暴に脇に退けると、自分が代わって引いてみた。しかし、同じことだった。

「みんなで引っ張ってみますべ」

「そうしますか」

山田議員の提案に、奥山が賛同した。といっても、襖には小さな丸い引手《ひきて》がついているだけだから、せいぜい二人で引くのがいいところだろう。ここは、力の強そうな宮地正一と奥山が引っ張ることになった。

「いいですか」

二人で声を合わせて、襖を一斉に強く引いた。

するとどうだろう、先ほどまであれだけ強固だった襖がメリメリという音を立てて開き始めたではないか。そして、驚くべき光景が四人の前に飛びこんできたのであった。

寝室の中は螢光灯が煌々と輝いており、中央に布団が二組敷きのべてある。その一方に新郎の宮地健がうつぶせになって倒れていた。もう一方の布団は寝乱れた跡はあったが、もぬけの殻だった。

「おやじ！」

息子の正一が宮地に駆け寄ろうとしたが、奥山に腕をつかまれた。

「何するんだ」

「まあ、落ち着きなさい」

「離せったら」

正一はいきりたった。

「うるさい、黙れ」

奥山の威厳ある声が、正一の動きをピタッと止めさせた。

奥山は宮地のそばに屈みこむと、その手に触れてみた。冷たかった。死んでから、すでに数時間経過しているかもしれない。

奥山は三人の方を顧みて、首を横に振った。

「じゃ」

「手遅れですね」

正一が駆け寄って、物言わぬ父親のそばにひざまずいた。

「おやじ」

「警察を呼んだほうがいいかもしれないな」

奥山のその一言に、三人がハッとなった。

「じゃ、おやじは殺されたとでも？」

「いや、それはわからない」

奥山は寝室の中を改めて見わたした。

右手に欄間《らんま》があり、その前に据えられたヒーターが静かに温風を吐き出している。部屋の温度は二十五度くらいだろう。しかし、隣の応接間からの寒気が開いた空間から侵入してきて、次第にその温度を奪いつつあった。

その時、奥山の目に奇妙なものが映った。襖に破れた紙のようなものが付着しているのを発見したのである。よく見ると、それはガムテープだった。襖と襖の間がガムテープで上から下までしっかり貼りつけてあったため、外から開けようとしても、開かなかったのだということがわかった。

「部屋の内側から目ばりがしてあったとは」

そう思って、寝室の中を隈なく見回した。すると、襖とは反対側の障子にも、上から下までピッタリとガムテープが貼りつけてある。左手の窓は……。

応接間と同じく一メートル四方の窓だったが、これにも隙間なくガムテープが貼られていたのである。

これはどうしたことか。部屋の内側の隙間という隙間はガムテープで目ばりがなされている。そして、その中で男が一人死んでいた。一見したところ、どこにも外傷はなかったが、その不可解な部屋の状況に、奥山は直観的に犯罪の匂いを嗅いだ。

「状況が奇妙すぎる」

彼は独りごちた。

5

午前九時。

事件の通報を受けて、白岡警察署の黒星警部の一行が一本柳家に到着した時、母屋から離れに至る雪の上の足跡は、すでに入り乱れた状態だった。変事を目のあたりにして、関係者の動揺が尋常ではなかったことを物語っている。

昨夜の大雪で、ちっぽけな茅葺きの離れは今にも倒れそうな感じがした。少しは手入れはしてあるらしいが、傾きかけているように見えるのは気のせいか。警部は、ここで新婚初夜を過ごすという者の気持が計りかねた。踏み固められた雪の上を滑らないように気をつけながら、ゆっくりと歩いた。

現場となった離れでは、奥山京助という男と被害者の息子の宮地正一が険悪なムードの中、何事か言葉を交わしていたが、警部らの姿に目を止めると、急に話をやめた。後で聞くところによると、どうやら二人は対立する立場として、現場に手をつけないように、互いに目を光らせていたらしい。

警部は寝室の状況に素早く目を走らせると、死体を検分した。どこにも外傷は見られないが、苦悶の表情を浮かべている。

それにしても、現場の状況はどこか首を傾げざるをえないところがあった。

「あなたが発見者の奥山さんですな?」

警部は鋭い視線を奥山に投げた。

「厳密に言うなら、第一発見者の一人ということになります」

「そうでしたな。一本柳家の爺やさん、町会議員の山田さん、こちらにいる被害者のご子息、そして、あなたの四人」

「さらに厳密に言うなら、離れの様子がおかしいことに気づき、母屋に知らせに戻った源爺が第一発見者とも言えるかもしれない」

「だが、爺やさんはその時、死体を見ていないですね」

「そうです」

「あなたたちで再び離れに乗りこんだ時、足跡は爺やさんのものだけでしたか。その辺は間違いありませんね?」

「ええ、源さんの往復した足跡以外はありませんでした」

「それから、この寝室を開けた時、メリメリという音がしたそうですが、それはガムテープが破れる音だというのは確かですな?」

「絶対間違いありません。襖を開けた時、この手に伝わった感触から、そう断言できます」

「例えば、こんなことが考えられないでしょうか。あなたの後ろで誰かが辞書を引き裂いたとか」

「辞書?　おっしゃる意味がわかりませんが」

「辞書という表現が妥当でなければ、普通の本といってもいい。背後で誰かが本を引き裂いたのを、あなたが寝室の中でガムテープが裂ける音と勘違いする。そういうことも充分考えられますな」

「冗談じゃありませんよ。私は引退した身とは言っても、目と耳だけはまだ現役のつもりだ。メリメリという音が部屋の中でしたのか、自分の背後でしたのかぐらいはわかる。推理小説じゃあるまいし、そういう小ざかしいトリックが現実に通用するものじゃありません。ばかばかしい」

奥山が憤然となったので、黒星警部は慌ててなだめにかかった。

「まあまあ、私の言い方が悪かったのであれば謝ります。じゃ、その点については信用することにしましょう」

「当然ですよ。ここにいる宮地さんの息子さんにも聞いてもらえばわかります」

警部が宮地正一を見ると、彼は奥山が言ったことがもっともだというように、大きくうなずいた。

「雪の中の日本家屋、足跡は発見者のものだけ。そして、現場となった部屋は内側からガムテープで目ばりをされていた。ふむ、そうなると」

警部がポカンと口を開けた。そして、しばらく黙りこんで考えているふうだったが、その口許には徐々に笑みがこぼれ出した。

「み、密室じゃないか、これは」

警部が叫んだ。

彼は重厚に咳ばらいをすると、さらにつづけた。

「これは、ひょっとして、世界にも稀な完全な密室といっていいのではないか。ふむ」

警部は興奮を鎮めようと、息をついで、もう一度部屋の中を見回した。また咳ばらいをして、格好よくきめようとしたが、案に相違して、喉の奥から出てきたのは「ウヒョッ」という音だった。

「ウヒョッ」

実を言えば、これは警部の興奮した時の癖なのだが、まわりの人間には、それがしゃっくりのように聞こえた。

警部はやがて威儀を正すと、発見者の二人に向き直った。

「わかりました。では、お二人とも、お引き取りいただいて結構です。後でまたお話を伺いますので、それまで母屋で待機していて下さい」

警部は、奥山たちに背を向け、鑑識の連中にてきぱきと指示を与えると、寝室の捜査にとりかかった。

「おいクロさん」

黒星警部を呼んだのは、監察医の倉沢だった。

「これを見てくれ。どうやら、これが致命傷かもしれない。誰かに殴られて脳震盪《のうしんとう》を起こしたんだな」

倉沢は被害者の後頭部を指差した。警部が見ると、そこにはわずかに出血の跡があった。

「死亡時間は？」

「たぶん、午前三時から四時といったところだな」

目ばりの密室の中で後頭部を殴られた死体か。

警部の頭の中には、二人の密室作家の面白いエピソードが浮かんだ。

それは、クレイトン・ロースンがディクスン・カーに対し、ドアや窓の隙間すらも内部から封じられている真の「密室」内で起こる殺人を解決するよう挑戦したという話だった。カーは、ロースンの挑戦に応えて、一九四四年に『爬虫類館の殺人』という長編で、厚いゴム引きの紙で目ばりした密室内の殺人を書いた。これに対して、ロースンは一九四八年に『この世の外から』という短編を発表し、ハトロン紙で目ばりした密室内の殺人を書いたのである。

謎が奇抜だっただけに、その分、解決は今一つの感はあったが、黒星警部は、いつかはこのようなとびきりの密室に出くわしてみたいと念じていた。

ところが、それが実際に起こったのである。完全無欠の密室。彼が興奮するのも無理からぬことだった。

彼が考えこんでいる間に、死体は解剖に付されるため、運び出されていった。寝室の中には、主のいない寝乱れた二組の布団が残り、そのそばには被害者のものらしき衣類が雑然と脱ぎ捨てられていた。

彼が衣類を持ち上げようとした時、何かが転がり出てきた。ガムテープだった。これが目ばりに使われた道具か。目ばりと言えば……。

そうだ。

彼は襖の反対側の障子に貼られたガムテープをゆっくり剝がした。昔の建付けで少し傾いているのだろうか、障子と柱の間に僅かの隙間ができ、冷たい風が流れこんできた。彼は障子を開けると、縁側に出た。寒い。外気よりさらに寒く感じられる。

縁側には口の開いた段ボールが置かれていた。中を覗いてみると、旧式の掃除機、玩具やガラクタが詰まっている。ガムテープは荷物整理に使われた残り物だったのだろう。古い本も入っている。終戦直後の質の悪い紙は茶褐色に変色しており、背表紙には横溝正史著『本陣殺人事件』と刷られていた。

もし、犯人がここに潜んでいたとしても……。

彼は戸に目を向けた。縁側には四枚の戸が入っていたが、落とし錠がしっかり下ろされていた。これでは犯人は外に逃げ出すこともできないではないか。

彼は念のために、錠をはずして戸を一枚開け放った。

「あっ」

思わず驚きの声が口を衝《つ》いて出た。処女雪がずっと広がっていると思ったそこには、向きの異なる二組の足跡がついていたのである。

離れの裏側は、十メートル四方ほどの空地で、それを鬱蒼《うっそう》とした雑木林が取り囲む形になっている。雑木林の先には農道がつづいており、足跡は雑木林から空地の中央を突き抜け、離れまでまっすぐ延びていた。

その足跡は男のものらしい。一本柳家の離れまでやってきたが、入れず、そのまま引き返した格好であった。

そして、さらに驚くべきことは、戸袋に入れていない三枚の戸のうちの一枚に血痕が付着していたのである。それも、四本指でなぞったような跡が縦についていたのであった。

内側から鍵の掛かった家の外にいた四本指の男——。

この事件と四本指の男はどう関連するのだろう。話が複雑にもつれていくのを、警部は感じた。

捜査は、室内の徹底捜査と四本指の男の行方の両面から行われることになった。パトカーのサイレンが平和な白岡の町の静寂《しじま》を破り、けたたましく響きわたった。

6

目ばりをした隙間一つない部屋で、男が殴り殺されていた。このとびきりの謎は、ぜひ自分が解明して見せる。これまでの失態つづき、ぜひ帳消しにして、白岡署に黒星警部ありということを駆けつけてきた県警の連中に見せつけなければならない。

しかし、いずれにしても、すべてのカギは四本指の男が握っている。現在、一斉検問で町の出入口はすべて押さえてあるので、男が網にかかるのは時間の問題と言えそうだった。奴さえ捕まえれば、この事件は解決する。警部の永年の勘はそう告げていた。

予想通り、四本指の男を捕捉したという報告が入ったのは、午後一時を回った頃だった。男は高岩地区の忠恩寺という小さな寺の縁の下にうずくまっているのを発見されたとのことだった。ちょっとあっけないけれど、やむをえない。最近の失点つづきの名誉回復をする意味でも、事件の選り好みをしている場合ではなかった。これを自分の株を上げる絶好の機会と考えなければならないだろう。

警部はそう考えると、男の尋問をするため、急いで署に戻った。


男は白岡署の取調室で顔を伏せたまま、ジッとして動かなかった。警部が入ってきた時も、もの憂げに顔を上げたが、すぐに興味を失ったように、元の姿勢に戻った。

警部は男の左手を見た。泥で汚れたその手は、固く握りしめられていたが、小指が根元から欠け落ちているのがわかった。

「おい、名前は?」

「………」

「おい、聞こえないのか?」

警部が机をドンと強く叩いたが、男はかすかに体を震わせただけで、依然、黙したままだった。

「おまえが一本柳家に行ったことは、すでに調べがついているんだ」

警部は男の左側に行くと、固く握りしめられた拳を引っ張って、無理に開かせようとした。これには男が強い抵抗を示した。

「やめて下さい」

「ほう、口はきけるんだ」

「………」

「さあ、その手を開くんだ」

警部は、今度は力ずくで男の左手をねじり上げると、男も観念したようだった。開かれた左手の指の先は血が汚くこびりついている。中指は生爪が剝《は》がれていた。

「そら、見ろ。血液型を調べれば、おまえがあの離れに行っていたことがわかるんだ。さ、その前に吐いて楽になっちまうんだな」

「………」

「おまえが殺《や》ったのか？」

この時点で、警部はそんなことは信じていなかった。ただ、男にカマをかけてみたかったのである。ところが、これがまんまと成功し、男の意外な答えを引き出した。

「冗談じゃありません、俺が人を殺したなんて。あれは助けに行っただけなんだ」

「助けに行った？　それはどういう意味だ？」

「宮地の奴を叩きのめしに行くつもりで……」

「宮地は死んだよ」

「死んだ？」

男の目が丸くなった。

「頭を殴られてな」

「そうですか」

男には、いくぶんホッとしたような気配が見えた。そこを、警部は間髪を入れずに切りこんだ。

「おまえが離れに忍びこんで宮地を殴ったんだろう？」

「とんでもない。中から鍵が掛かっていて入れなかったのに、どうして宮地を殺せるんですか？」

「すべての状況が、おまえが殺したと告げている」

男は牡蠣《かき》のように黙りこんだ。

「くそっ、強情な奴め」

膠着《こうちゃく》状態になったちょうどその時、奥山と源爺が一本柳家から駆けつけてきた。警部は早速、面通しさせることにした。最初に奥山に男を見てもらったが、すぐに反応を示した。

「あ、あの男……」

「見覚えがあるんですか？」

「ええ、一昨日になりますか、『ジュン』という喫茶店で見かけたんです。あの男、一本柳家の婚礼の話を耳にすると、急に興奮しましてね」

奥山はことの経緯を詳しく話した。

「なるほど。それ以後、あいつを見かけましたか？」

「いいえ」

「じゃ、爺やさんはどうですか。ちょっと見て下さい」

源爺は最初は「わかんねえな」などと言いながら首を傾げていたが、男が顔を上げるのを見ると、急に顔色が変わった。

「あれ、坊ちゃんでねえか」

と言うなり、警部の制止の手を振りきって、取調室に駆けこんだ。

「坊ちゃん、爺ですよ」

「あ」

男の目に涙が溢れてきた。ふたりは互いに懐かしそうに手を取り合った。

「源爺」

「ご苦労されたでしょう。奥様もどれだけ心配なすったことか」

「すまん、許してくれ」

「寛子お嬢さんの行方もわかんねえし」

「寛子がいなくなったのか？」

「へえ、あんな事件があったっていうのに、どこへ行っちまったのか」

源爺の涙声に男が黙りこくってしまった。

「爺やさん、この男はすると」

警部が話に割って入った。

「へえ、一本柳の坊ちゃんです」

「あの出奔していたという長男か」

男が観念したようにうなずいた。

「私は一本柳太郎《たろう》です。こうなりました以上、すべてをお話しするのが筋かと思います」

*

一本柳太郎が家を出たのは、昭和二十八年、十六の時だった。戦後の農地解放で家は没落し、残ったのはわずかばかりの土地と家屋だけだった。将来の夢を断たれた彼は、新制中学を卒業すると間もなく、家に何の断りもせずに東京へ出たのである。東京では希望に燃えて働いたが、元来が坊ちゃん育ちによる甘さのため、悪い者にいいように利用され、チンピラ同然にまで身を落とした。左手小指がないのは、ヤクザの世界から足を洗おうとして詰められたものである。その後はドヤ街で労務者になって、その日その日をどうにか食いつないできたのだが、最近になって、たまたま隣町の道路工事に駆り出された時、昔懐かしさのあまり、実家の様子を見にやってきたのであった。

婚礼の話を聞いたのは、「ジュン」という喫茶店である。十二歳年下の妹寛子が結婚するが、その相手というのが、昔実家で働いていた宮地健とわかって、いても立ってもいられなくなった。離れ家で新婚初夜を過ごすというのを漏れ聞いて、真夜中、屋敷の裏から忍びこんで、卑劣な手段で家と妹を奪った宮地をやっつけてやろうと思った。場合によっては、殴り殺してもかまわないと悲壮な決意もしていたという。

「それで、何時頃忍びこんだんだ？」

「午前三時半頃だったと思います」

「その時、離れには入ったんだろう？」

「戸に錠が下ろしてあったので、入るのは不可能でした」

「それで、手で開けようとしたんだな」

「ええ、戸をドンドン叩いて開けろと迫ったんですが、結局、このざまです」

一郎は血と泥にまみれた手を警部に示した。

「そうやって宮地を脅したのか？」

「我慢できなかったんです。寛子があいつに抱かれていると思うと、不憫《ふびん》でたまらなくて」

「離れの入口の方へ回れば、簡単に入れるんじゃないか」

「そうしようと思ったんですけど、懐中電灯の光が見えたんで慌てて逃げ出したってわけです」

「懐中電灯？」

「はい、母屋の方でチラチラと光が動いていました。それで見つかるとやばいと思って、裏から農道へ出て、お寺の縁の下に隠れていたんです」

「嘘は言ってないだろうな」

「とんでもありません」

「本当は入口に回って、宮地を殴りつけたのと違うか」

「冗談じゃありませんよ」

「そうか」

この時、警部は昨夜の雪のことを思い出した。雪は九時頃降り出して、翌午前二時にやんだと、報告が入っていた。と言うことは、午前三時過ぎにやってきた一本柳太郎が離れの入口へ回っていたら、当然足跡が残るはずだ。つまり、彼は裏を往復しただけで、離れには入れなかったことになる。

しかし……。警部は腕組みをして唸った。

この男が離れに行った時刻と、宮地が死んだ時間が同じ三時頃というのはどう考えても臭い。何かトリックがあるにちがいないと確信した。一本柳太郎はクロだ。そうとしか考えられなかった。

7

ところが、自分が犯人だと名乗る人物が白岡署に出頭してきて、事件はますます混迷の度を深めたのである。

自首してきたのは、驚くべきことに、一本柳寛子であった。長い間、行方不明になっていた兄の太郎が逮捕されたと知って、出頭してきたらしい。

取調室で黒星警部と対面した彼女は、顔を伏せたまま、さめざめと泣くばかりだった。

「泣いてばかりいては、わかりませんな。宮地を殺したと言われるが、どうやって殺したかを言ってもらわないと」

寛子が顔を上げた。普段でも憂いを含んだ顔が涙に濡れて、女としての魅力をいっそう引き出している。実を言うと、彼は女性にめっぽう弱く、美人を目の前にすると、柄にもなくあがってしまうのだった。それでも、白岡には美人がいなかったから、これまでは何の大過もなく職務を果たしてきたのだが、この女性を一目見て、彼の心臓は異常なほど鼓動が激しくなった。

「いやあ、いい天気ですな」

脈絡のない言葉が口から飛び出した。彼は落ち着きを取り戻そうと、窓まで歩き、カーテンを開け放った。昨日とはうって変わって快晴だったが、窓から見る景色は白一色に塗りつぶされていた。西日が窓を通して、部屋の中に差しこんできて、寛子のウエーブのかかった髪を黄金色に輝かせた。

「事情を話してもらいましょうか」

警部は背中を彼女に向けたまま、質問を始めた。

「わかりました。もう逃げも隠れもいたしません」

彼女の声は意外にしっかりしている。すでに腹をくくっているのかもしれなかった。

「どこから、お話ししましょうか」

「結婚する経緯あたりからお伺いしましょうか」

寛子は、窓を向いて立っている警部の後ろ姿を見て観念したように話し始めた。

「わかりました。宮地と結婚することに決めたのは、すべては母のためでした」

「お母さんのため？」

「そうです。母は癌のため、余命いくばくもないのです」

「ほう、それは」

「これまで、女一人で一本柳の家を守ってきたのですから、私は母にはこの土地で死んでもらいたいと思ったし、それがまた本人の希望でもありました。家は借金のため、手放す寸前にありましたけど、私は宮地に条件付きで結婚してもいいと告げたのです」

「条件とは？」

「母が死ぬまで、この家をそのままにしておいてくれということです」

「宮地は承知しましたか？」

「はい、せいぜい半年の辛抱ですから、彼はウンと言いました」

「でも、自分の体を差し出してまでとはね。お母さんが亡くなるまで、結婚を待ってもらってもよかったんじゃないですか」

「その条件は呑めないと、宮地は言いました」

「そうですか、あくどい奴だ」

「いずれにしても、私は母が死んだら、宮地の許を去る覚悟でおりました。辛い思い出ばかりしかないこの土地ですもの、何の未練もありませんわ」

なるほど、そういう事情があったのか。母を思うけなげな娘の心に、警部は強く心を打たれた。

「私なんか、もうこんな歳ですし、あとは一人でもどうにか生きていけます」

寛子は洟をすすった。

「昨夜のことを話してもらいましょうか」

警部は一息入れて、煙草に火をつけた。吐き出した煙が部屋の天井を漂った。

「離れに入ったのは、十時すぎでしたな？」

「はい」

「しかし、それにしても、あの離れで初夜を迎えるとは、ずいぶん思いきったことを考えましたね。家は大分傾きかけているし、部屋には隙間もあったじゃないですか」

「一日前にヒーターを入れましたから、寒さの心配はありませんでした」

警部は、今朝、発見者の四人が寝室に入った時、暖房がきいて暑いくらいだったという証言を思い出した。

「お休みになったのは何時でしたか？」

「十二時くらいだったと思います」

「どうして、あなたは宮地を殺そうとしたのですか？」

警部はいきなり、核心にずばりと切りこんだ。しかし、返事はない。

「では、ちょっと、言い方を替えましょう。あなたは宮地に殺意を抱いていましたか？」

「いいえ、そんなことはありません。発作的にあのようなことをしでかしてしまったのです。一応、夫婦の契りを交わしたのですから、自分でも割り切っているつもりでいたのですが、いざ、その場になってみると、どうしても宮地を受け入れられなかったのです」

「と言うと、夫婦関係のことですか？」

警部は言ってしまってから、しまったと後悔した。寛子のあられもない姿を想像して、顔が熱くなった。意識的に咳ばらいをした。

「ええ、宮地が体を求めてきた時、私は思わず彼を強く突き飛ばしてしまったのです。そうしたら、宮地はヒーターに頭をぶつけて、そのまま動かなくなってしまいました」

「それは何時頃でしたか？」

「午前一時はすぎていたと思います」

「それで？」

「その時は、宮地が息を吹き返して追いかけてくると困るので、急いで襖を応接間の方から心張り棒で押さえ、さらに簞笥とテーブルで塞いでしまったのです」

これで簞笥とテーブルが立てかけてあった謎が解けた。

「そこから、あなたはどこへ逃げたのですか？」

「結婚式に出席した友人が隣町のビジネス・ホテルに泊まっていましたので、昨晩はそこにこっそり泊めてもらいました」

「そして、今日になって事の重大さに気づいて出頭してきたわけですか」

「その通りです。行方不明だった兄が殺人の疑いで取り調べられているという話を聞いて、飛んでまいりました」

寛子は告白を終えて、肩の荷を下ろしたような表情を浮かべた。

「ですから、兄は犯人ではありません。私が宮地を殺したのです。早く逮捕して下さい」

「まあ、落ち着いて下さい。あなたは午前一時に離れを抜け出したと言いましたが、その時、雪は降っていましたか？」

「はい、あんなひどい雪は今まで見たことはありません」

雪がやんだのは、午前二時頃だった。ということは、寛子の足跡は雪に埋まってしまって残らなかったのだ。

「じゃ、おかしいな」

「何がですの？」

「宮地が死んだのは、午前三時から四時の間ですよ。あなたに殺せるはずないでしょう。それに、宮地はガムテープで目ばりをした密室の中で殺されていた。あなたは部屋に目ばりをした上で、そこから抜け出したと言うつもりじゃないでしょうね」

「もちろんですわ」

「だから、私はそこに何かトリックがあったのだと思う。宮地の死亡時刻に離れの外にいたあなたのお兄さんが、何か仕掛けたとしか考えられないのです」

「お言葉ですが、兄は犯人ではありえません。密室のトリックは、すでに私なりに解いております」

寛子は毅然として言った。

「え、まさか」

「ヒーターに頭を打ちつけた宮地は、しばらくして意識を回復しました。それが午前三時頃で、兄がやって来たのも同じ頃でした。戸が開かないことに腹を立てた兄は、開けろと迫ります。脅えた宮地は応接間から逃げ出そうとしますが、私が心張り棒と簞笥で襖を〝封印〟していますから、脱出できなかった。そこで考えたのが、荷造り用の段ボールに入れてあったガムテープで寝室の中の襖、障子、窓の隙間を塞ぐことです。これで外から兄一人の力で開けることが困難になったのです。そして、ガムテープを貼り終えたところで、宮地は力尽きてしまった。ヒーターにぶつかったことが、結局は致命傷になってしまったのです」

寛子はそれだけ言うと、恥ずかしそうに顔を伏せた。

「だから、あなたは犯人は自分だと言うのですな」

「そうです」

なるほど、そうだったのか。言われてみると、これが一番正解のようだ。ジグソー・パズルの最後の一片が入るべき位置にしっかり収まった感があった。これなら目ばりの密室という不可解な状況の説明がつく。最近の推理小説には、密室にする必然性のない密室が氾濫《はんらん》しているが、寛子の言う通りなら、これは充分説得力を持った密室殺人事件である。

警部は〝史上最高の完璧な密室〟が解明されたことに軽い恍惚感を味わった。もちろん、自分の力で解けなかったことに、若干の不満がないと言えば嘘になるが。

彼は窓の外を望んだ。

「警部さん」

寛子の声に物思いが途切れた。警部が寛子に目を向けると、彼女がジッと彼を見つめていた。

「私を逮捕して、兄を早く釈放して下さい」

寛子の目には、大粒の涙が溢れていた。

「い、いや、そうなると、あ、あなたがた兄妹の犯行になるわけで、そ、そうなれば、必然的に、あの……」

警部の思考機能がショートを起こし、言っていることが支離滅裂になった。

「ちょ、ちょっと、待ってほしい。すぐ戻ります」

彼は取調室を出ると、扉に背をもたれて、大きく息を吐いた。

「これは、どうしたものか」

警部の心情から言えば、寛子はシロだったが、すべての状況は彼女をクロと告げていた。

8

　しかし、事件はまたもや意外な展開を示す。

　驚くべきことに、今度は源爺が自首してきたのであった。一本柳家の長男が勾留され、さらに長女までが事情聴取を受けていると知って、駆けつけてきたのである。

「あっしが宮地を殺しました。坊ちゃんやお嬢さんは殺人事件に関わっていないのです」

　彼は「自分が犯人だから早く逮捕してくれ」の一点ばりで大声でまくしたてたため、白岡署員を散々手こずらせた。

　黒星警部が取調室に入ると、源爺は日に焼けたくしゃくしゃの顔を上げ、すがりつくように警部を見た。

「警部さん、あっしが犯人です。早く、あの二人を釈放して下さい」

「ほう、聞かせてもらおうじゃないか」

　警部は源爺の前に陣取ると、煙草に火をつけた。彼は源爺が犯人だとは、少しも思っていない。気分転換の意味で耳を傾けることにしただけなのだ。

「殺したのは何時だ?」

「午前四時を少し過ぎていました。その二、三十分前にドンドンという物音で目が醒めたので、何事かと思って母屋の広間を起き出したのです。皆さんはおやすみでしたので、起こさないように、真暗な中を手探りで勝手場に行って懐中電灯を取り出したのです」

「そのドンドンという音は離れの方でしたのだな?」

「そうです。お嬢さんの身に何か悪いことでも起こったのかと思いました」

「雪はやんでいたね?」

「へえ、やんでおりました」

「当然のことだが、離れまで足跡がついていなかったね?」

「誰の足跡もなかったです。あっしが最初に足跡をつけたもんで」

「それからどうした?」

「懐中電灯で足下を照らしながら、離れに向かったんですが、その頃には物音はやんでいました」

警部は、一本柳太郎が四時頃、母屋の方から光が見えたので慌てて逃げ出したという供述を思い出した。

「不思議なことに、離れの入口は開けっ放しでした。何て不用心なんだべ、と思うと同時に、お嬢さんの身が急に心配になり、急いで離れに飛びこんだのです」

「何か反応はあったか?」

「離れは真暗でした。応接間に上がって電気をつけようとしましたが、全然つきません。おかしいので、声をかけてみると、中から宮地の声がするじゃありませんか」

「宮地は何て言った?」

「助けてくれって、言うんですよ。ところが、襖の前には箪笥とテーブルが立ち塞がっている。あっしは、ようやくそれを片づけ、襖を開けようとしたが開きません。何かが邪魔していると、よく見たら、心張り棒が襖に立てかけてありました。それを取り除くと、ようやく襖が開きました」

「宮地は生きていたのか？」

「はあ、ピンピンしておりました」

「じゃ、どうして、おまえは殺したんだ？」

「殺すつもりなど、毛頭《もうとう》ありませんでした。宮地がいきなり、あっしの胸ぐらをつかみ、寛子をつかまえろって言うんです。何するんだ、この野郎って、あっしは言って、思いきり宮地を突き飛ばした。宮地は後ろ向きに倒れ、何かに頭をぶつけて動かなくなってしまったんです」

「ちょっと待てよ、それ何時頃の話だ？」

「たぶん、四時をちょっとすぎてたんじゃないでしょうか。あっしは、とんでもねえことを仕出かしたと思いましたが、寝室の中を見る余裕はありました。ところが、お嬢さんの姿はどこにもありません。それに、妙なのは、部屋の中にテープがペタペタと貼ってあったことです」

「…………」

「何か変だと思ったけど、これは元のままにしたほうがいいべと、襖に貼りかけのテープがあったので、またこれを貼りつけたんです」

「おい、そうなると、おかしいじゃないか。おまえは、どうやって密室から脱けだしたんだ？」

「そりゃ、簡単だべさ」

「簡単だって」

「まだ、わからねえですか？」

警部は源爺の平然とした顔に、ある種、薄気味悪さを感じた。この老いぼれた爺やが密室トリックを考えつくなんて、そんなばかな。

「簡単なことですべ」

源爺の人を喰ったような言い草に、警部は腹を立てた。

「おい、本官を愚弄するつもりか」

「ああ、いや、とんでもねえ。無礼な言い方をしてしまいまして、どうもすまねえことでした」

「わかったから、もったいぶらずに早く言ったらどうだ」

「へえ、襖をそのまま取りはずすんです」

「え？」

「ガムテープをつけたまんま、襖ごとよいしょってね」

源爺は椅子から立ち上がり、腰を屈めてその場面を再現して見せた。

「あ」

警部は、その滑稽な仕草を呆然と眺めていた。言われてみれば、あまりに簡単なトリックだった。彼は開いた口がふさがらなかった。

「ま、待ってくれ。それじゃ、足跡の問題はどうなる？」

「と、言いますと？」

「母屋と離れの間は、おまえの足跡が往復しているだけだったと、奥山さんたちは証言している」

「奥山さんの言うことは間違いありません。あっしは宮地をやっつけ、襖を元通りにしてから、そのまま母屋に帰りました」

「じゃ、奥山さんが起きて玄関に立った時、おまえが外から入ってくるのを目撃したのは、どう説明する？」

「奥山さんは、あっしが離れから戻るのを見てねえ。あっしが玄関に慌てて入ってきたのを見てるだけです」

「そうか」

八十近い無学な老人の理路整然とした説明に、警部は返す言葉がなかった。

〝完璧な密室〟に、寛子と源爺がもたらした二つの〝正しい解答〟。

「じゃ、この密室の始末はどうしてくれるんだ？」

自分はどっちの解答を選ばねばならないのか。

その時、取調室のドアをノックする音が聞こえた。鑑識係員からメモ書きのような白い紙を受け取ると、警部の顔が真青になり、やがて真赤になった。

彼はメモを細かく引きちぎると、灰皿の上に憎々しげに入れて、ライターで火をつけた。一瞬、炎がメラメラと上がり、すぐに消えていった。

「もう、帰っていい」

警部の不機嫌そうな声が狭い部屋の中で響いた。勝手のわからない源爺がなおもぐずぐずしていると、警部が本当に怒り出した。

「帰れ、二度と俺の前に姿を見せるな！」

「は？」

「今、鑑識の結果が入った。宮地の死因は脳溢血、つまり自然死だ。頭の傷は致命傷にまでは至っていないんだ。宮地は密室の中で一人で勝手に死んでいったんだ。それからガムテープの指紋だが、宮地のものしかついていなかった。あんたは寛子さんを救うために出頭してきたんだろうが、いい加減な嘘をつくと、ためにならないぞ」

源爺は事態の意外な展開に啞然としていたが、

「ありがとうございます」

と、一言だけ礼を言い、そそくさと部屋を出ていった。

「く、くそ、なんてこった。とんだ密室だ」

宮地事件が〝世紀の密室〟になりそこねて、警部は大いに落胆した。しかし、その一方で、一本柳寛子の無実が証明されたことに、ちょっぴり安堵したのも事実である。

だが、複雑な、あまりにも複雑な心境だった。

『脇本陣殺人事件』

さて、この稿を閉じるにあたって、私はもう一度、あの一本柳家を見にいった。私がこの前、見にいった時は、まだ早春の肌寒いころで、田圃の畦《あぜ》には、まだツクシの頭ものぞいていなかったのに、今はもう、見渡すかぎり、黄金の波打つ、みのり豊かな秋である。私はまた、一本柳家の裏手に回り、雑木林の中に入った。そして、あの惨劇の行われた離れ家を見た。四本指の男はここを抜けて、現場に向かったと思うと感慨もひとしおである。人の話によると、今度の事件で宮地の妻（一時的ではあったが）となった寛子は、宮地の配偶者として彼の莫大な財産の半分を相続する権利を有していた。彼女は遺産のうち、宮地家の所有となった土地家屋だけを相続し、再びこの一角を一本柳の家のものとしたのである。一本柳フサ子が死ぬ一週間前のことだった。

さて、読者諸君は、話が前章で終わり、事件があっけない幕切れになったことに不満を感じておられるだろう。

結局、宮地は脳溢血《のういっけつ》で、密室事件は単純な自然死によるものと断定された。これは、あくまで表面上は、である。ところが、この一見何の変哲もない事件の背後には、犯人の恐るべき奸計が潜んでいたのである。ああ、それを思うにつけ、私の身の毛がよだつ。

しかし、犯人の計画はほとんど成功を収めたのだが、思ってもみない結末をもたらした。

〝彼〟の目的は、宮地を殺し、その罪を妻となった寛子に被せることだったが、寛子は無罪釈放されてしまったのである。これが、〝彼〟の計画に重大な齟齬《そご》をきたし、一本の糸のほつれから事が露顕することになったのは、皮肉なことであった。

しかし、白岡署の連中、特に黒星警部は事件の背後に隠された真相には全く気づかず、捜査本部を早々に解散してしまった。この措置に不満を感じた私は、自ら探偵となって、被害者の宮地健の周囲を徹底的に洗った。そして、何度も東京まで足を運び、靴の底をすり減らした結果が功を奏し、ついに真犯人を突き止めたのである。

最初に、私が着目したのは、四時に目覚めた時の猛烈な寒さである。この冬の最低を記録したというが、それにしても異常な寒さだった。ちょっと運動して体を暖めたくなるほどの寒さ。実はこの体を暖めたくなる寒さが謎を解くきっかけになったのである。

宮地の死因は、前にも述べたように脳溢血だった。これは冬に起こりやすい症状だ。例えば、暖房のきいた室内から急に寒いところに出るとか、急激に激しい運動をする時によく起こる。私は、宮地の死因について考え、かつ事件当日の異常な寒さに思いをめぐらせた。そして、あることに注目したのである。それは、私が夜中に起きた時、ヒーターのききすぎで暑苦しかったが、次に目覚めた時には芯から凍えるような寒さだったことである。ところが、朝起きてみると、ヒーターは故障した様子も見せずに、温風を吐き出しているではないか。これはどうしたことだろう。母屋のヒーターも離れのヒーター同様、つい最近購入したばかりの新品で、故障を起こすはずがない。必然的に、私は〝停電〟ということに思い至った。

しかし、あの夜は大雪だったものの、停電があったと電力会社は言っていない。つまり、これは〝作られた〟停電だったのである。作為の停電。何者かが一本柳家の電源を一時的に切ったと考えられるのだ。何のためにそうしたのか。もちろん、宮地を闇に葬るためである。ここまで考えると、あとは謎が面白いようにほぐれ出し、ついには難解な密室トリックの解答が私の目の前に姿を現したのだった。

母屋の配電盤のスイッチをオフにすることは、すなわち離れも停電になることを意味する。犯人は宮地が心臓が弱く、高血圧だということをよく知っていた。万が一、失敗して宮地が死ななくても、それはその時のこと。最もリスクの少ない犯罪計画なのであった。

時間を追って、犯行の一部始終を説明しよう。

犯人は、午前三時頃、母屋の配電盤の電源を切った。離れにはヒーターが作動していたが、これで温風がストップした。当夜の寒さからすれば、約三十分で部屋は冷えきってしまうだろう。宮地は寛子の〝攻撃〟で軽い脳震盪《のうしんとう》を起こしていたが、この頃、ようやく意識を回復する。彼は部屋が真暗なことに気づき、枕許にあった懐中電灯を照らして電気のスイッチを入れてみるが、何の反応も示さない。停電だとわかった彼は同時に部屋の中の寒さに震え上がる。彼が次に起こした行動は、当然、離れを抜け出して母屋に帰ることだった。ところが、襖は外側に心張り棒が掛かって開かないし、簞笥のため押してもビクともしなかった。そこで、一計を案じて、縁側から出ようとしたが、ちょうどその頃、一本柳太郎が忍びこんできて開けろと迫ったので、彼は寝室からの脱出をあきらめ、〝籠城〟せざるをえなくなった。

とにかく寒かっただろう。少しは手入れされているものの、この離れ家は建ててから五十年は経っている。当然、隙間が多いので、冷たい風がどんどん忍びこみ、ただでさえ低い部屋の温度を奪っていった。宮地は隙間を塞ごうと、荷造り用に使ったガムテープの残りを段ボールの中に見つけ、襖、障子、窓の隙間にピッタリと貼りつけた。当初、外敵の侵入を拒むために貼られたものと思われたガムテープは、実は厳しい寒気の侵入を防ぐために貼られたものだったのである。

そして、この日の寒気は、宮地をして走らせた。体を暖めるため、彼は体を動かす。つまり激しい運動をすることを余儀なくされたのだった。突然、宮地が脳溢血《のういっけつ》を起こし、その心臓が鼓動を停止する。かくして、内側から隙間なく目ばりした密室の中に死体が残る。〝史上最高の完璧な密室〟が誕生したのである。

しかし、何ということであろうか。これが、私が導き出した結論だったが、わかってみれば、他愛のない、ばからしいトリックだった。犯人の考えは急激な温度の低下による自然死。成功する可能性の低いイチかバチかの賭だった。うまくいけば、財産がガッポリ入り、万一失敗しても、犯罪計画は露顕せずにすみ、また新たに次の計画を練ればいいのだ。

ところが、実際は、宮地を憎む連中がたくさんいて、うまいお膳立てをしてくれた。ガムテープの存在というのも思わぬ効果をもたらし、奇想天外な密室事件ができあがったのであった。

では、犯人は誰だろう。勘のいい読者はすでにおわかりのことだろうが、念のため説明すれば、犯人は、宮地の体調に詳しく、しかも当夜、配電盤に容易に近づけた者、すなわち被害者の息子、宮地正一にほかならない。彼にはギャンブルで作った多額の借金があり、早急に返済を迫られていた。父親を殺せば、莫大な遺産が自分の懐に飛びこんでくる。何としても、結婚する前に殺したかったが、最も動機のある自分に疑いの目が向けられたら、元も子もない。ここはやむをえないが、最も決行のしやすい結婚式の夜を選んで、犯行を計画することにした。そして、宮地殺しの罪を新妻の寛子に被せるという計画は、ほとんど成功しかかっていたのである。

9

……しかし、犯行を立証する物的証拠に欠け、私は宮地正一を告発するまでには至っていない。正一は未だ野放しの状態である。彼自身、私が彼の周囲を嗅ぎ回っていることに気づいたらしい。私は次第に自分の身に危険が迫るのを敏感に感じていた。

私は今、一本柳家の裏手の雑木林を抜け、離れに近づいている。密室を外から今一度この目で確かめたかったのである。私は、宮地正一の犯罪をほとんど確信した。

手応えを充分に感じた私が離れから立ち去ろうとした時だった。急に背後の雑木林に人の気配を感じた。下生えがガサゴソと音を立てた。危険を察知してふり向くのと、黒い影が私に襲いかかってくるのが同時だった。宮地正一の毛深いたくましい手が私の喉に食いこみ、息ができなくなった。もうだめだ。私はほとんど死を予感したが、最後はあきらめに似た妙な安らぎを覚えた。意識がなくなった。……


「あなた、あなた」

「く、く、苦しい」

肩を揺すられ、奥山京助は徐々に意識を回復していった。

「まったく、あなたったら、また寝こんでしまって……」

奥山の妻が心配そうに彼の顔をのぞいている。彼は自分の身の回りを見て、舌打ちをした。くそ、夢か。また夜更ししてしまった。

文机の上には、『脇本陣殺人事件』の原稿が乱雑に積まれている。すでに四百枚近い分量になっており、解決まであと一息のところまで来ていた。

これなら何とかなりそうだ。彼は二百枚を越えるあたりから、確かな手応えというものを感じるようになっていた。

「その原稿、読ませてもらったわ、あなたが寝ている間に」

妻がどきりとすることを言った。

「どうだった?」

「うん、面白いんだけど、ちょっと引っかかるところが多いわね」

「ほう、生意気なこと言いおって。どこが引っかかるのかな？」

「怒らないって約束する？」

「うん」

「まず感じたのは、偶然が多すぎることね。ガムテープや雪の上の足跡の件もそうだけど、特に気になったのは、宮地に関わる人間が多いし、犯人の動機も弱いことね。実行方法も今一つ信憑性に乏しいし、いかにも作り物めいている感じ」

「だって、しょうがないだろ。ほとんどが実話なんだし、ストーリーも九割は本当のことを書いてるんだぜ」

「それは心外だな」

「でも、読者は納得しないわよ。少しはもっともらしく書き直した方がいいと思うな」

「あと一つ言わせてもらえば、あなたの文章は難しい漢字が多いし、改行が少なくてとても読みにくいわよ。今の若い読者には、とっつきにくいんじゃないかしら」

「そんなこと知るか、あれが俺の文体なんだ。つべこべ言うな」

「あ、怒った」

妻が鬼の首をとったように言った。「怒らないって約束したのに」

「うるさい」

奥山はムッとして、横を向いた。そして、急に立ち上がり、

「散歩に行ってくる」

と捨て台詞《ぜりふ》を残して、書斎を出ていった。妻の言うことにも一理あるのはわかっていた。核心を鋭く衝かれたので、腹が立ったのである。

むしゃくしゃしたので、体操は取りやめ、そのまま散歩に出かけることにした。

午前七時、秋の風がひんやりと頬を撫でる。奥山はまっすぐ一本柳家の裏手に向かい、作品の構想を少し練り直すことにした。

時間の設定にも問題があるのだろうか。彼は離れの見える位置に腰を下ろし、梗概の書かれた手帳を胸ポケットから取り出した。

午前一時――寛子、宮地を突き飛ばして離れを出る
　三時――正一（宮地の息子）、配電盤のスイッチをオフにする（離れのヒーターが作動をやめ、部屋の温度が急激に下がる）
三時三十分――宮地、意識を回復し、離れを抜け出そうとする
　　――一本柳太郎、裏手から離れに忍び寄る
　　――奥山、離れからの物音に一時的に目覚める
四時――源爺、怪しい物音を聞いて、離れに向かおうとする（源爺が密室で宮地を殺したという証言は、寛子を救うための狂言と判明。実際に襖を二枚ガムテープで貼り合わせて、はずす実験をしたが、不可能だとわかる。一枚ずつなら、源爺

の言ったトリックは成立するが）
――太郎、源爺の懐中電灯の光を見て、離れを逃げ出す
――この頃、宮地が脳溢血で死亡（すでにガムテープの目ばりは完了し、密室は完成している）
五時――正一、配電盤のスイッチを再びオンにする（離れのヒーター、再び作動を開始する）
七時――源爺、玄関前の雪かきをする
八時――奥山ら四人、宮地の死体を密室内に発見（ヒーターはもともとオンの状態にあったから、この時は作動している。部屋は暖かいので、宮地が脳溢血で死んだとは思いにくい）

奥山は手帳に目を落としたまま、しばし黙考した。妻の言うように、まだおかしい点が多いかもしれない。すれっからしの読者なら、厳しくその点を追及してくるだろう。

彼は赤ペンで「要再考」と記し、手帳を閉じた。彼は現実の事件の九割は事実だと言ったが、残り一割の虚偽の部分に思いを馳せて苦笑した。その一割の中には犯人も含まれる。

その犯人は、何を隠そう、奥山自身だったのである。

もちろん、彼に殺意はなかった。これも偶然の所産だったのである。

彼は事件当夜、寝《やす》んでいた母屋の広間の温度が高すぎるので、ヒーターのスイッチを切ろう

とした。ところが、新製品なので勝手がわからず、玄関へ行って配電盤のスイッチを下ろしてしまったのである。離れであのようなことが起こるとはゆめ思わなかった。五時過ぎに目覚めた時は逆に寒いのに耐えかね、今度はスイッチをオンにした。その結果、あのようなことになってしまったのだ。嘘のような話だが、すべては偶然の積み重ねであった。

しかし、宮地健の死は自然死と判断されたし、一本柳家は今のままで非常にうまくいっている。ここで話を蒸し返して、事件をややこしくするのは得策ではないと、彼は判断した。下手をすれば、彼が過失致死の疑いで捕まってしまう。よけいなことはすまいと考えた。

だが、それにしても、宮地正一を犯人とする『脇本陣殺人事件』のストーリーの展開は素晴らしいと思う。意外性はあるし、けっこう受けるのではないだろうか。

彼は自分のストーリーテリングの才に改めて喝采《かっさい》を送った。

風が雑木林の中を吹きわたり、葉ずれの音が彼の耳を快くくすぐった。

彼はふと目を転じて、離れの方角を眺めたが、するとそこには彼岸花と呼ばれる、あの曼珠《まんじゅ》沙華《しゃげ》の赤黒い花が、一面に咲いているのであった。ちょうど四本指の男が血をなすったように。

……

（『五つの棺』「冷ややかな密室」改題）

不透明な密室

Invisible Man

1

白岡の駅前は、夜の八時をすぎると、ほとんどの店がシャッターを下ろし、しんと静まり返ってしまう。駅に電車が到着するたびに、勤め帰りのサラリーマンが、吐き出されて、駅前は一時的ににぎわうが、たちまち暗闇に吸いこまれるように消え、元の静けさが訪れる。

いつもと変わらぬ白岡の夜だ。

しかし、そんな白岡にも駅前広場の裏手に喧噪の一角があった。みちくさ横丁といって、バー、スナック、赤提灯が五、六軒固まっているにすぎないが、町民の数少ない溜まり場になっていた。

そのうちの一つ、バー「紫苑《しおん》」。

重厚な造りの木のドアを手前に引くと、冷房の効いた空気とともに、演歌の旋律と調子っぱずれの歌が、店の外にあふれ出し、束の間、静かな夜を震わせる。

狭い入口なのに、中は意外に広く、ボックス席が八つにカウンター席がいくつかあった。席はほぼ埋まっている。

「やあ、素晴らしい歌でした」

店の中央のカラオケ・コーナーから、五十年配のでっぷり太った男が汗を拭きながらもどってくると、ボックス席で百八十センチもありそうな、和服姿の眼光鋭い男が、拍手をしながら立ち上がった。

「いつもながら、島崎《しまざき》部長の歌には感服します」

見えすいたお世辞だが、島崎と呼ばれた男は満足そうにうなずく。

「いやいや、とんと不調法なものでね」

島崎は接待される側だ。両隣に女子大生くらいの年齢の美女をはべらせ、頬をだらしなくゆるませていた。

和服の男はひとしきり歓談した後、島崎のそばにぐぐっと近づき、耳元にささやいた。

「島崎部長のおかげで、町民センターの工事を請け負わせていただきまして、まことに感謝にたえません」

和服の男の頬の、鋭い刃物で切られたような古傷は、これまでの険しかった人生を言葉以上に物語っている。そのボックス席には、和服の男の取り巻きらしい黒い背広の男が二人付き添っていた。パンチパーマで目つきが鋭いとくれば、どのような素姓の人間か想像がつこうというものだ。

「部長には、いろいろご便宜をはかっていただき……」

和服の男は声をひそめた。「これは、ほんの気持でございます。どうぞ、お収めください」

男の懐から、さりげなく白い紙包みが取り出され、テーブルの下から島崎に手わたされた。

「ほう、これはこれは……」

島崎の相好が崩れた。彼は右の掌に包みを乗せて、金額の重さを計っている。

「こんなことしてもらって、すまないね」

「とんでもございません。今後とも、これまで以上のお付き合いのほど、よろしくお願いいたします。さあさ、もういっぱい」

ホステスがさらに二人呼ばれ、座が一気に盛り上がった。酒が進んで、島崎が和服の男に言った。

「さあ、今度は清川《きよかわ》社長、あんたが歌う番だ」

「いやあ、どうも。私のほうは歌はまるっきりだめでして」

と言いながらも、清川はまんざらでもない表情で腰を浮かせかける。そして、「じゃあ一曲だけ」と口にすると、カラオケ・コーナーのほうへ向かった。

流れてきたメロディーは、軍歌だった。やわらかなムードの店内に、軍歌のリズムは場違いだった。しかし、清川は周囲の困惑をよそに、真顔で背筋をピンと伸ばし、直立不動の姿勢で歌い出したのである。

これには、接待された島崎も度胆を抜かれ、隣のホステスに何事が起こったのかと耳打ちした。

「いつものことなのよ」

ホステスは苦笑しながら言った。「清川組の社長さんたら、街宣も熱心だからね」

「がいせん？」

「右翼の街頭宣伝活動よ」

「ははあ」

それで納得が行った。清川組の右翼活動は、噂には耳にしていたが、実際目のあたりにしてみると、島崎部長の背筋にうすら寒いものが走るのである。

清川のほうを選んでおいてよかったと思った。もしも、細田《ほそだ》建設のほうを指名していたら、清川組からいやがらせをされていたかもしれないのだ。

島崎清司《せいじ》は白岡町の建設部長だった。白岡の町民センターの建設に際して、清川組と細田建設の二つの会社が入札に乗り出してきたのだが、島崎は清川誠蔵《せいぞう》からしつこく接待攻勢をかけられた経緯があった。

「ひとつ、うちのためによろしく」

と札束が積まれた。そんな清川の強引なやり口に、島崎は最初反発をおぼえたのだが、ちょうど家のローンや息子の大学入学で、金が入り用な時だったことも重なって、つい心が動いてしまったのだ。公共事業の建設に関しては、島崎が責任者である。細田建設の入札額についても、おおよその額を入手できる立場にいたから、清川にその情報をこっそりもらすことができた。

その結果、地元の細田建設が落札するという大方の予想を覆して、白岡に進出して間もない新興の清川組が落札してしまったのだ。島崎部長の工作については、誰も知らなかった。ただ一人を除いては。

その時——。

突然、バーのドアが開いて、五十くらいの頭の禿げた小男が、よたよたと入ってきた。

「あら、細田さんだわ」

ホステスが言った。清川組に対抗する細田建設の社長の登場は、事情を知る者に、いやな予感を抱かせた。島崎はまずいなと思いつつ、細田に見つからないように、うつむいた。

細田は酔っぱらっているらしく、足下をふらつかせながら、店の中をぐるっと見まわした。そして、その視線が店の中央で軍歌を熱唱している清川に向いた。

「まずいことになりそうねえ」

ホステスの声に、島崎がおそるおそる顔を上げると、細田がカラオケ・コーナーまでおぼつかない足取りで進んでいくところだった。彼はそばにあった折りたたみの椅子をいきなりふり上げた。

「この野郎、ふざけやがって」

店内のすべての視線がカラオケ・コーナーに向いたが、突然のことなので、誰も呆然として、声を出せないでいた。軍歌はまもなくエンディングを迎えようとしているが、夢中で歌っている清川の目に、襲撃者の姿は映っていないようだった。

椅子が清川の頭に打ち下ろされようとするその時、清川の腕がピクッと動いた。一瞬の出来事だったので、誰もが狐につままれたような気持だった。

曲のエンディングに合わせるかのように、細田の小さな体が宙を飛び、床に激しく打ちつけられた。一方の清川といえば、和服の埃を軽くはらう仕草をしただけで、顔色も変えず、落ち着いた足取りで自分の席にもどってきた。

「社長、さすがね」

ホステスが、うっとりと清川を見つめる。

「愚か者め、俺にかなうと思ってるのか」

清川は店の中央にうつぶせのまま動かない細田をさげすむように見た。バーテンがカウンターから出てくると、コップに入った水を細田の顔にかけた。

すると細田はウーンと呻いて、首をふりながら、目を見開いた。最初、自分がどこにいるのか、思い出せなかったようだが、バーの中の全員の好奇のこもった視線を感じると、顔をしかめながら立ち上がった。

「畜生！」

細田は、清川の姿を見つけると、そのボックスに近づいてきた。そして、そこに町の建設部長の姿を認めると、顔を真赤にして怒り出した。

「くそ、おまえら、やっぱりつるんでいやがったな」

細田は、人差指を島崎の鼻先に突きつけた。

「ご、誤解だよ、細田さん。私は今後のことを清川さんと打ち合わせするために……」

島崎の顔は蒼白だった。

「部長、こんなやつの言うこと、気にすることはありませんぜ」

清川がニヤリと笑いながら、島崎の肩を叩く。

「で、でも……」

島崎の唇が、ぶるぶると震えている。

「おい、おまえら、このハゲをつまみ出せ」

清川が部下に一言告げると、部下の一人が細田のワイシャツの襟を軽々とつかんで、ドアのほうへ連れていった。

「清川、おぼえてろよ。おまえを必ず殺してやるからな」

引きずり出される細田が、ののしった。

「殺してみるがいい、負け犬め」

ドスのきいた声で、清川がやり返す。

「きっと呪い殺してやる。おまえも同罪だ、島崎部長！」

ドアが開かれ、細田の体が店の外に放り出された。わめき声が、店の中にまで届いてきた。

「だ、大丈夫だろうか。清川さん」

島崎がみっともないほどうろたえ、ポケットから紙包みを取り出し、清川に返そうとした。

「まあ、あんなやつのことなんか、気にすることはありませんよ」

清川は島崎の腕を軽く叩き、紙包みを無理やり引き取らせた。

2

「た、大変です」

廊下をバタバタと駆ける音がして、竹内刑事が白岡署捜査一係の部屋に飛びこんできた。

「警部、一大事!」

部屋の中では、黒星警部が一人でデスクの上に足を乗せ、のんびり昼寝をしているところだった。八月十五日。お盆なので、ふだんに輪をかけて暇なのである。警部は退屈で死にそうだった。

白岡署管内で起こる事件といったら、信号機のない交差点での交通事故か、犬も食わない夫婦喧嘩の仲裁がいいところ。これでは手柄の立てようがないから、いつまでたっても、関東平野のド田舎から抜け出せない。

出世は、もう永久に無理かもしれない。あーあ。

肩を揺すられて、黒星は夢の中から無理やり現実の世界に引きもどされていった。

「警部、寝ている場合じゃありませんよ」

竹内が耳元で怒鳴っている。

「うるさいなあ。もっと寝かしてくれよ」

「警部が好きな大事件です。起きろお！」

竹内が絶叫した。

「わ、わ、何だ」

鼓膜がびりびり震え、黒星は慌てて起きなおった。その衝撃で茶碗が倒れ、飲み残しの茶が警部の股間を汚した。アチャッ。

新調の白いズボンに、黄色いシミがたちまち広がっていった。

「こ、この大ばかもの。これ、せっかく買ったばかりなのに。ばかばか！」

ハンカチでぬぐっても遅かった。知らない人が見たら、きっとオシッコをちびったと勘違いしてしまう。なんで、俺は……。

「すみません」

二十五歳の新米刑事は、顔を紅潮させたが、ただちに真顔にもどる。「警部、それどころではありません。大事件が勃発しました」

「ボッパツとは大げさな。こんな町に大事件が起こるわけないじゃないか」

だいたい、この若い刑事は落ち着きがなく、いつも小さなことを大きく言うきらいがある。どうせ、お盆の帰省のUターン連中が玉突き事故を起こしたか、老人がゲートボール場で乱闘騒ぎを起こしたくらいのものだろう。ふん、まったく。

「密室です。警部」

「み、み、み……」

竹内の口から思いがけない言葉が飛び出してきたので、警部は腰を抜かしそうになった。

「ばかもの、どうして、先にそれを言わんのだ」


太陽がジリジリと照りつける真夏日だった。冷房のよく効いたパトカーの中で、ようやく気持を落ち着かせた警部に、傍らの竹内が状況を説明し始めた。

「殺されたのは、清川組の社長の清川誠蔵です」

「え、あの大男がか？」

清川組の社長といえば、プロレスラーといっても通用するほど力が強そうな男だった。周辺には常に黒い噂の絶えない男だ。そばにはいつも屈強の男たちを従えているのに、そんなにあっさりと殺されるものだろうか。しかも、密室で……。

「今日の正午頃、執務室の中で、胸をナイフで刺されたらしいです。たった今、通報がありまして、こうして現場に向かっているわけであります」

「その執務室とやらが、密室だったのか」

警部の口許が不謹慎ながら、ほころびかけた。それが本当なら、嬉しい話ではないか。待ちに待った密室だものな。

「ええ、どうもそうらしいです。現場には鍵が掛かっていて、中には入れないそうです」

「それで、死んでるのがわかるのか?」

「ええ、ガラス越しに、社長の死体が見えるそうです。あちらには、現場保存するように言ってあります」

「よし、わかった」

時刻は十二時二十分。警部の頭の中は、密室のことでいっぱいになった。密室を自らの手で打ち破ることの期待感で、体の芯がぞくぞくしてきたのである。

清川組は、白岡署から車で十分ほどの新興の住宅地の付近にあった。丈の高い生け垣に囲まれた広大な庭の中央に、白い外装の真新しい二階建の家があり、庭の一隅に事務所、作業場、木材置場などがある。大型トラックが二台と、日の丸に「北方領土早期奪還」と書かれた黒塗りの街頭宣伝車が、並んでいた。

事件があったということは、屈強の男たちが一階のテラスの近くでおろおろと落ち着かなげに動きまわっていることでもわかる。黒星たち白岡署の一行が近づくと、中から五十年配の一番格上らしい男が進み出てきた。男は専務の高橋庄吉《たかはししょうきち》と名乗った。

「社長が殺されたんだって?」

警部が訊ねると、高橋は「はい、あちらです」とテラスの張り出した部屋を指差した。

テラスの向こうに問題の部屋があった。サッシ窓で閉めきられた部屋は、十畳ほどの洋間で、中央に応接セット、右の壁に書類やファイルの入った棚、棚に接して、木製のライティング・

デスクがある。

ソファのそばに和服姿の大男があお向けに倒れており、はだけた胸にナイフの柄が突き立っていた。ナイフが栓の役目をしているのか、胸元以外に血はあまり流れておらず、赤い鮮血がテラス付近から倒れた地点まで点々とつづいているだけだ。一目で死んでいることがわかる。

「死体をいつ発見したんだね?」

「十二時十分くらいです。私が社長のところへ仕事のことで伺おうとしたところ、社長があのように倒れていたわけでして」

サッシ窓は、内側から掛け金が差しこまれていた。もう一つの出入口は、窓の反対側のドアで、そこにも錠が下ろされ、チェーンが掛かっている。

「他に入口はないね?」

「はい」

「よし、この窓を破るのが一番てっとり早いようだな。竹内、君は念のために向こうのドアのほうへまわってくれ」

警部は竹内が家の中に入るのを確認してから、鑑識の係員にガラス切りで錠の近くに丸い穴を開けさせた。係員は手袋をはめた手を穴に差しこんで、開錠した。

途端に、血のにおいのまじった熱気が顔に押し寄せ、警部は軽い吐き気をおぼえた。冷房は入っていなかった。こんなムッとする密閉された空間で、清川が殺されていたことに違和感をおぼえた。

被害者は、死後一時間もたっていないと思われた。おそらく死後三十分くらいのものだろう。心臓の近くを一突き。かなり強い力で刺されたようだ。生きていても、せいぜい一分くらいだろう。

ドアのチェーンをはずすと、竹内が入ってきた。ドアに細工した形跡はない。

部屋の中を見まわしたが、秘密の抜け穴がある様子もない。密室の中に、犯人はおらず、死体しかないとなれば、まず自殺と考えるのが妥当だろう。清川は自分で胸を突いて、自殺した。

「いや」

警部は笑った。「違うんだな、それが」

何でも密室にしたがる黒星警部は、ムッとする暑さの中で喜びを噛みしめていた。

密室、ついに出会った密室事件。これが喜ばずにいられようか。

ウヒョッと、しゃっくりのような音が喉からもれた。

洋間は板敷きで、絨毯は敷かれていない。白いクロス装の壁、そして天井。部屋の中には、蟻《あり》一匹這《は》い出る隙間もなかった。

「こいつは、とんでもない密室だ」

と警部はつぶやく。これを解き明かすのが、彼の腕の見せどころだった。謎を解明すると、フフ、栄転、出世の道が開かれている。

監察医の見るところ、死亡したのは、正午から十分の間だろうということだった。発見が早いことが幸いした。致命傷はもちろん、胸の刺傷だ。

「どうです、警部」

興奮気味の竹内が、黒星警部の耳元でささやいた。「警部の大好きな密室でしょう？」

「ばか、大好きがよけいだ。不謹慎なやつめ」

「でもね、警部、状況から見て、どうしても自殺としか考えられないですよ」

「フフ、おまえはまだ青いな。これは自殺に見せかけた殺人なのだ」

確かに、すべては自殺を示している。現場の部屋の中には、犯人もおらず、死体と凶器だけなのだから。

警部は、鑑識が現場を撮影するのを横目で見ながら、テラスに出た。テラスの外で、心配そうにしている専務の高橋に訊ねる。

「おい、君、社長に自殺する動機は考えられるかね？」

「とんでもないですよ。今度の町民センターだって、うちが落札しましたし、すべて順調な時でしたのに。何で社長が今自殺しなくちゃならんのですか」

「フフッ、そうだろうな」

自殺の線は、やはり薄そうだった。密室のお膳立てがそろいつつあった。

「警部さん、犯人はわかりきってますよ」

「え？」

高橋が突然思いがけないことを言ったので、警部はずっこけそうになった。「何だ、それ！」

「犯人は細田に決まってます」

「細田?」

「ええ、細田建設の社長、細田大作《だいさく》です。あいつときたら、今日もこのまわりをうろついていましたし」

「社長を殺すためにか?」

「ええ、町民センターの入札で負けたことで、社長を恨んでましたし、殺してやると言ってるのを、かなりの人間が聞いてます。ここんところ、社長のあとをしつこくつけまわしていたくらいですから」

「ほう、そうかね」

清川を殺したいほど憎んでいる者が、一人現れた。

「おっと、それはそうと、家族の連中はどうしてるんだね? ここへ来てから、一度も顔を出してないじゃないか」

「はあ」

高橋が顔をくもらせる。「奥さんは昨日から頭が痛いと伏せってますし、大奥さんは例の調子でして」

「例の調子?」

「はあ、ここがちょっと」

高橋は頭を指差す。「かなり惚けていなさるんで」

「ははあ、老人性痴呆《ちほう》だな。他に家族は?」

「息子の太郎《たろう》さんがお盆でたまたまもどってきていますが、こちらも例の調子で」

この家では、例の調子というのが多いようだ。

「どういうことだね？」

「私の口からこんなことを言うのもなんですけど、不肖の息子なんで、はい」

高橋は顔をしかめて言ったが、ちょうどその時、二階からズーンと大きな音が響いてきた。耳をすませると、ロックのミュージックらしい。死人の出た家だというのに不謹慎な。

「ケッ、なんてやつだ」

警部は舌打ちをすると、竹内刑事に家族を呼びにやらせた。

数分後、現場に現れた三人は、驚いたことに、この家の当主の死に接してもほとんど変化を見せなかった。ショックを受けた様子もなく、平然としているのだ。

息子の太郎というのが、なるほどばか息子で、髪を黄色く染め、真中をトサカのように立てている。高円寺に行けば見かけそうなロック・ミュージシャンのたまご風だ。年は二十そここに見えた。体格は父親とはまったく異なり、ひょろ長いモヤシのようだった。

妻は四十代の半ばで、生活に疲れたような女だ。顔だちは息子によく似ており、今まで寝ていたためか、腫れぼったい顔をしている。小さいが、体がぶくぶく太り、まるで白豚といった印象だ。

母親といえば、八十はすぎているのだろう。背が丸まり、白髪をふり乱し、焦点の定まらない目を部屋のあちこちに這わせていた。息子の死体を見ても、意味がわからないらしい。

「へえ、親父、死んじまったのか。何も、このくそ暑い時に死ぬこともないだろうに。チェッ」

太郎はにくにくしげに言葉を吐き捨てる。

「お盆にお葬式。フン、呆れてしまうわよ。自殺？　まったく、人の都合も考えないで」

これが妻の言いぐさだから、呆れてしまう。

「とうさんが帰ってきた、とうさんが帰ってきた」

老母はぶつぶつとそんなことをつぶやいていたが、彼女の頭の中は盆に帰ってきた亡き亭主のことでいっぱいのようだ。廊下のほうから、線香の匂いが漂ってきていた。

ともあれ、被害者は家族の人間には好かれていないことが、これではっきりした。だが、そのために、清川は自殺をするだろうか。世をはかなんで？

フン、冗談じゃない。

黒星警部には、清川の死は他殺以外に考えられなかった。

「もう、それしかないじゃないか」

3

清川誠蔵を殺そうと、つけ狙っていたという細田大作は、任意同行の形ですぐに白岡署に連れてこられた。

「清川のやつ、自殺したんですってね」

取調室で黒星警部と面と向かうや、細田は晴ればれとした表情で言った。頭の髪の薄い小男は、警察に呼ばれたというのに、態度はやけに落ち着いている。

「そう思う根拠があるのですかな？」

「当然ですよ。あの男は役場のお偉方に賄賂《わいろ》を贈って、うまい汁を吸っていましたからね。それがばれそうになって、きっと良心の呵責《かしゃく》に耐えられなくなって自殺したんだと思いますよ」

「あんたは清川を殺したいほど憎んでいたそうじゃないか」

「もちろんです。あんな腹の黒いやつは、死んで当然です。神様が生かしておくわけがありません」

「あんたが殺《や》ったのとちがうのかね」

「と、とんでもないですよ。殺してもあきたらない男ですけど、実際に手をくだすなんて、絶対にありません」

細田の目に、ずる賢そうな光が宿った。

「駅前のバーで、あんたは清川に襲いかかったそうじゃないか」

「あれは、酔っぱらっていたからです。私の力じゃ、あいつに歯が立たないことは、体を見てもわかるじゃないですか。清川にはボディガードがいつもついてるし、あいつ自身、柔道や空手の有段者なんですからね。あの時は襲いかかったと思ったら、目にも止まらぬ早業で吹っ飛ばされてしまいました。ハハハ」

警部は、バー「紫苑」での出来事を耳にしていたが、細田の話したことにほぼ間違いはない。細田建設は、白岡に古くからある土建会社で、細田大作で三代目になる。そのため、町の公共事業関連は一手に引き受けていたが、新興の清川組が勢力を伸ばすにつれ、業績が極端に落ちこんでいた。

だから、先月の白岡町民センターの入札に会社の浮沈がかかっていた。会社の事業を建てなおすために、ぜがひでも指名を受ける必要があったのだ。ところが、疑惑の入札により、そのもくろみははずれることになった。入札の不透明さについては、署にも話が伝わってきたが、それを裏付ける肝心の証拠が乏しく、うやむやになっていた。

その一件以来、細田建設に不渡り小切手が出たとか、社長自らが金策に走りまわっているなどといった芳しくない情報が、まことしやかに伝えられていた。

八月になって、憔悴しきった細田が清川組の近くをうろうろしているのが最初に目撃されている。三日前には、門から中に入ろうとしたところを、社員に見つかり、ほとんど袋叩きの状態で追い出されている。それにも懲りずに一昨日も昨日も、門の外から清川を罵倒する言葉を吐いていたという。「殺してやる、おまえなんか」と。

そして、事件の起きた今日の正午近くに、やはり清川組の門前に立っている細田の姿が目撃されている。

「細田さん、今日のことを話してもらいましょうかね」

「どういうことですか?」

細田は額にかすかに不安の色を浮かべた。

「ほう、とぼける気ですか？」

「何のことを言ってるのか、私にはいっこうに」

「この期におよんで、しらばっくれるな。あんたが正午前に、清川組の門から中をのぞいてたことは、ちゃんと調べがついてるんだ」

警部はデスクを強く叩いた。

「あ、そのことですか」

細田は平然としたものだった。「警部さんのおっしゃる通り、確かに清川の家まで行きました」

「そんな時間に何をやってたんだね？」

「高校野球の放送を聞いてました」

細田はポロシャツの胸ポケットから、トランジスタラジオを取り出した。スイッチをオンにすると、金属バットでボールを打つ音や観衆の声援が響いてきた。第三試合、五回裏の攻撃である。

「イアホンをつけながら、これを聞いていたんですよ」

細田は、イアホンのプラグを再びラジオに差しこみ、耳にイアホンをあてた。

「このカンカン照りの暑い中をかね？」

「ええ、私は高校野球に目がないものですから、散歩しながら聞いてるうちに、いつの間にか清川の家の近くに来てしまっていたわけなんです」

「で、清川の家の前で怒鳴ったのか。『清川、死ね』って？」

「ま、ついでですから、怒鳴らずにはいられなかったんです」

「それじゃ、聞くけど、試合の結果を言えるかね？」

黒星が突っこむと、細田はよくぞ聞いてくれたとばかりに、第一試合と第二試合の結果と途中経過をニュースだけでは知れないような内容まで、くわしく話してくれた。

「ううむ」

怪しいが、これ以上、突っこむ材料がなかった。

黒星は部屋にもどると、これまでの経過を整理してみた。

正午になる直前に、清川組の門前で細田大作の姿が、社員たちに目撃される。しかし、庭の中の作業場近辺には十人近い社員が働いていて、もし細田が忍びこんだとしても、彼らが見逃すはずはない。今日も社員の一人が、すぐに門に飛んでいって、細田を追いはらったくらいだ。

清川邸に入る方法は、他にはない。家の裏側は高さ三メートル近い鉄条網があるし、社員も適当に散らばっているからだ。正門からテラスまで、約三十メートルほど。透明人間でもないかぎり、細田による犯行は不可能のようだった。

「しかし……」

4

清川家で捜査をつづけていた竹内が帰ってきた。

「何か新しいこと、わかったか?」

「ええ。まず凶器のナイフですけど、どこの店にでも売っているようなありふれたもので、購入先の特定は不可能のようです」

「そうか。死亡時刻は?」

「正午から二、三分の間ということです。発見が早かったので、かなり絞りこめました」

「よし、つづけろ」

「被害者は、ほとんど無抵抗で、テラスの付近で刺され、そのまま部屋の中央部まで歩いたところで、絶命したものと思われます。刺されてから、ほんの十数秒ほどでしょう」

竹内刑事は、そこで顔を上げた。「あのう、警部。この事件は、内部の人間の犯行かと思えるんですが」

「どうしてだね?」

「あの連中、ひと癖もふた癖もあります。第一に家の主人が死んだというのに、悲しい顔ひとつ見せないし、清川が死ねば、莫大な財産を相続するのですよ。動機の重さからいったら、細田大作の比ではありません」

「うむ」

黒星警部は腕組みをしながら、捜査一係の部屋から、前面に広がる田園を望んだ。強烈に照りつける真夏の太陽に、穂の出かかった稲は、白茶けて見えた。

「清川の死んだ状況を見ると」

竹内は言った。「抵抗する様子を全然見せていません。ということは、彼を殺したのは、彼と親しい間柄の人間じゃないかと思います」

「なるほど」

警部はゆっくりとうなずいた。竹内の言っていることにも、一理あると思った。たとえ、細田大作が社員の目をかいくぐり、テラスから執務室に忍びこんだとしても、清川誠蔵を刺すのは、並大抵のことではない。相手は体が大きく、どんな攻撃にも素早く対応できる様々な術を身につけているのである。

「だけどな、竹内君、細田が清川を油断させておいて、いきなり攻撃すれば、殺せないことはないぞ」

「現実問題としては、むずかしいんじゃないですか。清川は風のようなわずかな動きにも敏感に体が反応します。相手が腹に一物《いちもつ》ある人間とくれば、清川が警戒をゆるめるわけがありません。もし、細田が首尾よく清川を殺しても、逃げる時に清川組の社員に見つけられるおそれがあります」

「うむ」

第一の難関は、門からテラスまでの三十メートルを気づかれずにいかに接近するか。第二の難関は、清川誠蔵自身。第三の難関は、テラスから門までの逃走。

三つの壁を崩さないで、犯行におよぶのは、至難のわざに思える。

「それに、密室の問題があります」

竹内は汗をふきながら話しつづける。「どうして、鍵の掛かった部屋で、清川は殺されていたのか。しかも、心臓を一突き」

「犯人は自殺に見せたかったのかもしれんぞ」

「まあ、犯人の意思はそんなところでしょうが」

「じゃあ、おまえは誰がやったと思ってるのかね？」

「清川の前にいて、彼に警戒心を抱かせない人物です」

「つまり家族が犯人だといいたいんだね？」

「そういうことです」

警部は、清川の死体を前に、平然としていた三人の顔を思い浮かべた。

「まず、息子の太郎から考えてみようじゃないか」

金色のトサカ頭のいかれた若者。「あの男、家を継ぐ気はあるのかな」

「なかったようです。父親への反発からあんな道に進んだということですね。右翼の権化のような父親から見たら、最低の息子でしょう」

「お互い、嫌っていたんだろうな」

「もちろんです。太郎にしてみれば、父親が死ねば、財産が半分もらえるわけです。充分な動機にはなりますね」

「でもな、清川が遺書に太郎に財産は残さないと書いた可能性もあるぞ」

「その場合でも、遺留分として、最低四分の一はもらえる権利はあるんです。勘当されてはいても、その辺は、法律では保護されているんですね」

「遺産の総額はどのくらいか、調べたか」

「会社所有の分とかいろいろ複雑なところはありますけど、まず十億を下らないらしいですよ」

「ほう、太郎の取り分は、最低でも二億五千万か。税金を差っ引かれるにしても、相当なもんだな」

「顧問弁護士に問い合わせたところ、清川は遺書を残していなかったようです」

「というと、半分相続か」

「ねえ、臭いでしょう?」

「清川を自殺に見せかけて殺せれば、太郎にとっては願ってもない展開になる」

警部はうなずく。「しかしね、竹内君よ。あの親子、お互いに憎しみ合っていたんだぜ。太郎が執務室に入っていけば、清川が警戒しないわけがない。清川が隙を見せることはありえないと思うがな」

太郎の体格は、清川誠蔵のそれよりはるかに貧弱だ。どう攻撃しても、かなわないのは、細田大作と同様である。

「犯行時刻に太郎はどうしてた？」

「執務室の真上の自室で、ステレオを聞いておりまして、ステレオの響きは、庭にいた社員が何人も耳にしています」

「現場の真上の部屋ってのが臭いけど、天井には仕掛けはないわけだから、上から忍びこむわけにはいかないな」

「はあ、それはそうですけど……」

竹内の歯切れが急に悪くなった。黒星は若い部下の困惑する表情を満足げに見た。フフ、ういやつよ。部下は愚かなほうがいい。

「次は女房だ」

清川道江《みちえ》。四十六歳。「清川の死で恩恵を受けるのは、彼女も太郎と同じだ。配偶者だから、全財産の半分をもらう権利がある」

「夫婦仲は、完全に冷えきっていたようです。清川には愛人がいまして」

「ほほう」

「ほら、『紫苑』のママですよ。噂では、清川は離婚を考えていたらしいですね」

「その話を女房は知っていたのか？」

「もちろんです。町内で知らない者はいないですよ」

「もし、それが本当なら、女房としては、離婚することになっても、莫大な慰謝料を請求できるぞ。夫を殺してまで、すべてを失う危険を冒すとは思えんのだがな」

「そこが弱いかなと思います」

「事件当時、彼女は何をしてた？」

「二階の太郎の隣の部屋で寝ていたそうです」

「それを証明するのは？」

「お手伝いの女が付き添っていました」

「だったら、女房は除外されるか。次は清川の母親だ」

清川ハナ。八十三歳。

「何しろ、ボケ老人ですからね」

「ボケたふりをしてることは、考えられんかね？」

「まあ、八十を超えた婆さんですし、ボケる演技をしていないことは、見ていればわかりますよ」

ハナは、五年前に完全に痴呆状態になり、放浪癖があるので、二階の一室に閉じこめられているらしい。

「幽閉状態みたいなもんだな」

「いつも、窓辺に座って、外を見下ろしているようです」

「じゃあ、事件のあった時、彼女は窓の下を見ていたわけだ」

警部は、さっきハナが「とうさんが帰ってきた」とつぶやいているのを思い出した。

「婆さんに一応聞いてみたか？」

「ええ、『とうさんが帰ってきた』と言うばかりで、話になりません」

5

清川誠蔵を殺す動機を持つ者は、他には見あたらなかった。

清川は部下の面倒見がよく、部下から恨みを買うことはまず考えられない。もし、社員たちが結託して、清川を殺しても、主を失った清川組は分解することは目に見えていた。清川の死は、彼らにとって、百害があるだけで一利もない。

事件は、八方ふさがり、手詰まりの状態になった。

そうなると、臭いのは、細田大作ということになる。細田のあのふてぶてしい笑い。心情的に彼はクロなのだが、その決定的な証拠が見つからないのだ。

黒星警部は、もう一度現場の様子を見るために、竹内刑事を伴って、署を出た。

午後四時半、太陽は西に傾いているが、依然勢いを失っていなかった。途中、通過した白岡銀座通りは閑散としていた。

「ヘッ、田舎だな。白岡一の繁華街が聞いて呆れるぜ」

警部は白岡という町にどうしても愛着を持てなかった。時間帯からすれば、夕食の材料を求める買物客で通りはごった返してもいいはずなのに。銀座通りの名前が泣いている。そして、警部はこんな田舎から動けない自分が情けなく思えるのだった。

「閑散としているのは、高校野球のせいですよ、警部」

竹内が警部の視線を追いながら言った。「埼玉県のチームが出てるから、みんなテレビの前にかじりついてるんです。ちょうど今、七回の裏です」

「おまえ、よく知ってるな」

「ええ、実はこのラジオで聞いてましてね。エヘヘ」

竹内はぺろりと舌を出し、ラジオのイアホンを抜いた。途端に、甲子園の喧噪《けんそう》が車内に響いた。

「ばかもの、職務中だというのに。おまえという奴は……」

警部の拳が竹内の脳天に落ちた。

パトカーが電気店の前に差しかかると、ディスプレイ用の大型テレビの前に、黒山の人だかりができていた。試合がちょうど終わったのか、拍手の音がパトカーにまで届いてくる。地元校の有利な展開になっているのだろう。

「地元が勝っているんですよ」

竹内が顔を輝かせ、ガッツポーズをとった。この男、県外の人間のくせに、白岡に無理なく溶けこんでいる。

街中を抜けて、とある寺の前にさしかかると、提灯をぶら下げた人々であふれていた。線香の匂いが風に乗って、パトカーの中にまで入ってきた。

そうか、今日はお盆の送りか。

そんな日に勃発した怪事件――。

清川組は、ひっそりとしていた。社長の変死事件ということで、葬儀の準備もままならず、黒い薄ものを着たパンチパーマの男たちが、手持ち無沙汰げに街頭宣伝車の前に車座になっている。

立入禁止のロープの張られた現場のテラスには、警官が一人、立ち番をしている。黒星警部は、門の前に立つと、現場までの距離を目測した。右手の社員たちの視線を浴びずに、現場に近づくのはきわめて困難に思えた。試しに、こっそりとテラスに向かったが、たちまち社員の鋭い視線を浴びた。

衆人環視の一種の密室状況。しかも清川の死んだ部屋も密室だから、二重の密室ということになる。二つの密室は複雑だが、その間の接点を見出すと、意外に簡単に謎が解けるのではないかという気もする。

警部は現場を前にして、事件のおさらいをした。

まず、十二時数分前に、細田大作が、清川組の門前で社員に見つかり、追い返される。その頃、被害者はどうしていたのだろう。

専務の高橋に聞いてみると、清川は午前中は執務室にこもって、書類に目を通したりしていたとのことだった。

「冷房はつけていないのかね？」

「冷房なんて、とんでもない。日本男児たる者、軟弱であってはならんというのが社長の座右の銘だったくらいで」

なるほど、右翼活動をしている者が、冷房のある部屋で暑さをしのいでいては、部下たちに示しがつかないのであろう。

「しかし、いくらなんでも、この暑さで部屋を閉めっきりというのもどうかな？」

密閉された空間は、とんでもない暑さだ。そんな異常な空間で、被害者は無抵抗の状態でナイフを受けて死んでいた。

「社長は、いつも窓は開けておられました。夏ですから、そりゃ当然ですよ」

「それもそうだな」

しかし、犯行時刻には窓はちゃんと閉まっていた。

「思い出せる範囲でいいから、十二時前後のことを話してくれないかね」

「そうですね。十二時五分前くらいに細田のやつが門のあたりをうろうろしてましたが、その頃、社長は確かテラスへ出ておられたことをおぼえています」

ほぼ同時刻に、容疑者と被害者が庭をはさんで立っていた。それから、約五分の間に何かが起きた。透明人間が清川を殺して、開いた部屋を密室にして、逃走したのか。

「社長の叫び声は聞いてるかね？」

「いいえ、聞いていれば、すぐに駆けつけていたと思います」

「二階の連中は、どうしてたかね？」

「太郎さんは、窓を開けてステレオを聞いていました。ご母堂は窓から下を見ていました」

「二階からテラスに下りることはできるかな？」

警部は息子の太郎が二階からロープをつたってテラスに降り立ち、犯行におよんだ可能性を考えたのだ。しかし、これも庭の社員の目を逃れてできることではないとわかった。上り下りにけっこう時間もかかることだし……。

誰も見ていないのに、ナイフが清川の胸に刺さり、密室が構成された。すべての状況が、透明人間の犯行を示唆している。

「透明人間か──」

警部がそうつぶやいて溜息をついた時、突然、稲妻のごとく頭の片隅に閃くものがあった。そうか、そうなんだ。この密室、解き明かせば、他愛ないものだ。

「おい、竹内。謎が解けたぞ」

「え、ご冗談を」

竹内がずっこけそうになった。

「ばかめ、この黒星様に解けない謎はないのだ」

「へっ、それはおみそれしました。で、犯人は？」

「よくぞ聞いてくれた、聞いて驚くなよ。ムホホ」

警部の気分は昂揚していた。「犯人は細田大作だ」

「え、どうして、そんなことになるんですか？」

「フン、未熟者めが。ちょっとここを働かせれば、すぐにわかることだ」

警部は自分の頭を指差し、こばかにしたように竹内を見た。「いいか、現場の状況をよおく考えてみるんだ」

彼は有頂天だった。もう少し早く気づいてもよかったが、それもご愛嬌だろう。最後に勝てばいいのだ。

「鍵はテラスの窓だ。犯行時刻の正午前後の状況と、ナイフ。それから門の外にいた細田。これらの要素をつなぎ合わせると、必然的に答えが出る」

「僕には全然わかりません」

「いいか、よく聞け。清川を公然と殺すと言っていた細田は、ナイフを持って、門の陰から清川組の中の様子を窺っていた。一度は社員に追い返されたが、すぐにもどってきて、また様子を探る。そこへ、ちょうど清川自身がテラスに現れる。細田は千載一遇のチャンス到来とばかりに、ナイフを清川めがけて投げつける」

「わかった。それが清川の胸に刺さったというわけですね」

「その通り。衆人環視の中で起こった一つの密室トリックってわけさ。誰も犯人を見ていないのは当然だ」

「じゃあ、執務室の密室は？」

「テラスで胸にナイフが突き刺さった清川は、とっさのことで、次の攻撃を避けるために必死でテラスの窓を閉め、内側から錠を下ろしたんだ」

「へえ、すごい。それで密室が完成したのか」

「まあな」

「でも、そんなに簡単にナイフが刺さるものでしょうか」

「刺さってしまったんだから、仕方があるまい」

ああ、これで栄転だ、出世だ。こんな田舎警察とも、永遠の訣別《けつべつ》だ。黒星警部は得意の絶頂にいた。

その時、タイミングよく鑑識からの報告が届いた。それによれば、テラスと清川の体から、細田大作の毛髪が数本見つかったということだった。

「え、嘘」

それは、細田がテラスにいた清川に近づいたことを意味し、黒星の説を根本から引っくり返した。

「せ、せっかく、解けたと思ったのに……。畜生！」

突然、二階の太郎の部屋から、サイレンが聞こえてきた。

「あ、甲子園だ」

竹内が頭上を見ながら言った。高校野球の第四試合の終了とともに、勝ったチームの校歌が流れてきたのだ。それは、黒星にとって、まるで葬送行進曲のように聞こえた。お盆なのに、縁起でもない。

「あ、そうか」

今度はなんと、竹内が雷にでも打たれたように、背筋をピンと立てた。「け、警部、わかりました」

「わかったって、何のことだ？」

警部は急に不安に駆られて、興奮して頰を紅潮させている竹内を見る。

「あたりまえじゃないですか、事件の真相ですよ」

「ばかめ、そんなばかな……」

「僕、ちょっと調べることがありますから、失礼します！」

竹内は、最後の言葉が終わらないうちに、駆け出していた。

「お、おい、待ってくれ」

6

犯人の自供で、事件はあっさりと幕を閉じた。

終わってみれば、犯人は細田大作だったのである。推理の筋道はちがったが、犯人が同じなので、黒星警部はかろうじて面目を失わないですんだ。

「俺の推理もけっこういい線いってたのにな」

「あと一歩及ばずといったところですね、警部」

鑑識から毛髪が見つかったという報告があったが、それは、細田が白昼堂々、清川に近づいて刺し殺したことを意味していた。

「それにしても、犯行現場へ誰にも見られずに行くトリックがあるとは、びっくりしたな」

警部はいまいましそうに言った。「おまえ、どうして気がついたんだ」

「エヘヘ」

竹内はよくぞ聞いてくれたとばかりに、満面に笑みを浮かべる。

「ヒントになったのは、高校野球です。あのサイレンのおかげで……」

「サイレン？」

「ええ、こんなことを言うと、また怒鳴られるかもしれませんけど、実はお昼にラジオで高校野球を聞いていたんです。その時もやはりサイレンが鳴りまして……」

「早くつづけろ」

「今日は何の日か知ってますか？」

「お盆だろう」

「その通りです。でも、終戦記念日でもあるわけですよね。あのサイレンを聞いて、ぼくは正午のサイレンを思い出したのです。高校野球の場合、試合中でも、正午になると試合を中断して、一分間の黙禱《もくとう》をします」

「…………」

「一分間の中断。それが清川組でも行われたのではないかと考えたんです。清川組の連中は、右翼活動もやっているくらいですから、当然、終戦記念日の正午には、仕事を中断して、黙禱したとしても、不思議ではありません」

黒星警部は、黒い薄ものを身につけた男たちが、うつむいて黙禱するさまを思い浮かべた。

竹内は先をつづける。

「正午近く、犯人の細田大作は清川組の門前付近をうろついていました。耳にはラジオのイアホンをつけて、高校野球を聞いていますから、ちょうど正午の黙禱の様子も耳にしていたはずです。たまたま、細田が目を上げると、驚いたことに、清川組の連中が戦没者のために首を垂れて黙禱をし、テラスには清川自身も現れて黙禱しています。細田の頭にその瞬間、妙案が浮かびました。彼はとっさにナイフをにぎりしめ、清川の立っているテラスに駆けつけます。黙禱中ですから、誰も彼の行動を見ていません。そして、まんまと清川を刺すことに成功すると、誰にも見られることなく、再び門外に去ります。その間、一分弱」

「ふうむ、そうか、一分間の黙禱が終わって、社員たちが目を開けてみたら、すでに犯人の姿はなく、密室の中に清川の死体が転がっていたということか」

「その通りです」

「俺が疑問に思うのは、なぜ清川は執務室の鍵を下ろしてしまったかだ」

「それは、さっきの警部の推測通りだと思います。次の攻撃を防ぐために閉めたのか、あるいは細田のような小男にあっさりと刺されてしまったことで、部下に示しがつかないと思ったのか、どちらかでしょう。今となっては、確かめようがないですがね」

＊

現場検証のために、清川組に連れてこられた細田大作の姿を見て、二階の窓辺に座っていた清川ハナが、「とうさんが帰ってきた」と叫び出した。何でも、かつて復員してきた彼女の夫が、細田のように頭が禿げていたため、彼女が自分の夫と勘違いしたものらしい。

犯行当時、細田の侵入を目撃していたのは、ボケ老人一人だけだった。彼女は嘘を言っていなかったのである。

（別冊小説宝石　一九九〇年爽秋特別号）

天外消失事件

The Locked Room in the Air

白岡山のリフト内で女性殺される

「県東部の観光地・白岡山のロープウェイで一日、ロープウェイのリフト内で若い女性が殺されているのを、同ロープウェイの山麓駅の係員、愛川勤さん(四五)が見つけ、白岡警察署に届けた。被害者の身元は死体わきに落ちていたハンドバッグの中の運転免許証から、東京都港区のデザイナー、岩本清美さん(三二)と判明。死因は鋭い刃物による腹部の刺傷で、出血多量で死亡したものと思われる。……」(北関東新報・四月二日付朝刊より)

*

空中に消えた犯人、足取り不明

「……ところが、事件は殺人事件現場の目撃者が現れてから、複雑な展開を見せ始めた。ちょうど山上駅へ向かう上りリフトに乗った東京都新宿区の雑誌編集者沢田五郎さん(二五)

は、下りリフトとすれ違う時、リフト内で中年の男が被害者の女性に向かってナイフを振りかざすのを見たと証言している。リフトの中には被害者一人しか乗っていないという山麓駅の係員の証言もあり、もしこれらが事実なら、犯人は一体どこに消えたのか。事件は混迷の様相を呈して……」（北関東新報・四月二日付夕刊より）

1

「沢田《さわだ》君、ちょっと」

うずたかく積まれた本の間から、編集長が首を伸ばし、沢田を手招きしていた。

校了明けの昼下がり、編集部内は前日までの修羅場《しゅらば》のような忙しさから解放され、のんびり惰眠《だみん》を貪《むさぼ》っていた。沢田は読みかけの『国家予算――密室の攻防』を渋々と閉じた。せっかく面白くなってきたのに、と思って舌打ちしていると、編集長が「何をぐずぐずしてるんだ」と怒鳴った。

「ちぇっ」

沢田は口の中で呟くと、斜向かいの席に座っている同僚の河島《かわしま》ゆかりに肩をすくめ、急いで編集長の席へ向かった。

沢田は月刊〈旅の情報〉の編集部に勤めている。最新の旅行情報を的確につかみ、読者にそれを逸早《いちはや》く提供するというのが主な仕事である。

「実は来月号の企画なんだけどね、首都圏からの日帰り特集を考えているんだ。それで君に取材にいってもらおうと思っているんだが……」

編集長は太鼓腹に手を乗せ、嬉しそうに言った。

「はあ」

「何だ、その気のない返事は」

「だって、せっかく校了が明けたばかりだというのに」

「ばかもの、我々の仕事には今日も明日もないんだ」

「もう、人使いが荒いんだから」

「ん、何か言ったか?」

編集長がギョロ目を剝いた。

「い、いいえ。命令とあらば、日本全国どこへでもまいります。で、どこへ行けばいいんですか?」

「白岡山の取材をしてもらいたい」

「し、しらおかやま?」

一瞬、拍子抜けした。白岡山なんて、ダサイ遊園地の代名詞ではないか。ディズニーランドならともかく……。

彼の気の乗らぬ顔に気づいたのか、編集長が急に猫撫で声になった。

「おまえ、今度できたアベック・リフトはなかなかの評判だぞ。行ってみる価値はあると思うんだがな」

白岡山のアベック・リフトは、つい一週間前にオープンしたばかりだった。この種のリフトは、スキー場ではすでにお馴染みだが、白岡山のような大都市近郊の行楽地ではあまり見かけることはない。二人掛けのリフトにカプセルがついた、いわゆるロープウェイのミニサイズの乗物で、二十メートルほどの間隔で次々と運転されているのだ。

リフトは、カプセルに覆われ誰にも邪魔されないということで、若いカップルの人気も上々。もっとも、アベックという名はついているが、定員は四人、恋人たちだけでなく子供連れの家族にも向いている。

「だからね、その辺りを君に取材してもらおうと思っているんだ。それに、周辺のハイキング・コースも調べてもらえればありがたい」

「え、ハイキングの取材も？」

沢田は不満そうに口を尖《とが》らせた。彼は少し太り気味だった。おまけに足が短くて、すぐ息切れしてしまうので、歩くのは大の苦手だった。この商売をやっていく上で、これは致命的な欠陥だったが、今までの取材は車を使って何とかごまかしていたのである。

「あたり前だろ、若いのに、君は太りすぎだ。少しはシェイプアップしてこい」

編集長が「シェイプアップ」というところを、特に強調して言った。

アベック・リフトというから、山を上り下りするだけかと思ったのに、なんだい。自分がシェイプアップすればいいのに。

その時、沢田の頭に素晴らしい考えが浮かんだ。ふん、そっちがそう出るなら、こっちにも考えがあるんだ。悪知恵に関しては、沢田の頭は鋭く回転するのである。

「アベック・リフトの取材なら、当然男女二人で行かなくてはいけませんよね。わが雑誌と致しましては、当然読者の立場に立ったきめ細かい取材が必要だと思うのですが。例えば、河島君と一緒に……」

河島ゆかりは沢田の同期の女性で、彼はひそかに思いを寄せていた。リフトが特殊なものだけに、一緒に行けば楽しい取材になることは間違いない。狭いリフトの中で、もしや楽しいことが起こるかも知れないなどと、よからぬ考えもチラッと脳裏をかすめ、顔の筋肉が醜くゆるんだ。

「ウフフ」

「おいおい、気味の悪い奴だな」

しかし、敵もさる者、編集長は沢田の気持を鋭く見抜いていた。

「ばかもの、何を考えているんだ。一人で行くに決まっているだろ。うちみたいな貧乏編集部は金がないんだよ。想像力だ、頭を働かせろ。アベックになったつもりで、隅から隅まで調べてくるんだ」

四月一日（事件当日）十時十分

この日はちょうど学校の春休みだった。絶好の行楽日和ということも重なって、沢田の乗っている東北線の普通電車は、ほぼ満員だった。

白岡は上野からほぼ一時間、関東平野のド真中にある田舎町である。駅舎は最近建て替えられたものらしく、コンクリートの真新しい白い壁面が春の柔らかい陽射しに照り映えている。「ようこそ、白岡へ」という横断幕が風に勢いよくはためいていた。

駅からは、白岡山までバスの便があるが、二十分後の発車だった。沢田の脳裏には、編集長の「シェイプアップしろ」という言葉が甦ったが、駅前にタクシーを見かけると、そんな言葉は都合よく忘れてしまった。ここは体力を温存して、後の取材に備えなくては、などと勝手なことを考えて、タクシーに飛び乗った。

閑散とした駅前通りを抜けると、田園地帯が広がった。車の窓を開けると、心地いい風が入ってくる。田園地帯はやがて雑木林に変わり、しばらくすると、林が切れて、前方に小さな山が現れた。白岡山である。標高一五八メートル、その麓には遊園地があり、派手な色彩の観覧車がゆっくり回っていた。

お目当てのアベック・リフトはと見ると、遊園地の裏手の白い建物から、赤いてんとう虫のような小さな乗物が数珠《じゅず》つなぎに連なって、次々と山上へと上っている。

彼はタクシーを降りると、早速取材のために、リフト山麓駅の事務所に向かった。

2

愛川勤《あいかわつとむ》・リフト山麓駅員の独白

生まれてから四十五年、あんなにびっくりしたことはない。なにしろリフトのドアを開けた途端、女が俺の胸に飛びこんできたんだからね。しかも、死んだ女が。あれから俺はしばらく、リフトを開けるのが恐くて仕方がなかった。寝ても醒めても、瞼《まぶた》の裏には、あの時の光景が浮かんでくる。何を好んで、この俺の身にあんなことが起きるんだ。

そう、あの日は、リフトがオープンしたばかりだというのに、どこでどう話を聞きつけて来たのか、かなりの客の入りだった。

*

十時四十五分

リフト山麓駅には四人の係員がいる。事務係、改札係、そして駅構内の乗車係と降車係の計四人。これは交替制になっていて、愛川勤は十一時まで事務、それ以降二時まで降車係を割り当てられていた。

だから、十時四十五分に、月刊〈旅の情報〉編集部の沢田が取材を申し込みに来た時、愛川はちょうど事務の担当をしていたことになる。この事務の仕事というのは、料金の精算関係、帳簿合わせ、山上駅との事務連絡が主なものである。

この日の十時頃、愛川は数字合わせの仕事を手早く済ませ、いつものように読書の時間に入った。十一時からは殺人的な忙しさの仕事が待っているだけに、この時間帯は誰にも邪魔されたくない神聖な安息の時間だったのだ。安い給料でこき使われているのだから、これくらいの楽しみがあってもいいのではないだろうか。

彼は『密室の悪魔』というポルノ小説を読んでいた。ストーリーはホテルの一室で若いヒロインが体を縄で縛られ、「もっとぶって」と悶《もだ》え叫んでいるところだった。そして、相手の男といえば、今しも鞭《むち》を振り下ろそうとしていた。

「それいけ、やってしまえ」

愛川は小説中の男になりかわって叫んでいた。うむ、これはなかなかいい展開だ。彼が満足の笑みを浮かべたその時だった。

「すみません、アベック・リフトについて、お話を伺わせていただきたいのですが」

間の抜けた声が背後からしたのだ。不意をつかれた彼は椅子からずり落ちそうになった。ふり向くと、二十代半ばの小太りの男がもじもじしながら立っていた。

「何だね、あんたは？」

「月刊〈旅の情報〉から取材にまいりました沢田と申します」

「取材があるなんてこと、こっちは聞いていないんですけどね」

「急に決まったんです」

「急に決まった？　それはそちらの都合でしょう？」

　まったく、なんてことだ。こんな時に来なくてもいいじゃないか。物語が佳境に入っているところを中断されたので、愛川は機嫌が悪くなった。

「今、忙しいんですがね、後にしてくれませんか」

「お手間は取らせません。ほんのちょっとだけお聞きしたいんですよ」

　一週間前にアベック・リフトがオープンしてから、これで三度目の取材だった。いくら今、手が空いているからといって、何で俺がこいつらの面倒を見なくっちゃいけないのか。本社の広報にでも問い合わせればいいんだ。

　沢田には、そんな愛川の気持などわかるはずもなかった。

「どうです、アベック・リフトの評判は？」

「見てもらえれば、わかるでしょ。今は春休みだから、お客がいっぱい並んでるじゃないですか。あんたもそこで見たでしょうが」

　愛川は無愛想に答えた。早く『密室の悪魔』の続きを読みたかった。しかし、鈍感な沢田は、愛川の迷惑そうな顔にも気づかない様子だった。

　愛川は説明が面倒なので、本社広報のマスコミ向けに出した冊子を手に取った。

「白岡山というのは、東京から手頃な距離にあるし、麓には遊園地も動物園もあることで、昔から庶民的な行楽地として知られていたんです。しかし、施設がだんだん古くなって、最近は客足が遠のきがちになってね。それで、何か新機軸を編み出して再び客を呼び戻そう、というわけで本社が考え出したのがこの乗物なんですな」

愛川はパンフレットを沢田にわたした。

「ま、説明ばかりでもわかりにくいだろうから、実物を見てみるかね、あんた」

愛川は沢田記者を促して、乗場のほうへ向かった。

リフト乗場は、U字形になっており、乗車ホームと降車ホームが向き合う形になっている。

二人が行った時、ホームでは乗車係と降車係が忙しく働いていた。

山上から客を乗せた赤い球形のリフトが山麓駅のホームに着くと、降車ホームで待機している降車係がリフトの鍵《ボルト》をはずし乗客を降ろす。空になったリフトは駅の構内を半周して乗車ホームに向かい、ここで乗車係が並んでいる乗客を乗せて、ボルトを外側から掛ける。

これの繰り返しだが、あとからあとからリフトが下がってくるので、係員は息つく暇もない。かなりハードな仕事だ。沢田はしきりにカメラのシャッターを押した。

「ボルトはリフトの内側から開けられるんですか？」

「絶対にそれはできないね。ボルトは外側からしか動かせないんだ」

「どうしてですか？」

「どうしてって、乗客の安全のために決まってるだろ。子供が悪戯《いたずら》すると、危ないからね」

沢田はホームに着いたリフトをためつすがめつしながら、

「なるほどね」

と言って、リフトの外側をポンと叩いた。鈍い音がして、リフトが少し揺れた。

「ここから山上まで、どのくらい距離があるんですか？」

「五百メートルくらいかな。その間を八分で運転するんだ。リフトとリフトの間隔が二十メートルだから、全部で五十台のリフトが常時ぐるぐる動き回っているわけだね」

「そんなにたくさんあるんですか」

沢田は感心したように言った。

「今日あたりは、二人の係員で何とかやっているけど、ゴールデン・ウィークに入ったら、そうもいかないだろうね」

この時突然、愛川はいいことを思いついた。沢田記者を追い払う妙案だった。

「あんたも乗ってみるかね。取材なら無料《ただ》にしといてやるよ」

「よろしいんですか？」

沢田は簡単に食いついてきた。沢田は愛川がちょうどやって来たリフトの両開きのドアを素早く開けると、リフトの中に頭を屈めながら乗りこんだ。

「アベック・リフトの中って、意外に狭いんだな。四人は乗れると思ってた」

「座席は確かに四つはあるけど、大の大人が膝つき合わせたら、そりゃ窮屈だよ。直径一・六メートルだからな。やっぱり、これは恋人同士向きの乗物だね」

愛川は「じゃ、ゆっくり取材してきてね」と言って、ドアを閉めると、ボルトを思いっきり強く下ろした。大切な時間を邪魔した沢田への恨みを込めて。

沢田の乗ったリフトは、スルスルと空中に上がっていった。愛川が時計を見ると、十時五十七分だった。交替時間まであと三分だ。あいつのおかげで貴重な時間を大分ロスしてしまった。彼は急いで事務室に駆け戻り、『密室の悪魔』の続きを読むことにした。

十一時五分

十一時ちょうど、愛川は乗客係の仕事についた。あの記者が消えてから、まだほんの数分しかたっていない。彼は山上からのお客さんを降ろす、単純ながらも忙しい仕事を繰り返した。

それから五分。若い夫婦と幼児一人の乗ったリフトを空にして、一息つくために、大きく伸びをした。その時だった、女の視線が彼を射たのは。

駅まで十メートルくらいのリフトの中で、ドアにもたれて必死に何かを訴えようとしている女がいた。顔を苦痛に歪めている。

「大変だ、早く助け出さなくては」

愛川はその時、彼女が病気か怪我をしたのではないかと思った。

リフトがホームに入ってくるのを待ちきれず、彼はボルトをはずし、ドアを開けた。その途端、女が彼の胸に飛びこんできたのである。三十歳くらいの女だった。

「大丈夫ですか、お客さん?」

彼は女の体を揺すったが、女はぐったりとして動かない。腹部を見ると、血で赤く染まり、彼の手は生温かい液体で濡れた。女がすでに死んでいることは明らかだった。

自殺したんだ。瞬間的にそう思った彼は、リフトの中に女が自分の腹を刺すのに使ったナイフを探した。しかし、どこにも見つからなかった。リフトの床は一面の血の海だった。

まさか。愛川の頭をよからぬ考えがよぎった。

殺人？　だが、そんなはずがあろうか。彼はもう一度リフトの中を見たが、連れの客の姿はなかった。もう一人乗っていたとしても、そいつが駅で逃げたはずはない。そんな姿があったら、彼が気づかぬはずがないのだ。いくら女を抱きかかえていたとしても、周囲に注意を払う余裕はあった。

この女は一体どうして死んだのだろう。

「愛川さん、どうしたんですか？」

その時、愛川の向かい側の乗車ホームにいた係員の伊藤が、異変を知って駆けつけてきた。ホームを半周するのに、約五十メートル、おまけに階段状のホームだったから、伊藤の息遣いはかなり荒くなっている。

「リフトの中で事故が起こったんだ。これ以上、客をリフトに乗せないようにしてくれ。山上駅から降りてくる客だけは、君が責任を持って降ろしてやってほしい」

愛川がてきぱきと指示を与えると、伊藤係員は慌ただしく客を降ろす作業にかかった。非常停止という手段もあるが、そうなると、空中に取り残される客が出てきてしまう。どうしても現場となったリフトをもう一周させて、すべてのリフトの中を空にしてしまう必要があった。

同時に、愛川は事務係を呼んで、警察と山上駅に非常電話をかけさせた。

問題のリフトが、山上駅を通過するまでに八分、再び山麓駅に戻ってくるのに八分、すべてのリフトが停止するのに十六分かかった。その間に所轄の白岡署のパトカーも駆けつけ、ホームには物見高い人たちが集まり始めていた。

3

黒星光警部。三十八歳、独身である。一応は一流大学出で、エリート・コースに乗るはずだったが、熱烈な推理小説好きが災いして、失敗を重ねてきた。そのため、「迷宮警部」と陰口を叩かれ、白岡という片田舎の小さな警察署で、いつまでもうだつの上がらぬまま、警部職に甘んじているのだった。

白岡署の管内では、事件といえば、交通事故がいいところ、窃盗事件にしても、年に数回ある程度だった。

だから、白岡山から一一〇番があった時、彼の顔はパッと輝いた。もしや、これは殺人じゃないだろうか。もしそうなら、これは名誉回復の絶好の機会ではないか。めったにない事件、「迷宮警部」とばかにしている奴らを見返してやろうと意気ごんでいた。

＊

十一時三十分

「さあさあ、皆さん、道をあけて下さい。これは見世物じゃないんだ」

白岡署の黒星警部が現場に駆けつけてきた時、山麓駅構内は野次馬で溢《あふ》れていた。

「おい、誰か責任者はいないのか？」

汗を拭きながら、群衆の波をかき分けていると、「はい、私ですが」という声が上がり、右手を高く掲げている男が目に入った。四十代半ばの目つきの悪い男だった。彼は山麓駅の愛川と名乗った。

現場となっている階段状のホームに、カーテンのような布を掛けられた死体があり、女の足がのぞいていた。それを遠巻きに好奇心旺盛な群衆が見守っていた。

愛川は黒星警部の一行がやってくると、きまり悪そうに頭をかいた。

「現場はそのままにしておかないといけないと思ったものですから」

「しかし、この人込みは一体どうなっているの？」

「リフトが停まったので、乗れないお客さんで溢れてしまったんですよ」

愛川の説明に、警部はいまいましそうに野次馬をにらみつけた。一メートル七十五、体重九十キロの、お世辞にも人相がいいとは言えない男に鋭く見つめられたものだから、最前列にいる人たちは一瞬たじろいだ。そこへ間髪を入れず、警部が大声で怒鳴った。

「皆さんの中に、どなたか事件を目撃された方はいらっしゃいませんか？」

数人がためらいがちに手を上げ、前に進み出てきた。

「わかりました。あなたがたは事件の重要な参考人となりますから、駅の事務室でしばらくの間、待機をお願いします」

警部はそう言うと、ことのなりゆきを興味津々で見守っている群衆に声をかけた。

「あとの人たちはお引き取り願います」

それでもぐずぐずしている群衆に向かって、警部が「ウォー」と吼《ほ》えると、みな蜘蛛の子を散らすように逃げていった。

山麓駅の構内がようやく落ち着きを取り戻した後で、警部は被害者の検分にとりかかった。

身長一五八センチくらい、白いスカートにクリーム色のジャケットを着ている。体に触れると、まだ温もりが残っていた。

「現場はここかね?」

「いいえ、そのリフトの中らしいんです」

愛川係員の指差す方向を見ると、小さなゴンドラ・リフトがドアを開けたまま停まっている。内側には確かに被害者のものとおぼしい血痕がおびただしく付着していた。

「第一発見者は君なんだね?」

警部は愛川に訊ねた。

「そうです。ここに降りてくる直前まで、この人は生きていたんですけど、私が助け出した時には、死んでいました」

「リフトが着いた時間は?」

「十一時五分頃だったと思います。持ち場についたばかりでしたから、よく覚えているんです」

「事故じゃないのかね。途中でどこかにぶつけたとか……」

「まさか、このリフトに限ってそんなことはありません。ほら、リフトの中にはどこにもぶつけるような危ない出っ張りなんてないでしょ？」

確かにそうだった。血痕はほとんどが床に付着しているのだった。

「自殺かな。リフトの中には刃物か何かあったかね？」

「いいえ、ありませんでした。ただ……」

「ただ？」

「あの人はハンドバッグを抱えていました。それです」

警部は被害者のわきに置かれている白いハンドバッグに目をやると、手袋をはめた手で注意深く開けてみた。しかし、中には化粧道具や財布の他はガラクタばかりで、刃物は見あたらなかった。凶器がないとなれば、自殺であるはずがない。

「自殺ではないとすると、殺人だろうか？」

「殺人？　そんなばかな」

「怪しい人物の姿は見かけなかったかね？」

「ええ、少なくともリフトが着いた時には、リフトの中にはこの人以外、誰もいませんでした。山上駅で何かおかしなことがあれば、向こうから連絡してくるはずですが、それもありませんん」

「ふむ」

犯人もいなければ、凶器もない。山上駅からの異変の知らせもない。では、被害者は一体どこで凶行に遭ったのか。警部は顎に手をあて、首を傾げた。

十一時五十分

死体の身元は、遺留品のハンドバッグの中に残されていた免許証と手帳からすぐに割れた。東京都港区南青山に住むデザイナー、岩本清美、三十二歳。

死亡時刻は、リフトの係員愛川の証言から十一時五分前後。これは監察医によっても確認された。死因は包丁のような鋭利な刃物による腹部刺傷、出血多量によるものと判明した。

死体が司法解剖を受けるため、隣の市の大学病院に運び出されていった後、警部は愛川に訊ねた。

「他の駅員は何か見てないのかな？」

「乗車係の伊藤に聞いてみましょう。彼なら、何か知っているかもしれない」

愛川は、伊藤という青年を連れてきた。

「僕は愛川さんが大声を上げた時、直線距離にして三十メートルくらい離れたところにいましたけど、お客さんを乗せることで手いっぱいで、とても降車ホームまで目はいきませんでした。事件の後、降車ホームがざわついているので、やっと何かおかしいことに気づいたんです」

警部は、駅の関係者をもう一度見回した。

「その時の改札係は？」

三十くらいの男が進み出てきた。

「あの時、改札をやっていた並木《なみき》です。騒ぎが起きた時、私は愛川さんの叫び声を聞いて、即座に降車ホームの方を見ました。改札からは約三十メートルほどあるんですが、問題のリフトははっきり見えました」

「不審な人影はなかったかね？」

「見ていません。私は目がいいですから、怪しい人間がいたら、絶対気づかないはずはありません」

「ふむ、そうなるとだな」

警部を腕組みをしたまま、首をひねった。じゃあ、この事件は一体何なんだ。

密閉された乗物内で人が殺されている。しかも、犯人は煙のように姿を消してしまった。やや、これはやはり、私の最も得意とする、あれではないか。警部は大きく深呼吸して興奮を鎮めてから、おもむろに口を開いた。

「それは、みっ……」

一番気分が昂揚している時に、誰かが彼の背後から叫んだ。

「密室だぁ、それは」

出鼻をくじかれて、警部はずっこけた。ふり返ると、汗と泥にまみれた若い男が立っていた。

「ああ、水をくれ」

男はそう言うなり、バタンとつんのめるように倒れたのである。

4

十二時十分

「あっ、この人は、さっき取材に来た男じゃないか」

　愛川が叫んだ。

「き、君はこの男を知っているのか？」

　警部はせっかくの名場面を妙な闖入者《ちんにゅうしゃ》に邪魔されて、不機嫌になった。

「ええ、東京から取材にやってきた編集者です」

　どうやら息はあるらしい。ここで死体がまた一つ増えたなんてことになったら、たまらない。

「このまま、寝かしておくわけにもいかんぞ。事務室にでも運んだほうがいいな」

　警部に促されて、愛川は沢田を抱え上げ、事務室のソファに彼を横たえた。その後から警部は事件の関係者を伴って事務室に入ってきた。

「さっき、この男は『密室だぁ』とわめいておったな。そうなのだ、まさしくそうなのだ。これは完全な密室殺人事件なのだ。それにめぐり合った私は、なんという果報者」

　密室と聞いて、愛川はドキリとした。さっきまで自分の読んでいたポルノ小説を思い出したからだ。

「それじゃあ、刑事さん」

「黒星警部だ」

「あ、こりゃどうも失礼。それじゃ、警部さん」

「うむ、何だね」

「あの女の人は、リフトの中でSMプレイでもやっていたとおっしゃるのですか？」

「SM？　おいおい、君は何を勘違いしているのかね。密室とはS　R《シールドルーム》のことじゃ」

警部の口調が、急にディクスン・カーの作品に登場するフェル博士のようになった。しかし、愛川にはその辺の微妙なニュアンスはわからず、

「SR？　鞭も蠟燭もなかったのに？」

などとチンプンカンプンなことを呟いている。

「あのな、密室殺人というのはだな、外部から入ることのできない鍵の掛かった部屋で、現実に起こるはずのない殺人が起こることを言うのじゃ。あらゆる条件を勘案するとだな、この事件は正真正銘の密室殺人事件ということになるではないか」

愛川の頭の中には『密室の悪魔』で読んだ、若い女の甘ったるい声が谺《こだま》した。『ああ、ぶって……』

「じゃ、あの女性はどのようにして殺されたんですか？」

まだ納得のいかない愛川は訊ねた。

「だから、それをこれから考えるんじゃないか。推理小説に詳しい私の頭脳をもってすれば、こんなトリック、絶対に解けるのだ」

警部は自信満々だった。肥満気味の体、ヨレヨレの背広、悪趣味なネクタイ。容貌はどう見ても冴《さ》えない。頭脳明晰とも思えなかったが。

「そこで、君に確認しておきたいのだが、アベック・リフトは内側からは絶対に開かんのだね？」

「絶対無理です」

「ボルトに細工することはどうだろうか。針とか糸とかピンセットで？」

「だめですね」

「どうしてもだめか？」

「ええ、第一、リフトは五十もあるんですよ。どのリフトに乗るのかもわからないのに、そんなことやっている時間なんてありませんよ」

「無理かな」

「百パーセント無理です」

愛川には警部の考えていることがわからなかった。ピンセットや針でどうやって鍵を開けられるというのだろうか。

「たとえ、開けることができても、どうやって走行中のリフトから抜け出すんですか。リフトと地表の間は十メートルあるんです。飛び降りることができても、怪我なしではすまされませんよ。一つ間違えば、死ぬかもしれない」

「すれ違う時に対向のリフトに飛び移るというのはどうかね？」

「それも無理です。だって、ドアはどのリフトも同じ側に向いてついているんです。すれ違う時、互いのドアはちょうど反対向きになるんですよ」

「ふーむ」

「もし、飛び降りたり、飛び移ることができたとしても、他のリフトのお客さんの目はどうするんですかね。ハイキング歩道にも人がたくさんいたはずですよ」

白岡山は、アベック・リフトの下にハイキング歩道が通っている。この日は人出が多く、何組かのグループが歩いていたはずである。この人たちの目に触れずして、行動するのはきわめて難しかった。

「リフトには窓があるだろう。すれ違う時、窓越しにナイフを素早く投げる」

「あのですね、窓は通風の役目しか果たしていないんです。そのわずかな空間に投げこむなんて、神わざです」

「偶然、その神わざとやらが起こってしまったのだ。かの密室犯罪の巨匠ディクスン・カーの『孔雀の羽根』では……」

愛川はばかばかしくなってきた。孔雀の羽根があるくらいなら、女を喜ばせてみせる。

「警部さん、じゃあ、伺いますが、そのナイフはどこにあるんですか？　リフトの中にはありませんでしたよ」

「リフトは死体発見の後でグルッと一周しているはずだ。その間に隠すこともできるのではないかな」

愛川は、このやりとりを後ろで聞いていた山上駅の係員を手招きした。太田という係員は事件を心配して山上から駆けつけてきたのである。

「私は山麓駅から事件の連絡を受けた後、誰もリフトに乗せていません。山上のお客さんには、乗車を控えていただいたんです」

太田は額に汗を浮かべながら言った。

「君はリフトをずっと見張っていたんだろう?」

「もちろんです。事件のあったリフトが、山上駅を通過して山麓駅に向かうのも、この目でちゃんと確認しています。誰にも手を触れさせませんでした」

「どうです、警部さん。おわかりになりましたかね」

愛川がそら見ろとばかりに言ったので、警部は弱りきった顔をした。

しかし、すぐにまた何かを思いついたらしく、

「では、塩か氷の弾丸を撃ちこんだにちがいない。そうだ、そうに決まっている。氷は体内で溶けてしまい、銃創はナイフの刺傷のようになる」

「あのねえ、警部さん。これは小説じゃないんですよ」

この時、警部はまた何かを思いついたらしく、喜色を満面に浮かべて、愛川を指差した。

「わかったぞ。犯人は君だ。リフトのドアを開けた時、ブスッと刺す。犯人と凶器が見つからなかった理由は、これで説明できる」

名指しされた愛川は呆れはてて、声も出ない。

「え、どうだ。ぐうの音《ね》も出ないだろう。発見者イコール犯人だ」

警部は過去の傑作ミステリに思いを馳せると、傍らの巡査に、「おい、こいつを逮捕しろ」と言った。「リフトのメカに一番強いのは君だ。すべての状況が君が犯人だと告げている」

「おい、冗談じゃないよ。どうして俺が犯人にされちゃうんだ」

巡査に腕をつかまれた愛川は激しく抵抗し、ようやくのことで腕をふりほどいた。

「もし、私が犯人なら、凶器はどこにあるんだ。ずっと持ち場を離れていないのは、皆が見ているじゃないか。いくら警察だからといったって、それは無茶だぞ」

「まあまあ、そう怒らないでくれ。これは、私が解決を導くまでの一つのステップなんだ。気にしないでくれたまえ」

警部は愛川の物凄い権幕《けんまく》にも、いささかもたじろぐ気配を見せずに言った。

「これが気にせずにいられるかね」

愛川の怒りは容易に収まらない。

「ちょっと待てよ、そうなるとだな、犯人は最初からリフトの中にいなかったんだ。そうだ、そうに違いない。だんだん核心に迫ってきたぞ。犯人はリフトに乗る前に犯行に及んだ。そして……」

警部はあとからあとから珍説を持ち出したが、最後に言った「犯人リフト不在説」がよっぽど気に入ったようだった。

ところが、その時、ソファのほうから大声がした。

「いや、違う。僕はこの目で犯人を見たんだ。リフトの中で女をナイフで刺そうとしている男を見たんだ」

見ると、正気を取り戻した編集者が、ソファの上に起き直り、叫んでいたのだった。

警部がせっかく考えた自信の説は、またもひっくり返されてしまった。

5

「僕はこの目で犯人を見たんだ」

沢田が叫ぶと、その部屋にいた人たちは、不安そうに互いの顔を見た。

「君はどこで見たんだ、その犯人を？」

警部はムッとした様子で訊ねた。

「僕は上りリフトに乗っていて、下りのリフトとすれ違う時に、リフト内の犯行現場を目撃したんです」

＊

十時五十八分（事件発生前）
山麓駅の愛川係員に乗せてもらい、沢田のリフトはスルスルと山上駅に向かって上がり出した。

いくら鈍感な沢田とはいえ、さっきまでの愛川の無礼な応対には、カチンときていた。沢田を邪魔者扱いにしているのがみえみえだった。あの男は自分を何様だと思っているのだろうか。沢田はいい記事を書いてやろうという気を、とうになくしていた。

しかし、とにかく取材に来たのだ。観察だけはしておかないと、後で編集長にどやされる。沢田は不安定なリフトの中でカメラを構え、取材の態勢に入った。

まず、リフト。外観はほぼ球形で赤く塗られ、八十センチ幅のガラス窓がぐるっと一周する形になっている。直径は一・六メートルほどで、入る時は体を屈めなくてはならないが、座ってしまえば、乗り心地は上々だ。しかし、四人で乗るにはいささか窮屈で、やはりこれは二人向きにできているようだった。

上がり始めてから一分もすると、遊園地の観覧車を見下ろせるようになった。眺めは、さすがに素晴らしい。秩父《ちちぶ》連山は山の陰に入ってちょうど見えないが、右手、筑波と雪を頂いた日光連山は手に取るように見える。お、これは結構いけるじゃないの。彼は眺望に★★★★、乗り心地に★★★という高い点数を付けた。すでにミシュランの審査員気取りになっている。

左手に目をやると、関東平野が大きく広がっている。すれ違うリフトも多い。赤いリフトが二十メートルおきに次々とすれ違っていく。山上に着くまでに五十のリフトと出会う計算になる。じっと抱き合い景色に目もくれぬ恋人たち、歓声を上げて外に手を振る子供たち、あの小さな空間には、それぞれのドラマがあるのだ。

十一時二分

リフトが行程の半分近くに差しかかった頃だったかと思う。前方に、山上駅の白い建物がはっきりと見え始めた時だった。沢田は何とはなしに、すれ違うリフトを見ていた。

問題のリフトが視界に入った時、彼は腰を抜かしそうになった。男女二人乗りのリフトだったが、その中で男がナイフを高くふりかざし、女を襲おうとしていたのだ。女は哀願の表情を浮かべ、許しを乞うている。

二人とも、沢田に対して顔を横に向けていた。女は二十代後半から三十代初め、クリーム色のジャケットを着ている。一方、男は三十代半ば、白いポロシャツを着ていた。十秒くらいの短い間だったが、彼は映画の一こま一こまをスローモーションで見ているように脳裏に焼きつけていた。

そのリフトが視界から消え去る瞬間、彼は見た。女がナイフを持つ男に歯向かい、逆に男に殴り倒されるのを。そして、女の顔が窓の外を向き、女と沢田の視線がからみ合った。女のハッと驚くような顔が彼の印象に残った。

「た、たいへんだ」

しかし、助けを呼ぼうにも、空中では如何《いかん》ともしようがない。その間にも、例のリフトと沢田のリフトとの距離は広がるばかりだった。

その後は何も視野に入ってこなかった。早く山上駅に着いて、事態の急を告げることばかりが頭にあった。残りの五分が、一時間の長さほどに感じられた。ショックのため、写真を撮るということすら、思い浮かばなかった。

十一時七分

リフトが山上駅に着いて、沢田が駅の事務室に向かう途中で構内放送があった。

「ただ今、山麓駅で事故が発生致しました。その関係でしばらくご乗車いただけません。皆様にはまことにご迷惑をおかけします」

事故って、あのことだろうか。彼は事務室の前で待っている客の間をかき分けて、駅の係員に迫った。

「事故って、殺人のことじゃないですか?」

係員の眉がぴくんと動いた。

「さあ、何も聞いておりませんが。たぶん、機械の故障だと思います」

「機械の故障? 現にリフトはこの通り動いているじゃないか。電話を貸してくれませんか。僕は殺人の現場をこの目で見たんですよ」

ざわついている客たちが急に静かになった。皆、不安そうに沢田と係員のやり取りを聞いていた。

「いい加減なことを言わないで下さい」

「だって、僕は現場を見たんだ」

「そんなこと、私は何も聞いておりません。ただの機械の故障だと……」

しばらく押し問答を繰り返すうちに、今まで動いていたリフトがぱたりと止まり、山上駅から一切の機械音が消えた。静寂があたりを支配し、ホームに立つ客たちの視線が沢田たちに集中した。

「ほら、ごらんなさい。やっぱり機械の故障でした。皆さん、リフトが動き出すまで、もう少々お待ち下さい」

係員が勝ちほこったように言った。

取りつく島もなかった。沢田は山麓駅に行けば何かわかるかもしれないと思い、「もう、いい」という捨て台詞《ぜりふ》を残して、山を歩いて降りた。後で聞いたことだが、山上駅の係員は他の乗客に無用な心配をかけるのを恐れるあまり、沢田に嘘をついたという。

そんなことを知らない沢田は、とんだハイキング取材だと腹を立てながら、駆け足で山を下った。日頃、体を鍛えておかなかったのが祟《たた》って、ようやく山麓駅に着いた時は、疲労困憊《こんぱい》の極にあった。

*

「すると、どうなるんだろう?」

黒星警部は、せっかく思いついた犯人リフト不在説が、沢田に簡単に覆されたので、ご機嫌斜めだった。

「本当に見たのかね、目の錯覚じゃないの。どうやら君はそそっかしそうだからな」

「間違いないですよ。この目でしっかり見たんです」

沢田は、警部に疑わしそうに見られたのが心外だと言わんばかりに、警部をにらみ返す。

「君の錯覚だよ、錯覚」

「いいえ、違います」

「じゃ、山上駅の係員は何か気づいたことある？」

警部は沢田が強情だと見てとったのか、鉾先《ほこさき》を山上駅の太田に変えた。太田はといえば、先ほどから押し黙っていたが、警部の問いに渋々と口を開いた。

「さっきから、言おうとは思っていたんですが……」

「何だ、早く言いたまえ」

「十一時三分前くらいだったと思うんですが、今この方が言った服装のカップルがリフトに乗ったんです」

「ほう、時間からいったら、まさにピッタリじゃないか」

「ええ、そうなんです。しかも、二人は乗る時に激しく言い争いをしていたんです」

「何か耳にしたかい？」

「ええ、その時はたいして気にも留めていなかったんですが、男が『ナイフを……』と言ったような気がするんです」

「おいおい、どうしてそんな大事なことを早く言わんのだ？」

「すみません。この人の話を聞くまで、それほど重要なこととは思いませんでしたので」

「そいつらは、間違いなくリフトに乗ったんだね？」

「乗せました。私が外側からボルトを降ろしましたから、途中で男は絶対にリフトから抜け出せないはずなんです」

「すると、どうなるんだろう。二人は、確かにリフトに乗った。すれちがうリフトから犯行現場を目撃された。そして、山麓駅の手前で……」

警部の言葉を沢田が引き取った。

「消えちまった」

警部は、あまりに複雑な事件の展開に、喜んでいいのか悲しんでいいのか、わからなくなってしまった。

6

「大変だったんだね」

沢田が謎の〝空中密室事件〟の顚末《てんまつ》を語り終えた時、編集長のデスクの周りには、〈旅の情報〉の編集部員全員（といってもたったの五人だが）が集まっており、興味深げに、沢田のすり傷だらけの顔を見ていた。

「沢田君」

最初に質問の口火を切ったのは編集長だった。「君の犯行現場目撃を裏付けるような証言は、他にあったの？」

「山麓駅に集まっていた乗客の中に目撃者を探したんですが、いましたよ。僕の二つ後ろのリフトに乗っていたアベックが、すれ違う下りリフトの中で女がうずくまっていて、肩をピクピク痙攣《けいれん》させていたと証言しています」

「犯人のほうは？」

「座席に座って、それを見ていたといっていますね」

「残酷な男！」

河島ゆかりが黙っていられなくなって、口を挟んだ。

「直接の目撃者は、後にも先にもそれだけだったかな。残りの参考人の証言も、ホームで怪しい男を見かけなかったという程度のもので、愛川係員の証言の裏付けになっただけですね」

「問題のリフトの前後に乗っていた人はどうなの？」

「前後からはあまりよく見えないですね。屋根が邪魔しているんです。リフトの中が見えるのは、対向リフトがすれ違う時だけで、時間にして五秒くらいですね。しかも、上半分だけだから、人間だったら上半身が見えるだけです」

「ハイキング客は何も見てないのかな？」

「リフトのほぼ下をハイキング道が通っていますけれど、リフトの異変に気づいた者はいません。人が飛び出たとか、ナイフが落ちてきたなんて話もないですね」

「君は被害者の死体は見てきたの？」

「ええ、隣町の大学病院の霊安室で見てきました。僕は事件の時、彼女の顔をチラッと見たけど、同一人物に間違いないですね。同じデザインの服を着ていましたし……」

「被害者の身元は？」

「岩本清美というデザイナーで、その方面ではけっこう名は知られているようです。身寄りは夫一人だけで、親兄弟はいません」

「夫が犯人という可能性は？」

「ないですね。僕がリフトの中で見た男は中肉中背で目立たない感じでしたけど、夫という人は痩身で、背も高かった」

「じゃ、誰が犯人なの？」

「さっぱりわかりません。警察もお手上げの状況です」


白岡山のアベック・リフト事件は、日を追うにしたがって、評判になっていった。地元の新聞で衝撃的な第一報が伝えられた翌日には、中央の新聞も派手にこれを書きたてた。当然、編集部内では、この話でもちきりだった。

「私、あの事件を少し整理してみたのよ」

数日後の昼休み、河島ゆかりは、レポート用紙に書いたメモを喫茶店のテーブルの上に広げた。彼女は二十四歳で沢田より一つ年下だが、同期の入社だった。沢田とちがって、行動は速く、頭の回転も速い。

「へえ、よくまとめたね。実際に行って調べてきたみたいだ」

「私が取材に行ってたら、解けたと思うからよけい悔しいのよ」

普通の人が言ったら、傲慢に聞こえかねないが、彼女が言うと、いやみに聞こえない。

「すごい自信だね。どれどれ」

沢田はびっしり書かれたメモに目を落とした。

四月一日
十時四十五分　沢田記者、リフト山麓駅事務所に入る
十時五十七分　リフト山上駅の太田係員、口論をする二人連れを下りリフトに乗せ、外側から鍵を掛ける
十時五十八分　沢田記者、山麓駅から上りリフトに乗る
十一時二分　沢田記者、すれ違うリフト内で男が女にナイフをふりかざすのを目撃する
十一時三分　沢田記者の二つ後ろのリフト客、リフト内にうずくまった女と座席に腰を掛ける男を目撃する
十一時五分　山麓駅の愛川係員、リフト内に女の死体を発見
十一時十三分　山上駅の太田係員、血まみれのリフトの通過を目撃
十一時二十一分　血まみれリフト、山麓駅に戻り、すべてのリフト運転停止する
十一時三十分　黒星警部登場

「さて、ここで問題となるのは……」

ゆかりは、説明を始めた。

「十一時三分に、問題のリフト内の男女二人が目撃されてから、十一時五分に女だけの死体が発見されるまで、たったの二分しかないことね。この二分の間に男はどこに姿を隠したか？」

「でも、リフトの座席の下は絶対無理だよ。リフト内には隠れるところはどこにもない」

「すると、どういうことになるの？」

「犯人は、やっぱり煙のように消えてしまったことになるのさ」

今さら何を言うんだという顔で、沢田はゆかりを見た。

「ねえ、もしも、犯人がうまく逃げおおせたとしてよ、一体どこに逃げたのかしら？　合理的な解決はないのかな」

「事件のすぐ後に警察と地元の消防団を総動員して山狩りをしたけど、不審な人物は発見されなかった」

「男の服装が地味だったこともあるのかしら。白いポロシャツを着ているといったら、それこそ、どこにも掃いて捨てるほどいるものね」

「うん、人込みにまぎれこんでしまったとしか説明のしようがないね」

「目撃者のくせに、観察力がないんだから」

「面目ない」

沢田は頭をかいた。

「それが君の弱点なの。もし、私が取材してたら……」

突然、ゆかりの視線が宙をさまよった。それから、沢田の顔をじっと見つめると、

「ねえ、沢田君」

と言った。大きな潤んだ瞳に見つめられて、沢田はゴクンと唾を飲みこんだ。

「は、はい」

「私、白岡に行くわ」

「白岡へ？」

「そうよ、現場に行けば、何か手掛かりが見つかるかもしれないもの。沢田君、私を連れていってくれるわね、ね、いいでしょう」

あまりにも思いがけぬ展開に、沢田はむせ返り、コーヒーを勢いよく吐き出してしまった。

「い、行く行く。アベック・リフトに乗ろう。リフトに乗って……」

最後のほうは、口の中でもごもごと言ったので、ゆかりは不審そうに沢田を見た。

＊

ところが、事件は予想外の展開を遂げた。事件から五日後の四月六日、容疑者が挙がったという情報が届いたのである。沢田はそれを黒星警部から直接電話で受け取った。ゆかりと白岡

に出かける前夜のことだった。

「実は重要参考人と思われる男の身柄が白岡署に押さえてある。明日にでも、こちらに来て見てもらえないだろうか」

警部の声は心なしか、弾んでいた。

「いいですよ。こちらも明日、白岡に行く予定でしたから」

7

「ムフフフ」

黒星警部は満足の笑みを浮かべていた。間もなく、あの複雑怪奇なアベック・リフト事件が解決する。私の経歴に新たな一ページが付け加えられるのだ。これが楽しくなくて、何が楽しいというのだ。これで、ようやく私の実力が認められることになる。栄転だ、出世だ。

警部の頭の中にはバラ色の人生設計がほぼできあがっていた。

しかし、あの奇怪な密室の謎はどうなるのか。彼にとって、まだ釈然としない問題ではあった。でも、何とかなるだろう。あと一押しだ。強情なあいつを吐かせてみせる。

事件のあった日、山狩りや道路の検問などが行われて、徹底的に怪しい人物の洗い出しがなされたが、はかばかしい結果は出なかった。ところが、夜になって、白岡山の駐車場に持ち主の現れない車が一台残っているという報告があった。

ナンバーを照会してみると、果たして被害者の所有物だった。彼女は車で来たのだった。車の中を調べると、毛髪が何本か採取されたが、被害者のものではないものが数本見つかった。これは夫のものではなく、B型の男性のものであることが明らかになった。

早速、被害者の男関係が調べられた。夫は彼女が浮気していたはずはないと否定したが、警部は愛人が絶対いると直感し、被害者の仕事関係などを調べたが、果たして編集プロダクションの社長が捜査線上に浮かび上がってきた。

吉崎弘《よしざきひろし》、四十一歳。

任意同行の上、吉崎は調べられたが、彼の毛髪は車の中にあったものと一致し、また車に残っていた指紋が彼のものだとわかった。

しかし、吉崎はあくまでも犯行を認めなかった。確かに彼女と白岡山へ行くことは行ったが、殺しはしなかったと頑強に否定した。

「警部さん、確かに私は彼女とつき合っていました。あの日、リフトにも乗りましたよ。だけど、なぜ彼女を殺さなくちゃならないんですか」

「帰りはどうして一緒に東京に戻らなかったんだ?」

「山の上ではぐれてしまったんです」

「ほう、そんな不自然なことがあるのかね」

「ほんとです。下に着くと、あの事件でしょ、関わり合いになるとまずいので、一足先に帰ってきたんです。まさかこんなことになるとは……」

「おい、まだしらばっくれるのか。いい加減に白状しろ」

警部は怒って取調室の机を強く叩いた。

その時、部屋のドアが叩かれた。「入れ」と、警部が言うと、制服を着た警官が現れて、彼に何やら耳打ちをした。

「おう、そうか。すぐ行く」

警部が受付に行くと、沢田が落ち着かない様子で立っていた。

「やあ、わざわざご苦労さま」

警部は沢田をにこやかな笑みを浮かべて出迎えたが、沢田のそばにいる小柄な可愛い女性に目を留めた。

「あ、こちらは、同じ編集部の河島ゆかりです。彼女も事件に興味を持っているものですから、一緒に伺いました」

警部は「ほう、こんな小娘がねえ」と、いくぶんばかにした目つきで、ゆかりの頭の先から足下まで眺めた。古い表現だが、元気いっぱいのピチピチギャルといった印象だ。

「容疑者はどこにいるんですか？」

沢田に声をかけられて、警部は我に返った。

「お、そうだったな。ではこちらに来てくれたまえ。君にぜひとも面通しをしてもらいたいんだ」

警部に案内されて、二人は取調室の隣の部屋に入った。

「あの男なんだがね」

マジックミラーからのぞくと、取調室には四十年配の男が落ち着かない様子で椅子に掛けていた。

「あっ、あいつだ」

沢田は興奮して叫んだ。

「間違いありません。あの男です。僕がリフトで見た男です」

「そうか」

警部の顔に安堵《あんど》の色が浮かんだ。

「どうもありがとう。もう一押しして吐かせてみせるよ」


「絶対間違いないのね」

リフト山麓駅の手前で、ゆかりは沢田にもう一度念を押した。

「僕の目に狂いはない。視力一・五なんだよ、どんなことでも見逃しはしないさ」

「そうかしら」

「心配ないって」

ゆかりは、まだ納得がいかない様子だった。

「それに、あの警部さん、冴えない感じだったけど、あれで事件が解決できるのか、私、心配になっちゃったわ」

「なかなかの切れ者だって話だぜ」

「ふうん、あれでねえ」

「人は見かけによらないって言うじゃないか」

「容疑者は被害者の愛人で、あの日リフトに乗っていて、指紋も一致した。しかも目撃者もいて……」

ゆかりは、溜息をついた。「でも、おかしいのは、犯人がリフトからどうやって消えたかだわ。消える必然性があったのかしら。これだけがまだ謎だわね」

「ま、いいじゃないか。さあ、リフトに乗ろうよ」

沢田は、腕組みをしてまだぶつぶつ言っているゆかりの肩を抱いて、無理やり乗場へ促した。

午前十時四十五分。リフトの切符売場にはマスコミ人気を反映して、長い行列ができている。自動販売機で往復の切符を買って、ようやくホームに入ると、小さな赤いリフトがいくつもくるくる回っていた。例の愛川係員はまだ事務室にいるらしく、姿は見えなかった。

二人の番がようやく回ってきた。まず、三十メートル離れたところで、下りのリフト客が降りて、空のリフトがホームを半周してそのまま彼らの前にやってくる。係員が二人をリフトに押しこみ、両開きのドアを閉めて、ボルトを外側から下ろす。

ゆかりは子供のように、その仕組みをしげしげと眺めていた。

狭いリフトの中は二人で座ると、ピッタリとくっつくようになっていた。しばらくすると、沢田の鼻孔は、ゆかりの甘い体臭を敏感に感じとっていた。

一方のゆかりはといえば、次々とすれ違うリフトに必死に目を凝らしている。

「窓は開けられるのかしら？」

ゆかりは窓を動かそうとしたが、開かなかった。狭い空間なので、ゆかりの柔らかい体もいきおい、沢田の体に触れることが多くなる。沢田ならずとも、若い男なら誰でも興奮して我を忘れてしまいかねない状況だった。沢田の頬はだらしなくゆるみ、鼻の下はこれ以上ないくらい伸びきっていた。

「ねえ、沢田君？」

沢田は、ゆかりに心を見透かされているような気がして、ドキッとした。

「な、何だい？」

「窓はほんのちょっとしか開かないし、対向リフトから何かを仕掛けるといっても無理のようね。もちろん、ドアも開かないから、飛び下りるのもダメ。隠れる隙間も抜け穴もない。となると、犯人はどうやって逃げたのかしら？」

ゆかりは沢田をふり返り、ニコッと笑った。沢田は、なんだ思いすごしか、とホッと胸を撫で下ろした。

そうこうするうちに、リフトは山上駅に着こうとしていた。

「ね、ここで降りないで、そのまま山麓駅に直行しない？　下りリフトにも乗ってみたいから」

ゆかりの提案に、沢田は一も二もなく承知した。

彼らの乗ったリフトが山上駅の降車ホームにかかると、係員が外からボルトをはずそうとしたので、沢田はガラス窓の内側から指でコツコツと叩いた。

「こんにちは、太田さん。僕たち、降りないで、そのまま山麓まで直行します」

事件当日、沢田とやり合った太田係員だった。太田はボルトを動かす手を止めて、沢田を見た。声の主が誰だかわかって、彼はびっくりしたようだった。

二人が手を振ると、リフトの外で太田が呆気にとられて、そのまま立ちつくすのが見えた。

そして、リフトはそのまますするすると山麓駅に下っていった。


リフト山麓駅の愛川係員は、十一時に降車係の仕事に替わった。日曜で好天に恵まれたとあって、いや、リフト事件の影響があったためか、今日の客の数はいやに多かった。

「くそ、野次馬どもめ」と、彼は毒づいた。

十一時五分、愛川のもとに事務の伊藤係員が青ざめた顔で駆けつけてきた。

「愛川さん、大変です。また事件が起こったようです」

「何だって!」

「今、山上駅から電話連絡があって、下りリフトで事件があったようです。リフトの中で男が女に襲いかかっていたと……」

「おいおい、冗談じゃないよ」

よくないことはつづくものだ。よりによって、また俺が係の時に。愛川は「ちぇっ、ついてないぜ」と呟くと、唾を勢いよくホームに吐きつけた。

十一時十分。もうそろそろ、問題のリフトが降りてくるはずである。愛川は緊張で喉がカラカラになった。

そして、その時、彼は見た、リフトのドアにもたれかかっている男を。男は目を固く閉じ、微動だにしなかった。

あ、あれだな。愛川はそのリフトが降りてくるなり、素早くボルトをはずし、ドアを開けた。男が彼の胸の中に倒れこんできた。被害者の女はどうなったのかと、彼はリフトの中をのぞきこんだ。

「あっ」


十一時二分、ゆかりと沢田の乗る上りリフトはそのまま下りリフトに変わり、山上駅から山麓駅に向かって、ゆっくり降りていった。

ゆかりは相変わらず、何か解決の糸口を見つけようと、対向のリフトを眺めていた。

十一時四分、彼女はリフトの中が突然、重苦しくなったように感じた。肩の辺りに異様に熱い息を感じたのである。彼女がふり向くと、目の前には思いつめたような沢田の顔があった。

「どうしたのよ、一体？」

ゆかりは言ったが、沢田の理性はこの言葉で、プツンと切れてしまった。

「ね、いいだろう？」

沢田は狭いリフトの中で立ち上がり、身を屈めるようにして、ゆかりに迫ってきた。

「何するのよ。ばかなことはやめなさいったら」

ゆかりは思いっきり沢田を突き飛ばした。彼の体が吹っ飛び、頭がドアに激しくぶつかった。打ちどころが悪かったのか、沢田はそのまま動かなくなった。


「なんだ、また、こいつか。よく気絶する男だな」

愛川係員は、山麓駅の事務室のソファに沢田の体を横たえると、呆れた表情で言った。

「ほんとに呆れるわ」

傍らで見ていたゆかりは、沢田が呻《うめ》き声を出したのを見て安心したのか、彼の頬をつねった。

沢田はまだ意識を回復しなかった。

「まったく、人騒がせな人たちだ。俺はてっきり、また殺人事件が起こったのかと思ったよ」

「どうもすみません」

ゆかりは恐縮して、ぺこりと頭を下げた。

さっき、愛川が意識を失った沢田をホームに降ろした時、リフトの中を見て、あっと叫んだのは、リフトの中に若い女の子がぽつねんと座っているのを見て、拍子抜けしたからであった。

今度のは事件でも何でもなかった。この前の不思議な事件があったせいで、沢田とゆかりの立ち回りを「殺人だ」と早合点した乗客が山上駅に通報し、それが山麓駅に伝わり、この騒ぎになったのである。

「やれやれ、ほんとに困った男だ。厄介ばかりかけやがって」

愛川はもういい加減にしてくれとばかりに、眠りつづける沢田をいまいましそうに見ていた。

この時、沢田の口許がゆるみ始めた。楽しい夢でも見ているような……。

「ちぇっ、人の気も知らないで」

8

アベック・リフト事件の重要参考人浮かぶ

「さる四月一日、白岡山のアベック・リフトで起こった殺人事件に、六日、重要参考人が浮かび上がった。白岡署で調べているのは東京都武蔵野市の会社社長Y(四二)。調べによると、Yは一日に被害者の岩本清美さん(三二)と車で白岡山へ出かけ、岩本さんを殺した疑いがもたれている。同署では被害者の車の中に残された指紋、また有力な目撃者の証言などから、Yを重要参考人として任意同行を求めた。しかし、Yは犯行を否定して……」


月曜日の朝刊は、アベック・リフト事件の新たな展開を大々的に報じていた。沢田が出社してみると、ほとんどの編集部員が新聞を食い入るように見ていた。

「とうとう解決したな」

沢田にも声がかかってくるが、彼は上の空で、生返事を繰り返すばかりだった。

河島ゆかりの席は空いていた。

「河島さん、今日は病気でお休みよ」

庶務の女の子が、沢田にそっと教えてくれた。

彼が昨日、白岡山のリフトの事務室で気がついた時、ゆかりの姿はすでになかった。愛川係員の話では、何か急用を思いついて、慌ただしく帰っていったという。

沢田は自分に対して嫌悪感を抱きながら、一人寂しく帰ったのだった。

今日、出社したら、ゆかりに早速謝ろうとしたものの、彼女が休暇でそれもできず、ますます落ちこんでしまった。

「どうしたんだよ、浮かない顔をして？」

編集長は心配そうに声をかけてくれたが、沢田は体調が思わしくないなどと、適当な言い訳をしておいた。

午後二時頃、沢田の机の上の電話が鳴った。

「沢田君、私よ、昨日は先に帰ってしまってごめんね」

通話口から聞こえてきたのは、ゆかりの声だった。

「あ、ゆかりちゃん」

彼は思わず大声を出してしまったが、他の連中の視線を感じたので、声をひそめた。

「昨日はごめん。わる気はなかったんだ」

「ばかね、もう気にしてないわよ」

くらか晴れた。

「ドジな人」

ゆかりは笑っていた。沢田はゆかりが昨日の彼の醜態を気にしていないと知って、気分がい

「面目ない」

「ねえ、今ちょっと会社を抜け出せないかしら」

ゆかりが急に真面目な口調になった。

「何があったの？」

「事件のことなのよ。私、トリックがわかったの」

「だって、あれはもう……」

「詳しいことは後で。いいから早く吉祥寺《きちじょうじ》駅の改札口に来て」

「あの……」

沢田の返事を待たずに、電話は一方的に切れた。彼は何が何だかわからなかったが、適当な用をこしらえて、出かけることにした。

四十分後に、沢田は吉祥寺駅に着いた。狐につままれた思いで、改札口で辺りを窺っていると、後ろから突然肩を叩かれた。

「こっちよ」

ふり向くと、目をつり上げたゆかりの顔が眼前にあった。「ドジ男！」

「だ、だって僕……」

「話はあと。さ、いいから早く」

彼女はニコッとすると、沢田に背を向けて、さっさと歩き出した。歩くのが苦手な沢田も彼女の後を汗を拭き拭きついていく。

大通りから住宅街に入って、細い路地を右へ左へと、何分か歩いた。

「ほら、あそこ」

ゆかりが突然立ち止まった。彼女の指差したのは、瀟洒《しょうしゃ》な二階建の家だった。沢田は狐につままれたように、その家の玄関先を見た。彼は不満そうに、ゆかりの袖《そで》を引いた。

「この家がどうしたんだよ?」

「し、出てきたわよ」

ゆかりは沢田の腕を力いっぱいに引っ張り、隣の家の門前に隠れた。物陰からのぞいていると、その家から買物袋を提げた女が現れた。女は何か心配事を抱えているのか、表情は暗く、うつむき加減に歩いている。

「あ、まずいなあ、こっちに来る」

ゆかりの沢田を握る手に力が入った。

「いててて……」

「しっ、静かにしてよ」

しかし、遅かった。女は二人の存在に気づくと、怪訝《けげん》そうに彼らに目をやった。

沢田には、この時初めて、ゆかりが彼を引っ張ってきた理由がわかった。女の正体が瞬時に理解できたのである。

「あ、あなたは……」

彼は考える余裕もなく叫んでしまった。

女が沢田の顔を見つめた。その目は最初、焦点を結んでいなかったが、やがて彼が何者かを悟ると、恐怖で大きく開かれた。

女は「あっ」と言ったまま、路上にペタリと座りこんでしまった。その時、買物袋から小銭がいくつもチャリンと音を立ててこぼれ落ちるのを、二人はスローモーションで再生したビデオを見るように、呆然と見ていた。

9

「謎が解けるきっかけとなったのは、リフトの中で沢田君が私を襲った時なの」

ゆかりはコーヒー・カップを受け皿に置くと、大きく息をついた。「あの時、あなたが私に覆い被さってきたでしょ。その時、私には沢田君の体の向こうに、対向リフトの客のびっくりしたような顔が見えたの。でも、次の瞬間、私があなたを突き飛ばして、立場が逆転してしまった」

「そのことは、もう言わないでくれよ」

「ええ、それはどうでもいいの。私、気にしてないから。ただ、問題は沢田君の行為がきっかけになって、謎が解けたのよ」

「え、ほんと？」

「そうなのよ。私があなたを突き飛ばした時、リフトの客のびっくりしたような顔をまた見たのね。もちろん、リフトはどんどん動いているから、その時見たのは最初のリフトの客ではないわよ」

「それはそうだ」

「私、考えたの。上りリフトと下りリフトの接する時間って、すごく短いから、一つ一つのリフトの客が目撃するものは、乗ったリフトによって、相当の差が生じるんじゃないかってね」

「つまり、僕が攻撃を加えているのを見た客がいて、また、その一方で君が僕に攻撃を加えるのを見た別の客も存在したってこと？」

「そう。だから、私、殺人事件もそんな角度から見たら、どうなるだろうって、考えてみたの。あの事件の場合、実は女が犯人で男が被害者だったら、どうかってことね」

「しかし、現実には、男は殺されていないよ、女が殺されていたんだ」

「その通り。だから、いい、よく聞いてよ。沢田君が見たあのリフトの中で、女は男に殺意を抱き、男にナイフを突きつけた。ところが、男は逆に女からナイフを奪い、形勢を逆転した。そう考えたらどうかしら？」

「なるほど」

「沢田君が見た犯行の現場は、実はそれなの。つまり、男が女からナイフを奪い返そうとしているのが、男が女に襲いかかっているように見えた。それが事件を複雑にしてしまったわけね」

「そのすぐ後で、山麓駅の愛川係員が女の死体を発見したとあれば、なおさらだ」

「私ね、この事件にはすごく大きな錯覚があると、ピンときたの。それで、調べたいことがあって、あなたが気絶している間に急いで東京に戻ったわけ」

*

ゆかりが、そのことに気づいた時、真相はまだおぼろげな輪郭しか浮かんでいなかった。上野に向かう車中で、過去のさまざまな事件の例を思い浮かべ、謎解きしていったが、ますます頭が痛くなるばかりだった。あと少し、あと少しだ。はめ絵パズルの断片が、二、三カ所、入るべき位置に収まれば、事件の全貌は明らかになる。

上野に着いたのは、午後三時すぎだった。彼女はその足で吉祥寺に向かった。

問題の場所は、駅から歩いて十分くらいのところにあった。洒落《しゃれ》た二階建の家だった。表札には「吉崎弘」とあった。

玄関に人の気配を感じたので、彼女は慌てて隣の家の門のわきに身を隠した。現れたのは、三十を少し過ぎたくらいの女だった。女は不安そうに辺りを見回すと、また家の中に入っていった。女の顔は心労のせいか、大分やつれていたが、彼女の顔を見たことで、ゆかりの頭の中のはめ絵パズルの断片はピタリと、あるべき位置に収まったのである。

「要するに、私は沢田君に彼女の顔を識別してもらいたかったわけね。ところが、二人のご対面ということにあいなって、彼女のほうが観念してしまった。緊張の糸がプッンと切れたのだと思うわ」

「考えてみれば、かわいそうな女性なんだね」

沢田は時計を見て時間を確認したが、社に戻るには、まだしばらく余裕があると知って安心したのか、

「すべては、夫の浮気に始まるか」

と言って、再びゆかりの話に耳を傾けた。

「犯人の吉崎京子と被害者の岩本清美は、ちょっと見には非常によく似ているのよ、体つきから顔つき、髪型までがね。そして、たまたま二人はこの日、似たような服装をしていた」

「いくらドジな僕でも、二人を並べて見たら区別くらいはつくと思うけど、霊安室で見た死体は目を閉じていたし、リフトの女と同じような服を着ていたから、まんまとだまされてしまった。被害者の写真も見たけど、人違いということは念頭にないから、別人とは指摘できなかったんだ」

「誰だって、だまされるわよ。リフトであんな場面を目撃した直後に、山麓駅で死体が発見されればね。まさか人間のすり替えがあったなんて、思うわけないものね」

「君にそう言ってもらえると、助かるよ。だから、僕が吉祥寺で吉崎京子と視線が合った時は

びっくりした。あの時、リフトの中で見た目だったからね」

「偶然が重なりすぎて、事件がややこしいものになってしまったのね」

「吉崎京子が夫の浮気を知ったことから、すべてが始まったんだな。編集プロダクションの社長という仕事なら、当然つき合いも広いし、知り合う女性も多い」

「事件当日、吉崎は妻の京子に一泊の出張と言って出かけていったんだけど、女の直感ね、京子にはピーンとくるものがあった。彼女は夫の浮気を以前から知っていたのね。相手の女性のことも興信所を通じて突き止めていた」

「ナイフを持っていったのは？」

「その辺、詳しいことはわからないけれど、場合によっては、女と刺し違えてもいいという悲壮な決意をしていたんじゃないかしら。でなかったら、相手をただ脅かすためかもしれないけど」

「女って、そんなこと考えるのか。恐いもんだね」

「そんなこと言っていいの？」

ゆかりは沢田をじろりと睨みつけた。

「あ、うそうそ、君だけは特別さ」

「ま、いいか」

ゆかりはコーヒーの残りを飲みほすと、つづきを話し出した。

「とにかく、吉崎弘は被害者の車で白岡山に向かった。それを京子が自分の車で追跡したのよ」

「そんなにうまく追跡できるものかな。吉崎は吉祥寺から青山まで行くには、当然井《い》の頭《かしら》線で渋谷に出て、地下鉄に乗り換えるだろ。それを車で追いかけるのは、難しいんじゃないかな」

「はっきりとはわからないけど、京子は夫が出かけると、さっさと青山の岩本清美のマンションへ行って、入口で清美の車が出てくるのを待ち伏せていたんじゃないかしら」

「女の執念か」

「二人の乗ったところを目撃した京子は、その後を追いかけたんだけど、吉崎たちの車は北へ向かう途中、白岡山で停まった。たぶん日光か鬼怒川《きぬがわ》に行く途中に立ち寄ったんじゃないかしら」

「そして、二人はアベック・リフトに乗った」

「その通り。当然、京子は二人に気づかれないように、二つか三つ後のリフトに乗って尾行する。あの日はかなり人出があったから、人込みにまぎれるのは簡単よ。ところが、運悪く、京子は山上駅で夫の吉崎に見つかってしまった」

「それで?」

「慌てたのは吉崎よ。京子を人目につかないよう林のほうへ連れていって言い訳したのはいいけど、愛人の岩本清美には、その辺の事情はわからない。京子がまさか吉崎の妻だとは思うはずはないから、二人の間に割って入って、口論になってしまった。『あなた、一体誰なのよ』とか言って……。そして、激情に駆られた京子は、発作的にバッグの中からナイフを取り出して、清美を刺してしまったわけ」

「どうして、被害者の岩本清美は助けを求めなかったのかな？」

「傷がそれほど深いと思っていなかったのが一つ。それと、彼女もやはり結婚している身でもあるし、社会的な信用にも関わるから、騒ぎになるのが恐かったのね。清美はそのまま山上駅に駆けていって、リフトに一人飛び乗る。残された吉崎夫婦もことの重大さを知って、慌てて清美の後を追った」

「山上駅の太田係員は、その辺のことは気がつかなかったのかな？」

「わからなかったでしょうね。三人とも、ことが露顕するのを極度に恐れていたのだからね。それに切れ目なしに客が来るのだから、係員は客をリフトに乗せることで手一杯よ。太田係員は清美を乗せて、外からボルトを下ろす……」

「それで密室が完成したのか。最初からあのリフトには犯人は乗っていなかったんだ」

「追いかけた二人は、当然何食わぬ顔で清美の次のリフトに乗ったの。もちろん、内心しまったとは思ったけど、そんなこと、おくびにも出さない。普通の乗客になりきっていたんじゃないかしら。乗ってしまってから、吉崎が妻がまだナイフを持っていることに気づいて『ナイフを返せ』とでも言ったのね」

「それを、太田係員が漏れ聞いたんだな」

「その通り。吉崎はリフトの中で妻を説得しつづけたが、妻はかえって逆上してしまった。夫を刺そうとして、逆に夫にナイフを奪い返されるところを、たまたま対向リフトで山上方面に上ってきた沢田君に目撃されるわけ」

「僕が勘違いしたんだよね。誰が見てもだまされるよ、二人の女が同じような服を着ているんだから」

「吉崎は妻の京子からナイフを奪い返すと、彼女を殴った。彼女は座席に座りこんで泣き出す。それを沢田君の二つ後のリフトの乗客が、女が刺されて痙攣《けいれん》を起こしているものと思いこんだの」

「みんなが勘違いしているんだ」

「被害者の岩本清美は、山上で激しく駆けたこともあって、リフトの中で傷口が広がって致命的なものになってしまった。そして、リフトが山麓駅に着いたところで息絶えてしまったのね。死んだ彼女を愛川係員が発見するけど、当然ながら犯人は乗っていないわよね。次のリフトに乗っていた吉崎夫婦は意外ななりゆきにびっくりしたが、何食わぬ顔でリフトを降りてしまう。山麓駅で愛川から降車係を任された伊藤は、事件に気を取られているから、客に対してはそれほどの注意を払っていたとは思えない。その辺も二人に有利に働いたのね」

「あの日、リフトはほぼ満杯で、後から後から客は降りてくるから、個々の客の印象は薄まってしまうよな」

「黒星警部が現場に到着した時、すごい群衆だったと言うじゃない。あれでは『人は人の中に隠せ』よ。どんなドジな犯人でも逃げてしまうわよ。で、あの間抜けな警部は沢田君たちの証言を聞いて、犯人は空中に消えたと判断してしまった」

「なるほどね、なんてこった……」

沢田は大きく嘆息した。

「すべては、偶然の積み重ねよ。計画殺人なら、おそらくこんなにうまくいかなかったんじゃないかしら」

10

さしもの難解を極めた空中密室事件も、吉崎京子の自供で意外に簡単に解決したものの、黒星警部は憤懣《ふんまん》やるかたない思いだった。河島ゆかりという小娘が謎を解いたのも癪《しゃく》の種だったが、それ以上に沢田五郎に対して腹を立てていた。

あいつの証言さえなければ、捜査が道を誤ることはなかったのだ。少なくとも、犯行は山上で行われた、という結論にはもっと早く達していただろう。そうなれば、初動捜査で正しい道を歩んでおり、誤認逮捕はなかったはずである。

もっとも、何でもミステリに仕立ててしまう警部の基本姿勢にも問題はあるのだが、彼はそのことには思い至っていない。

「あのおせっかいめ、あいつの目撃談を信じたばっかりに」

と、地団駄を踏んで悔しがっているばかりである。これで、また栄転の望みもはかなく消えてしまった。自分はこの田舎の警察署で、もう何年か過ごさなければならないのか。

彼は今回の厄介な事件の綴りを一件落着のファイルに挟みこみ、部屋の外に掛かっていた「白岡山リフト殺人事件捜査本部」と墨書された貼り紙を苦虫を嚙みつぶしたような顔をしながら、細かく破り捨てた。

エピローグ

五千万円の額面の小切手を受け取った時、彼はしてやったりとばかりににやりと笑った。ここが路上でなければ、大声で笑い出していたにちがいない。

この事件で一番得をしたのは彼だった。そして、結果的に事件のお膳立てをしたのも、実は彼だった。もっとも、当初考えていた線ではなく、殺人という異常な事態にまで発展するとは予想していなかったが、そのおかげで彼の憎む人間を葬り去り、彼の最も欲しがっている金を手に入れることができたのである。

彼の葬り去りたい人間——それは妻だった。

妻とは、ここ数年うまくいっていなかった。お互い仕事を持ち、すれ違いの生活をしていることが、意思の疎通を欠く大きな原因になったかもしれない。彼は何とか理由を見つけて離婚にまで話を進めたかった。

そんなある日、彼は匿名《とくめい》の電話を受けたのである。聞き覚えのない女の声だった。

「あなたの奥さんが浮気をしているから、注意して見張ったほうがいい」

という内容のものだった。電話は彼が返答する間もなく、一方的に切られた。

ははあ、浮気か。そう思ってみると、確かに最近の妻の挙動には不審な点が多いようだ。彼は興信所に妻の素行調査を依頼して、相手の男が吉崎弘という男であることを突き止めた。同時にまた、匿名の電話の主が吉崎の妻であることも見抜いた。

事件の数日前、妻が仕事先との付き合いで一泊旅行に出かけることを、彼に打ち明けた。彼は妻の落ち着かない様子から、それが愛人との旅行ではないかと疑った。

その時、彼の頭に素晴らしい考えが閃いた。愛人との密会の場を押さえて、妻に離婚を承知させることを目論《もくろ》んだのである。ただ、写真を撮るだけでは物足りない。彼は吉崎の妻に浮気の現場を発見させるよう仕組んだのだった。

四月一日、彼は吉崎の家に匿名の電話をかけた。

「あなたのご主人が今日、岩本清美という女性と車で旅行する。ついては、彼女のマンションに今すぐ来て、見張っていれば、彼女の車を追跡できるだろうし、どこかであなたのご主人を拾うのも目撃できるはずだ」

それだけ言うと、彼は電話を切った。

あとは、彼の敷いたレールの上を三人が走るのを待っていればいい。つまり、三人は醜態を演じ、それが彼と妻との間にも〝好結果〟をもたらすにちがいないのだ。

彼はただひたすら待った。

ところが、事態は当初の目論見《もくろみ》を大きく逸脱して、殺人事件にまで発展した。白岡署に呼び出され、変わりはてた妻の死体と対面した時は、さすがに彼も色を失ったが、警察にはそれが妻を亡くして気落ちしているものと映ったらしい。彼は簡単な事情聴取を受けて、その日は帰った。

マンションに戻ると、喜びが実感として湧き起こってきた。厄介な人間がこの世から去り、代わりに予想もしなかった保険金を残していてくれたのだから、これが喜ばずにいられようか。しかも、額面は高からず低からずで、世間の注目を浴びずにすむ程度のものだった。

彼は翌日の二度目の事情聴取で、妻には吉崎弘という愛人がいたことを話した。これが、すぐに吉崎が容疑者として捜査線上に浮かんだ理由である。

事件はまた、密室という不可解な状況を呈していたが、彼にはそんなことはどうでもよかった。金さえ手に入ればいいのだ。結局、彼は被害者の夫という役を見事に演じて、世間の同情を買い、ついには五千万円を懐に収めることができたのである。

すべては、あのおせっかいな女のたれこみのおかげだった。吉崎京子が嫉妬さえ起こさなければ、このようにうまく、ことは運ばなかったにちがいない。彼は今刑務所に収監されている彼女に感謝した。

マンションのチャイムを鳴らすと、やがてチェーンのはずれる音がして、ネグリジェ姿の女の顔がのぞいた。

岩本貴司はいきなり女を強く抱きしめると、その口を貪り吸った。

「愛してるよ」

「これで私たち一緒になれるのね」

愛《いと》しい女が甘えた声で訊ねた。

「ああ」

シャンプーの匂いのする、女の湿った髪を右手ですきながら、左手は胸ポケットの中に入っている小切手の感触をいつまでも楽しんでいた。


（『五つの棺』「おせっかいな密室」改題）

文庫版あとがき

処女作『五つの棺』を一九八八年の五月に発表して、早くも四年半がすぎてしまった。あっという間だったのか、鈍牛のような歩みだったのか。はたまたこれは人生において最良の選択だったのか、最悪の選択だったのか、今判断を下すのはむずかしい。ただ、バブルのさなかの幸運なデビューであり、バブル崩壊して出版界をとりまく状況が厳しくなった今、（これだけの新人賞が乱立している中で）何も賞をとっていない私がデビューしようとしても、不可能ではないかと思うのである。

私はもともと作家になるつもりなど、全然なかった。大学時代から創作をしたことなどもないのに、なぜ、こんなことになってしまったかというと……。

一九八四年の暮れのことだ。ミステリ好きのサラリーマンで一生を終えるつもりでいた私に、大学の一年先輩のA氏が突然電話を掛けてきた。

「おい、折原、合作して乱歩賞を狙おうぜ」

これが私の運命を狂わせたのである。その頃、合作者の岡嶋二人氏が活動を始めていて、彼らの活躍に触発された先輩が、思いつきで言ったらしい。今考えると、本当にいいかげんな人間に私はふりまわされてしまったのである（下手をしたら、人生を棒に振ったかもしれない）。

「岡嶋二人でさえできるんだから、僕たちにできないはずがない」

そう言って、先輩はもうひとりの先輩B氏を言葉たくみに抱きこんで、三人で乱歩賞計画を練ることにした。

「三人寄れば、文殊の知恵って言うじゃないか」

A氏の熱意に、私とB氏はなるほどとうなずいた。

全員が職を持っていたので、会うのは土曜日の午後だけだった。何を書くかという段階で、まずもめた。何しろ、三人の趣味、読書傾向がまるで違うからである。私はサスペンス（特に異常心理物）などの悪食。A氏はハードボイルドから冒険。B氏は本格以外のオールラウンド。

そんな三人が集まって達した結論が、「乱歩賞とくれば、密室物が主流じゃないか。なあ、密室をやろうぜ」なんだから、いいかげんなものである。三人とも、昔は本格推理を読んでいたというくらいのものだった。

必死になって、一つだけ密室トリックを思いついたものの、プロットの段階で、ああでもない、こうでもないと意見がまとまらず、一枚も書けないうちに乱歩賞の締切りはすぎてしまった。短編のプロットらしきものがやっとできた時になって、B氏が脱落、つづいて言い出しっぺのA氏が脱落、結局私一人になってしまった。

そこで何とか一人で完成させたのが、「おせっかいな密室」八十枚である。これをたまたま締切りの近かった「オール讀物推理小説新人賞」に投じた。もし、予選に引っかからなければ、作家になることはやめようと思っていたら、なんとまぐれで候補作に入ってしまった。もちろん賞は逃したが、このことが東京創元社の戸川安宣氏の耳に入り、密室の短編集にまとめないかということになってしまった。

私の本来の好みはリチャード・ニーリイなどの異常心理物やバリンジャーの叙述トリック物で、密室とか本格物はどちらかといえば苦手の部類に属する。しかし、いったん動き出してしまった方針を変えるわけにはいかず、あと四つの密室物を無理やりひねり出し、『五つの棺』として、発表することになった。

今、考えると、小説以前の短編集といった感じがして、なんとも恥ずかしい。特に最初の「おせっかいな密室」は三人が頭をひねって、こねくりまわした痕跡が随所に残っていて、文章がひどい、会話もひどい、プロットもちぐはぐである。いくら直してもよくならないので、今回、『七つの棺』として文庫化するにあたり、闇に葬ろうとしたが、戸川氏のご意見により、〝習作〟として巻末（七番目）に移すことにした。タイトルは「天外消失事件」。「折原一の出発点」、あるいは参考作品として読んでいただければ幸いである。

なお、『五つの棺』発表後に、雑誌に発表した二編を加えて、今回『七つの棺』としたわけだが、順序を大幅に変更した。夏、冬、夏といった具合に季節が入り乱れているが、特に意味はないので、あまり詮索しないでいただきたい。

旧作『五つの棺』を発表した際、「ディクスン・カーに捧げる」としましたが、熱烈なカーのファンから厳しいお叱りの言葉をいただきましたので、今回はそうした類のものはいっさい省くことにしました。

＊

私はカー・マニアの人に負けないほど、ディクスン・カーの作品を読んでいるつもりです。でも、未消化の状態で安易に「カーに捧げて」しまったことに関しては、深く反省しております。ここに慎んでお詫び申し上げます。

＊

それにもう一つ。『五つの棺』が刊行された時、高校と大学の先輩の北村薫さんがこれを読んで、「折原の奴に書けるのなら、私にも書けるはずだ」と言って書き出したのが、『空飛ぶ馬』です。『五つの棺』も少しは誰かのお役に立っているのかと思うと、なんとなく嬉しい今日この頃です。

（一九九二年八月。長い育児休暇を終え、執筆活動を再開した日に）

密室——その不思議な魔力

山前　譲

1

かねてから、「入口のない部屋・その他」と題された江戸川乱歩の評論が気になっていた。昭和四年の『文章倶楽部』に発表され、同年刊の第一随筆集「悪人志願」に収録されたものだが、その後も、「不可能説」と改題されて「鬼の言葉」に、そして原題に戻されて戦後の「随筆探偵小説」にも収録されているから、乱歩自身気にいっていた一文であることは間違いない。

もちろん、探偵小説作法の重大なコツとして「一見不可能な事柄に、意外な可能性を見出す術」を最初に示し、トリック論を展開している内容そのものも大変に興味深いのだが、ひとつ不思議に思っていたのは、その題がなぜ「密室・その他」ではないのか、ということである。文中には、〝出入り口のない部屋〟とか〝内側から密閉された部屋〟といった言葉はあるが、

〝密室〟というポピュラーな、そして内容にもっとも適切な言葉が見られないのである。

当時の江戸川乱歩は、すでに探偵小説界のトップにいた人物だから、その乱歩が用いていない以上、探偵小説におけるテクニカル・タームとしての〝密室〟は、まだ普及していなかったと推理できる。では、〝密室〟という言葉が探偵小説界で一般的に用いられはじめたのは、いったい何時からなのだろうか。

2

いきなりこんなことを書いたのは、関東平野の真ん中にある白岡町を舞台としたこの連作短編集「七つの棺」に、熱烈な密室好きが災いして田舎の警察署に左遷された黒星《くろほし》警部の迷探偵ぶりもおかしい、密室事件が七作収められているからだ。そのうち五編は、作者のデビュー作として、「五つの棺」の題のもとにまとめられ、昭和六十三年五月に東京創元社より刊行されている。そこに二短編を追加したのが本書であるが、収録順や題名に変更もあるので、まず「五つの棺」のときの題を順に示しておく。

おせっかいな密室――天外消失事件
やくざな密室――帝王死す事件
懐かしい密室――ユダの窓事件
冷ややかな密室――脇本陣殺人事件

永すぎる密室──ジョン・ディクスン・カーを読んだ男たち

「おせっかいな密室」は昭和六十年のオール讀物推理小説新人賞で最終候補に残った作品であり、これがきっかけとなって、「やくざな密室」以下の四作が昭和六十一年一月から七月にかけて執筆されている。そして、東京創元社が久し振りに日本人作家の新作推理小説を手掛けることになったとき(＊1)、最初の一冊として「五つの棺」が刊行された(＊2)。新たに加えられたのは、「密室の王者」(『問題小説』平1・6)と「不透明な密室」(『別冊小説宝石』平2・9)の二作だが、「五つの棺」の収録作にも入念な加筆訂正がなされている。

「五つの棺」や「七つの棺」といった書名が、密室講義の展開されているジョン・ディクスン・カーの長編「三つの棺」(＊3)のもじりとなっているのはいうまでもない。しかし、密室へのアプローチは、密室小説を長年書きつづけたカーとは異なっている。密室の時代はすでに終わったとする作者は、これからの密室はパロディしかありえないとし、それを実作で示したのである。したがって、収録作はいずれもなんらかの形で既成作品のパロディあるいはパスティーシュとなっている。元の作品にもパロディがあったりして複雑なのだが、密室にはどういうタイプがあるのかをさきにひと通り知っておいたほうが、より作者の意図にそった楽しみ方ができると思うので、まず密室小説の分類の代表的なものを二例ほど紹介しておこう。

「三つの棺」の作中や、「続・幻影城」に収められている江戸川乱歩の「類別トリック集成」における密室の項目など、いろいろとこれまで試みられてきた分類のなかで、系統だったものというと、やはり天城一のものが際立っていた。評論「密室作法」(＊4)では、まず密室殺人を次のように定義してから、分類をすすめている。

《定義》

時間T＝推定犯行時刻S

において、監視、隔絶その他有効と〝みなされる〟手段によって、原点Oに、犯人の威力が及び得ないと〝みなされる〟状況にありながら、なお被害者が死に至る状況をいう。

（Rは殺人が犯された時刻）

《分類》

A　不完全密室

A1　〝抜け穴〟が存在する場合　　A2　機械密室

B　完全密室

B3　事故または自殺　　B4　〝内出血〟犯罪

C　純密室犯罪

C5　時間差密室（＋）R∧Sの場合　　C6　時間差密室（－）R∨Sの場合

C7　逆密室（＋）死体を運び込む　　C8　逆密室（－）死体を運び出す

C9　超純密室犯罪

天城一は本職が数学者だけに、かなり論理的かつ実践的な分類である。各項目の詳しい説明と具体的な作例は「密室作法」を参照されたい。また、アンソロジィ「密室探求第二集」（昭59）の巻末には、「密室の系譜」も発表している。

もうひとつの分類は、密室犯罪を行おうとする側から考えた浜田知明のものである（＊5）。

《分類》

A　犯行方法の工夫による密室

A・1　密室内部で完結する犯行　A・2　隙間からの犯行

A・3　密室内の自殺・事故・狂言　A・4　凶器を隠して被害者とともに発見される

B　施錠・脱出方法の工夫による密室

B・1　外部からの施錠　B・2　密室内の人間による施錠

B・3　錯覚による施錠　B・4　犯行発見時のどさくさにまぎれての脱出

B・5　目撃者が故意または無意識のうちに偽証することによって成立する密室

C　時間差の密室

C・1　部屋が密室になる前の犯行　C・2　部屋が密室でなくなった後の犯行

C・3　部屋が密室になっていた時間を錯覚させる

D　空間差の密室

D・1　密室外での犯行　D・2　別の部屋を監視

こちらのほうが、具体的な作品例をより思い出しやすいかもしれない。こうした分類のコンビネーションによって、さらに複雑な密室をつくることができるとしている。

＊1　かつて、坂口安吾・高木彬光「樹のごときもの歩く」（昭33）や松本清張の「危険な斜面」（昭34）などを刊行したことがあった。

＊2　つづいて東京創元社では、「鮎川哲也と十三の謎」「創元ミステリ'90」「黄金の13」「創元クライム・クラブ」といった、ハードカバーの叢書を始めている。

＊3　一九三五年刊。原題 The Three Coffins。ハヤカワ・ミステリ文庫収録。

＊4　最初『宝石』（昭36・10）に発表され、改訂版が評論アンソロジィ「趣味としての殺人」（蝸牛社刊　昭55）に発表された。また、自身の作例を併せて、分類の各項目をより詳しく説明した私家版「密室犯罪学教程」を平成三年に刊行している。

＊5　『地下室』（昭59・7）に発表。本格物のトリック分類に意欲的で、他に「顔のない死体トリック一覧表」（『らんだの城通信』平4・8）などがある。

3

こうした分類でだいたい密室の概念がとらえられたら、いよいよ「七つの棺」の蓋を開けてみることにしよう。

最初の「密室の王者」は、ロナルド・A・ノックスの短編「密室の行者」（＊6）のパロディとなっている。鍵が掛かり内側から目張りされた体育館のなかに、後頭部を強く打った死体がある。餓死であった「密室の行者」とは、事件現場が似ているだけのように思えるが、解決をよく考えると、パロディのパロディたるところがみえてくるはずだ。

つづく「ディクスン・カーを読んだ男たち」は、ウィリアム・ブルテンの短編「ジョン・ディクスン・カーを読んだ男」(＊7)のパスティーシュとなっている。この「ジョン・ディクスン・カーを読んだ男」はパロディの傑作で、読んで大笑いしない人はまずいないだろう。それだけに、パロディやパスティーシュの対象にもしやすいようで、ある大学のミステリ・クラブの会誌にも作例があったと記憶している。倒叙推理風に描かれる本作での、周到に考えられた密室殺人の顚末は、密室犯罪そのものを皮肉っているようだ。シチュエーションは土屋隆夫の短編「密室学入門」(昭36)に共通するところもあるが、解決がさらにひとひねりされている。

核シェルターというまさに完璧な密室での事件となっているのは「やくざな密室」である。これは、部屋全体が金庫みたいな機密室で殺人事件の起る、エラリー・クイーンの長編「帝王死す」(＊8)を踏まえている。密室事件につづいて死体消失事件があり、伏線も利いているが、作者は解決を三通り用意して、読者を翻弄する。

SF作家としてデビューした筒井康隆は、推理小説にも関心を示していて、これまでに何冊かの著書がある。その最初はパロディ色の強い連作集「富豪刑事」(＊9)で、なかの一編に「密室の富豪刑事」という密室物もあった。「懐かしい密室」は、その筒井康隆に捧げられ、三通りの密室トリックが出てくるが、作中作でのものはカーター・ディクスン(ジョン・ディクスン・カーの別名)の長編「ユダの窓」(＊10)のパロディにもなっている。密室トリックの鍵である、〝ユダの窓〟がどこに開いているのかが大きな興味となる。また、推理作家と編集者が事件関係者で、一種の業界物としても読むことができるだろう。登場人物名にも作者の稚気が現れているのだが、なぜか「五つの棺」とは異なっているので、そのあたりを読み比べてみるのも面白い。

本書でパスティーシュということを一番意識しているのは「脇本陣殺人事件」である。戦後まもなくの密室ブームを生み出すきっかけとなった、横溝正史の長編「本陣殺人事件」(＊11)がもとになっている。三本指の男ならぬ四本指の男。雪の密室に目張りのされた事件現場。二転三転の推理の末に意外な犯人が明らかにされるが、横溝調の文章に伏線はきちんとはられている。

最後の二編はそれほど強くパロディを意識していないようだ。「不透明な密室」では、建設会社社長がガラス張りのテラスで刺殺される。だが、その周囲は社員の監視下にあり、誰も事件現場には近付かなかったと証言する。チェスタトンやカーの短編のパロディともみなせるけれど、天城一の分類における超純密室犯罪の新しいトリックがそこにあるから、「高天原の犯罪」(＊12)のパロディと言ったほうがいい。一見ありそうもない完全な密室だが、天城一によればこのタイプはいくらでも工夫の余地があるという。

作者にとって処女作の「天外消失事件」は、そのものずばりで、クレイトン・ロースンの短編「天外消失」(＊13)から題がとられた。電話ボックスからの消失の「天外消失」が、より現代的なアベック・リフトからの消失に変身している。それにしても、黒星警部がなんともかわいそうな探偵役であることか。

以上七編、それぞれに楽しめるが、パロディの対象となった作品を併せて読むことによって、いっそう面白味が増すのはもちろんである。

＊6　一九二五年。原題 Solved by Inspection。創元推理文庫「世界短編傑作集3」収録。昭和十一年の初訳では「体育館殺人事件」だったが、昭和十四年の再訳は「密室の行者」と題されている。
＊7　一九六五年。原題 The Man Who Read John Dickson Carr。ハヤカワ・ミステリ「密室殺人傑作選」収録。
＊8　一九五二年。原題 The King Is Dead。ハヤカワ・ミステリ文庫収録。
＊9　昭和五十三年、新潮社刊。のちに新潮文庫。
＊10　一九三八年。原題 The Judas Window。ハヤカワ・ミステリ文庫収録。
＊11　昭和二十二年、青珠社刊。現在は角川文庫と春陽文庫、それに創元推理文庫「日本探偵小説全集10　横溝正史集」に収録。
＊12　『別冊旬刊ニュース』（昭23・5）に発表された天城一の短編。産報「密室殺人傑作選」収録。
＊13　一九四九年。原題 Off the face of the earth。早川書房「世界ミステリ全集18」収録。

4

さて、話を冒頭の〝密室〟の問題に戻そう。江戸川乱歩が現在普通に言われている意味での〝密室〟を用いたのは、昭和六年発表の「探偵小説のトリック」（＊14）ではないかと思う。「『密閉された部屋の中に於ける殺人』といふトリックも、探偵小説で最もしばしば取扱はれる材料でありますとし、作例をいろいろ挙げたのちに「『密室の犯罪』といふトリック」と書いている。けれども、これが探偵小説界での最初の例ではない。松本泰は昭和五年九月刊の「探偵小説通」のなかですでに〝密室〟を用いている。さらに先例はあるのだろうが、発表された探偵小説や評論を、最初からひとつひとつ見ていくのには厖大な時間を要するので、今のところは、昭和五、六年頃に出入口のない部屋のことを〝密室〟としている例があるとだけ指摘するにとどめておく。

密室小説ならば、ポオの「モルグ街の殺人」を最初として、はやくからいろいろと翻訳作品があるではないかという指摘を受けそうだが、これこそ当時の訳をいちいちあたらなくてはいけないから大変である。というのも、現在の訳では意訳してしまうこともあるからだ。たとえば、ウィラード・ハンティントン・ライト（S・S・ヴァン・ダイン）の「傑作探偵小説」（＊15）において、研究社版「推理小説の詩学」に収録された訳には〝密室〟が出てくるが、昭和十年の『クルー』での訳では該当する部分に〝密室〟は用いられていない。だいたい、古典的な密室小説の代表作においては、はっきり〝密室〟とうたわれているものがない。〝密閉された部屋〟だとか、〝内側から鍵のかかった部屋〟といった書き方なのである。となれば、原書をあたって、Locked Room とか Sealed Room と書かれた箇所を探すべきなのだろうが、これは不可能に近い。

だからまだ今後の課題として検討の余地はあるけれど、日本作家の小説としては、秘密の部屋という意味での密室を除くと、昭和八年に発表された小栗虫太郎の処女作「完全犯罪」のなかに、〝完全な密室の殺人〟と書かれているのが特筆される。評論では、同じ頃に発表された水谷準の「探偵小説研究」（＊16）が、「黄色い部屋の謎」を吟味している箇所において、現在とまったく同じ意味で〝密室〟という用語を頻繁に用いている。

しかし、昭和十年を過ぎても、まだ〝密室〟はポピュラーではなかったらしい。当時新進気鋭の評論家兼翻訳家であった井上良夫にしても、昭和十一年に「ノックスの十戒」を紹介したおりに（＊17）、まだ秘密の部屋の略としていたくらいだからだ。では、〝密室〟が広く用いられるようになったのはいつからか。それはやはり、昭和十一年にカーの「三つの棺」が翻訳されてからのようである。「魔棺殺人事件」という題で刊行されたその翻訳（＊18）は、抄訳だが、密室講義の章には〝密室〟や〝密室の殺人〟といった言葉がふんだんにでてくる。この翻訳によって、〝密室〟という概念が探偵小説ファンに強く印象づけられたのは間違いない。昭和十二年以降にいくつか、創作や翻訳の題に〝密室〟とあるものがでてくるからである。しかし、時代は探偵小説の執筆を許さなくなっていた。密室小説が日本で本当に熱心に書かれるのは、戦後まもなくに、「本陣殺人事件」や高木彬光の長編「刺青殺人事件」（昭23）が発表されてからだった。

＊14　『探偵小説』昭和六年九月。講談社の江戸川乱歩推理文庫には未収録のようだが、文末に「江戸川乱歩式トリック分類表」を作ってみたいと書かれているのが注目される。

＊15　一九二七年刊のアンソロジィの序文として書かれたもの。創元推理文庫『ウインター殺人事件』所収の「推理小説論」に同じ。

＊16　昭和八年十一月刊の改造社「日本文学講座　第十四巻」に発表。現在とほぼ同じ意味で、〝推理小説〟という用語を〝探偵小説〟と混在して用いているのも興味深い。

＊17　昭和十一年三月に柳香書院からノックスの「陸橋殺人事件」を刊行した際、訳者の序のなかで紹介した。
＊18　伴大矩の翻訳で、昭和十一年三月に日本公論社より刊行。

5

昭和六十三年に「五つの棺」でデビューした折原一は、同じ年の十月にやはり東京創元社より処女長編「倒錯の死角」を発表、翌平成一年には「鬼が来たりてホラを吹く」「倒錯のロンド」「白鳥は虚空に叫ぶ」の三長編を刊行し、着実なペースで創作活動をつづけている。すでに長編は十作を越えたが、そのメインとなっているのはいわゆる叙述トリックのタイプの作品である。大学時代に「ワセダ・ミステリ・クラブ」に所属し、熱心な読者でもあった作者としては、どこかで読んだことのあるような本格推理は書く気にはならなかったのだ。

「読者はありきたりの謎解き小説に飽き飽きしており、わくわくする本格推理に飢えている。その飢えを癒す一つの道が、叙述トリック物にある。要は見せ方なのだ。見せ方のバリエーション、組み合わせ方で、読者をいかようにもだますことができるのである」（＊19）

もちろん、本書におけるパロディの試みも、ありきたりの密室小説に飽き飽きした読者のために用意されたものである。ここでは損な役を演じている黒星警部ではあるけれど、「鬼が来たりてホラを吹く」で長編にデビューし、「猿島館の殺人」（平2）、「丹波家殺人事件」（平3）などのトリッキィな作品に活躍している。もし本書で彼の探偵ぶりが気にいったならば、手にとっていただきたい。叙述トリックとは傾向の異なった作品ではあるが、それらもまた、飢えた本格推理ファンにとってのオアシスとなるはずだ。

＊19『ミステリマガジン』（平3・6）発表のエッセイ「本格推理と叙述トリック」の結び。

6

紀田順一郎は昭和三十六年に、「密室に夕暮れが訪れた。閂のかかった分厚い扉をこじあけようとする者は既にない」と、「密室論」（＊20）の稿をおこした。ハワード・ヘイクラフトは一九四一年の「娯楽としての殺人」のなかで、「密室の謎は避けよ。今日でもそれを新鮮さや興味をもって使えるのは、ただ天才だけである」（＊21）とした。

実際に密室小説の現状はどうなのであろうか。欧米での密室小説（及び不可能犯罪）の流れについては、「Locked Room Murders and Other Impossible Crimes」（＊22）にある編者ロバート・エイディ Robert Adey の序文に詳しく語られている。『SRマンスリー』（＊23）に連載される予定の小林晋（＊24）の訳によれば、「Locked Room Murders and Other Impossible Crimes」の改訂版には二千を越える作例が挙げられているにもかかわらず、欧米での密室小説の将来は暗い。カーの登場によって黄金時代を迎え、多くの作家によっていくつもの勝れた作品が書かれたけれども、やはり密室小説はカーとともに衰退していったようである。近年も不可能犯罪を手掛けているビル・プロンジーニやハーバート・レズニコウにしても、カーの衣鉢を継ごうとはしていないという。唯一の望みをエイディはポール・アルテ Paul Halter という作家に託しているが、アルテはフランスの作家で、その作品は英訳すらされていないのだ(＊25)。もっとも、英米の未訳の長編にも面白そうなものはまだたくさんあるのだけれど……。

では、日本ではどうであったか。昭和二十年代に大きく開かれた密室の扉は、輪堂寺耀の怪作「十二人の抹殺者」などを残して昭和三十年代には閉じかかったが、結局完全に閉ざされることはなかった。昭和四十年代以降もコンスタントに毎年密室小説が書かれている。近年の作品まですべて密室分類にあてはめてみるような奇特な人はいないようだが、とにかく日本ではまだ密室小説は飽きられていない。それが何故かを詳しく述べる余裕はないが、密室の魔力に日本人はしばらくとり憑かれたままでいるだろう。平成四年にも、有栖川有栖「46番目の密室」、綾辻行人「黒猫館の殺人」、篠田真由美「琥珀の城の殺人」、そして二千枚を越す大作となった笠井潔「哲学者の密室」と、話題作が刊行されている。本書のようなパロディとしての密室しか成立しえないのか、あるいはまだ新しい視点があるのか、いずれにしても日本ではまだ密室に漆黒の闇は訪れていない。

＊20　佐藤俊名義で『宝石』(昭36・10)に発表。評論アンソロジィ「教養としての殺人」(蝸牛社刊昭54)に収録されている。

＊21　林峻一郎訳。国書刊行会版（平4）による。

＊22　一九七九年の限定版を改訂増補したものが一九九一年に刊行された。

＊23　「SRの会」の会誌。隔月刊で年会費三千円。連絡先は「京都市左京区松ケ崎堂ノ上町一　竹下敏幸」。序文の訳は平成四年十一月より連載予定。

＊24　創元推理文庫では、アントニイ・バークリー「ピカデリーの殺人」やフィリップ・マクドナルド「鑢《やすり》――名探偵ゲスリン登場」での精緻な解説でお馴染み。ところで、あの「探偵小説大全集」はどこへ行ってしまったのだろうか。

＊25　ローベール・ドゥルーズ「世界ミステリー百科」（JICC出版局　平4）によれば、一九五六年生れでまだ三十代半ばの彼は、本国フランスでもかなり評価されている。翻訳権を取るなら今のうち。

※敬称は略させていただきました。天城一、浜田知明、小林晋の三氏のご協力に感謝の意を表します。

平成四（一九九二）年九月三十日

検印
廃止

著者紹介　1951年埼玉県久喜市に生まれ、白岡町に育つ。早稲田大学第一文学部卒業。日本交通公社に勤務し、〈旅〉誌の編集者を経て、1988年5月本書の原型『五つの棺』を上梓、文筆活動に入る。著書に『倒錯の死角』『赤い森』『潜伏者』他多数。

七つの棺
密室殺人が多すぎる

1992年11月27日　初版
1999年7月2日　13版
新装版　2013年3月15日　初版
2024年8月23日　再版

著者　折《おり》　原《はら》　一《いち》

発行所　(株)東京創元社
代表者　渋谷健太郎
162-0814/東京都新宿区新小川町1-5
電話　03·3268·8231-営業部
　　　03·3268·8204-編集部
URL　http://www.tsogen.co.jp
DTP　暁印刷
印刷・製本　大日本印刷

ISBN978-4-488-40903-6　C0193

日本探偵小説全集

日本探偵小説全集　全十二巻

戦前に創作活動を開始した作家の代表作を網羅し、今日の推理小説界の礎を築いた名作の数々を歴史的展望のもとに集大成した。全巻八百ページに近い特大版である。今読んでも面白い、今日的意義のある佳品を厳選した。綿密な校訂に加え、主な作品には初出時の挿絵を覆刻し、解説・年譜・月報を付して、日本における探偵小説の全体像を把握できるよう意を注いだ。

黒岩涙香・小酒井不木・甲賀三郎
中島河太郎　監修

黒岩涙香・小酒井不木・甲賀三郎集

日本探偵小説全集1

〈本格ミステリ〉

日本探偵小説の嚆矢といえる黒岩涙香の「無惨」に始まり、翻訳、研究にも大きな足跡を残した小酒井不木の「闘争」ほかの代表作を配し、乱歩・宇陀児とならぶ三羽烏といわれた甲賀三郎の力作長編「支倉事件」「黄鳥の嘆き」等を収めた探偵小説ファン待望の一冊。全巻に中島河太郎編の著者略年譜を付す。解説＝中島河太郎　挿絵＝高井貞二

40001-9

江戸川乱歩
中島河太郎　監修

江戸川乱歩集

日本探偵小説全集2

〈本格ミステリ〉

大乱歩の歩みはそのまま日本探偵小説の歩みであった。「二銭銅貨」による衝撃的登場以来、その紡ぎ出す幻想の糸は絶えず読者を捉えてきた。本巻には「屋根裏の散歩者」「パノラマ島奇談」「陰獣」「日羅博士」等戦前の傑作から「化人幻戯」などの戦後を代表する作品まで、巨匠の精粋を厳選して収録した。解説＝中井英夫　挿絵＝竹中英太郎

40002-6

大下宇陀児・角田喜久雄
中島河太郎　監修

大下宇陀児・角田喜久雄集

日本探偵小説全集3

〈本格ミステリ〉

犯罪心理の描写に冴えをみせた大下宇陀児。「情獄」「凧」等はその本領が存分に発揮された傑作であり、『虚像』は見事な到達点である。「発狂」で驚くべき早熟ぶりをみせた角田喜久雄が、従来日本になかった本格探偵小説をと意気込んで書いた『高木家の惨劇』は本格長編時代の夜明けを告げた。解説＝日影文吉　挿絵＝横山隆一、山名文夫

40003-3

夢野久作
中島河太郎 監修

夢野久作集

日本探偵小説全集4

〈本格ミステリ〉

溢れる奇想を独自の筆致で描いた夢野久作。ここには小説における代表的業績を収めた。短編「瓶詰の地獄」は構成の妙が読者を圧倒する珠玉作。中編「氷の涯」における北の港ウラジオの地に想う氷の涯の幻想は、想像を絶する内容の大長編「ドグラ・マグラ」と共に、まさに久作の独壇場である。解説＝由良君美　挿絵＝夢野久作、横山隆一

40004-0

浜尾四郎
中島河太郎 監修

浜尾四郎集

日本探偵小説全集5

〈本格ミステリ〉

検事から弁護士への道を歩んだ浜尾四郎は、処女作「彼が殺したか」以来、その怜悧な理智と懐疑の目で「殺された天一坊」「悪魔の弟子」など印象深い短編を多く残している。また、その探偵小説は理論的推理による真犯人の暴露でなければならない、との持論を実践した代表作の長編『殺人鬼』を収録した。解説＝権田萬治　挿絵＝竹中英太郎

40005-7

小栗虫太郎
中島河太郎 監修

小栗虫太郎集

日本探偵小説全集6

〈本格ミステリ〉

傑作中編「完全犯罪」で彗星の如きデビューを飾った鬼才・小栗虫太郎。本巻には小栗の創造した名探偵法水麟太郎ものの代表作、「後光殺人事件」「聖アレキセイ寺院の惨劇」「オフェリア殺し」そして無論のこと、わが国探偵小説の歴史上、最大の奇書とも評される畢生の大長編『黒死館殺人事件』を収録した。解説＝塔晶夫　挿絵＝松野一夫

40006-4

木々高太郎
中島河太郎 監修

木々高太郎集

日本探偵小説全集7

〈本格ミステリ〉

著者の得意とする精神分析を巧みに取り入れ、新しい型の名探偵像を創造した大心地《おおころち》先生譚は、海外探偵小説ファンにも新鮮な驚きを与えるだろう。「網膜脈視症」などの代表的短編と長編『わが女学生時代の罪』に、「文学少女」等の名作短編と長編『折蘆』を加え木々作品の真髄をお伝えする。解説＝紀田順一郎　挿絵＝横山隆一、松野一夫

40007-1

久生十蘭
中島河太郎 監修

久生十蘭集

日本探偵小説全集8

〈本格ミステリ〉

発端に提出される謎の見事さもさることながら、解明の鮮やかさが印象的な『顎十郎捕物帳』と『平賀源内捕物帳』は、十蘭の作品中最も本格探偵小説の醍醐味を味わうことのできる傑作シリーズである。本巻には『顎十郎』の全二十四編と『平賀源内』の代表作三編に加え、「湖畔」「ハムレット」等を収める。解説＝清水邦夫　挿絵＝鴨下晁湖

40008-8

日本探偵小説全集9
横溝正史集
横溝正史
中島河太郎 監修

〈本格ミステリ〉

戦前の浪漫主義を代表する「鬼火」は発表時の削除訂正を復元し、あわせて乱歩の「陰獣」と並ぶ竹中英太郎の傑作挿絵を全点復刻した。戦後本格探偵小説の途を開いた『本陣殺人事件』及び『獄門島』の二大長編、そして同じく金田一物の名品「百日紅の下にて」「車井戸はなぜ軋る」に「探偵小説」を配す。解説＝栗本薫 挿絵＝竹中英太郎

40009-5

日本探偵小説全集10
坂口安吾集
坂口安吾
中島河太郎 監修

〈本格ミステリ〉

戦時中、犯人当てゲームに熱中し、古今東西の探偵小説を読破していた安吾が、満を持して発表した『不連続殺人事件』は、読者に挑戦した堂々たる本格巨編である。さらに結城新十郎と勝海舟を主人公とした『明治開化安吾捕物帖』や「アンゴウ」等数々の短編において見事な探偵作家ぶりを発揮している。解説＝都筑道夫 挿絵＝高野三三男

40010-1

日本探偵小説全集11
名作集1
海野十三・水谷準 山本禾太郎 ほか
中島河太郎 監修

〈本格ミステリ〉

女性ばかり四人の死体が京都市内の長屋で発見され、捜査の結果、女主人とその娘、それにかつての下宿人との三角関係が明らかになる。殺人か、子供を道連れにした心中か。実在の事件を綿密な取材を元に再構成した山本禾太郎の傑作長編『小笛事件』ほか、岡本綺堂、谷崎潤一郎、海野十三、水谷準、城昌幸等の秀作を集めた。解説＝北村薫

40011-8

日本探偵小説全集12
名作集2
葛山二郎・大阪圭吉・蒼井 雄
中島河太郎 監修

〈本格ミステリ〉

戦前の本格派を代表する三作家の一長編、一中編、五短編を収録した。葛山二郎「赤いペンキを買った女」、大阪圭吉「とむらい機関車」「三狂人」「寒の夜晴れ」「三の字旅行会」、アリバイ破りの雄編、蒼井雄の「船富家の惨劇」「霧しぶく山」の計七編に、中島河太郎「日本探偵小説史」を併載する。解説＝鮎川哲也 挿絵＝竹中英太郎、清水崑

40012-5

推理短編六佳撰
北村 薫・宮部みゆき 選

〈バラエティ〉

第二回創元推理短編賞へ投じられた三六二編から厳選された六作品をもとに、短編の名手ふたりが推理小説作法の極意を伝授する。巧まずして多種多彩な作品集となった本書は、投稿諸氏に無尽の啓示を与えるだろう。収録作品＝萬相談百善和尚／崖の記憶／試しの遺言／瑠璃光寺／憧れの少年探偵団／象の手紙 解説対談＝北村薫・宮部みゆき

40051-4